Der Weg, den wir gehen müssen

Jo Hagen

Der Weg, den wir gehen müssen

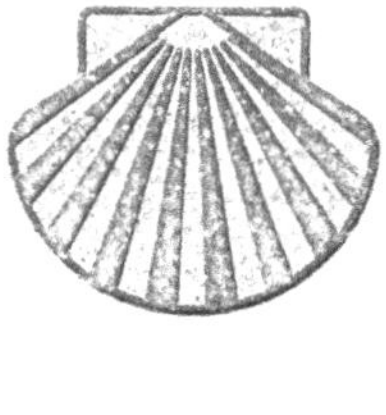

Ein Jakobsweg-Roman

FSC
www.fsc.org
MIX
Papier aus verantwortungsvollen Quellen
Paper from responsible sources
FSC® C105338

Bibliografische Information der Deutschen Nationalbibliothek:
Die Deutsche Nationalbibliothek verzeichnet diese Publikation in der Deutschen Nationalbibliografie; detaillierte bibliografische Daten sind im Internet über dnb.dnb.de abrufbar.

Satz: Sibylle Kamphuis, skdesign köln
Schriften: Lora und Questa Grande

Verlag: BoD • Books on Demand GmbH, In de Tarpen 42, 22848 Norderstedt
Druck: Libri Plureos GmbH, Friedensallee 273, 22763 Hamburg

ISBN: 978-3-7597-6876-6

Für meine Enkel
Nicolas, Jakob und Marie

I

Die morgendliche Frische lässt mich das Gewicht meines Rucksacks leicht nehmen. Die Wasserflasche gefüllt mit kaltem Quellwasser, der Wanderstock klappert auf dem Pilgerweg einen gleichmäßigen Takt. Ausgeschlafen und gut gefrühstückt habe ich spontan meinen Laufrhythmus gefunden. Es duftet nach frisch gemähtem Gras. Mohn und Kamille nicken am Wegesrand der Sonne zu, Vögel zwitschern ihr Morgenlied. Kein Auto, keine Menschen. Meine Mitwanderer von gestern sind schon unterwegs und waren enttäuscht, weil ich heute alleine laufen möchte. Die anstrengende Etappe des Vortages ist nur noch eine Episode. Stein im Schuh, Hinweisschild übersehen, Wasserflasche vergessen. Vor dreizehn Tagen, beim Aufbruch, war es ein bevorstehendes Abenteuer. Nun bin ich längst ein Teil des Jakobsweges. Die spanische Sonne steigt langsam höher. Früh Aufbrechen ist bei diesen Tagestemperaturen wichtig, denn mittags brennt die Sonne gnadenlos. Dann ein schattiges Plätzchen finden, die Wanderschuhe ausziehen, ausruhen. Oder in der erfrischenden Kühle einer Kirche sitzen und meditieren.

Warum unternehme ich so eine Reise? Ist das die Lust auf das Abenteuer? Sehnsucht nach Spiritualität? Der Wunsch, den Schatten von der Seele zu waschen? Was hat mich bewogen, diese Strecke zu wandern? Ich kann es nicht beschreiben. Eine stille Sehnsucht zog mich hinaus. Gegen Monas Widerstand, trotz vermeintlich wichtiger Argumente. Ich war entschlossen, diesen Weg zu gehen. Auch wenn ich immer noch nicht beantworten kann warum. Ist der Weg das Ziel?

Auf diesem Weg zählt nur der Tag, alles aus meinem sonstigen Leben liegt hinter mir, ist unwichtig, nur Schatten, ausgeblendet. Jetzt erlebe ich die Freiheit der Straße, mein ganz persönliches Roadmovie. Einen Fuß vor den anderen. Wandern, dem Ziel mit jedem Schritt etwas näher kommen. Schritt für Schritt. Unendlich - und jeden Abend bei der Tagesbilanz, folgt die positive Überraschung, es doch wieder geschafft zu haben.

Nicht immer fängt der Tag so entspannt an wie heute. Das Schnarchen in den Schlafsälen, Pilger, die bereits um vier Uhr morgens im Licht von Stirnlampen ihr Gepäck zusammenkramen. Mücken und andere Insekten, dürftiges Frühstück, wenn überhaupt. Wassermangel auf der Strecke, Blasen an den Füßen, der Rucksack drückt unter zu viel Gewicht.

Jeden Tag neue Bekanntschaften, mit denen ich aus der Pilgerherberge losziehe. Pilgerinnen und Pilger von allen Kontinenten und Glaubensrichtungen, immer die gleichen Fragen: Woher kommst du? Wo und wann bist du gestartet? Gehst du allein? Nicht immer gelingt es, die Laufgeschwindigkeiten zu synchronisieren. Der eine hat Blasen, läuft deswegen langsamer, der Anderen ist der Rucksack zu schwer und sie pausiert öfter, der Nächste ist sportlicher und schon bald nicht mehr zu sehen. Mitpilger, die man abends wieder in der Pilgerherberge treffen kann. Das gemeinsame Pilgermenü, die Gespräche, gegenseitige Hilfe und Tipps, kollektives Schnarchen im Schlafsaal. Jeder weiß um die täglichen Probleme.

Probleme? Habe ich hier auf diesem Weg Probleme? Schaffe ich die Tagesetappe? Wie wird das Wetter? Finde ich den richtigen Weg? Eine Wasserstelle? Die Alltagssorgen eines Jakobspilgers. Ich kümmere mich nur noch um den Weg, denke und plane für die Tagesetappe. Was war gestern? Was kommt morgen?

Mit jedem Schritt habe ich mich nicht nur räumlich von zuhause entfernt. Die Dinge, die mich dort bewegten, sind hier unwichtig, verblassen mit dem zunehmenden Abstand.

Laufen, laufen, mechanisch, nicht jammern, nicht die Schritte zählen, nicht die Kilometer berechnen, nicht auf die Uhr sehen. Einfach nur laufen und den schweren Rucksack ignorieren. Schau dir die Landschaft an, genieße das Wetter, egal ob es regnet oder die Sonne brennt. Die Natur ist paradiesisch. Immer den gelben Pfeilen nach, die mir den Weg weisen.

Meine Kondition hat sich gesteigert, ich bin kräftiger, fühle mich gesund. Trotz neun Kilo Gepäck auf dem Rücken laufe ich leicht und beschwingt den glatten Weg neben der Straße. Ich löse mich aus der meditativen Monotonie, die mich weitertreibt. Die Herberge ist schon aus meinem Blickfeld verschwunden. Weit hinter mir nur eine pilgernde Person.

Als Pilger läuft man nur dann gemeinsam, wenn man das möchte und gemeinsam einen Rhythmus findet. Heute genieße ich das Alleinsein. Darum habe ich mir nach dem Frühstück Zeit genommen und die anderen Pilger ziehen lassen. Da sind nur meine Gedanken, ich koste die Landschaft aus, konzentriere mich auf den Weg. Immer den gelben Pfeilen nach ...

II

Die kleine Kapelle am Weg schmiegt sich gemütlich in die Umgebung. Unter dem schattigen Vorbau sitzt eine alte Frau an einem kleinen Tisch. Nach dem Gruß hat sie schon den Stempel in der Hand. Ich nestele meinen Pilgerpass aus der wasserdichten Hülle, falte ihn auseinander. Ein ovaler, grüner Stempelabdruck kommt zu dem bunten Kaleidoskop. Wunderbare kleine Kunstwerke oder einfache wackelige Buchstaben. Rot, schwarz, blau und grün, je nach Farbe des Stempelkissens. Dazu das handschriftliche Datum.

Ich bedanke mich, nehme ein Blatt mit mehrsprachigen Erklärungen über die Kapelle, die ich durch das weit offen stehende zweiflügelige Portal betrete. Ein kühler Luftstrom empfängt mich in der Dunkelheit, an die sich die Augen erst gewöhnen müssen. Ich schiebe die Sonnenbrille nach oben in die Haare, mein Pilgerhut baumelt schon am Rucksack, den ich ächzend neben mich auf die Kirchenbank stelle. Einfach nur die Stille genießen. Langsam werden die Konturen des Raumes deutlicher. Der Altar, die Buntglasfenster, die Ausmalung der Gewölbe. Die Statue des heiligen Jakob ist leicht am Pilgerhut mit Jakobsmuschel und Wanderstab zu erkennen. Ich nehme einen Schluck aus meiner Aluflasche und strecke die Beine von mir. Die Ruhe in der kühlen Kapelle tut gut. Diese Augenblicke der stillen Betrachtung machen einen Teil des Jakobsweges aus.

Das Vibrieren des Handys unterbricht die meditative Besinnung. Den Klingelton habe ich abgestellt. Erst nach einigen Intervallen ein Blick auf das Display. Mona! Vibrierend verschwindet es wieder in der Tasche. Auf diesem Weg sollte die andere Welt außen vor bleiben. Das, was man dort für wichtig hält, ist hier nichts. Mona hat es noch nicht verstanden, sie ruft mich an, wenn der Wasserhahn tropft, die Mülleimer überquellen oder die Post einen Brief zu spät zustellt. Das zieht mich immer wieder aus meiner so heilsamen Ruhe! Einer Welt, die mit wenig auskommt. Einer Welt, die nur das Heute kennt! Das Vibrieren hört auf. Angespannt warte ich, ob es einen zweiten Versuch geben wird. Nach einer Minute entkrampfe ich mich wieder.

Mona! Seit drei Jahren meine feste Partnerin. Im Studium haben wir uns kennengelernt, erst später wiedergetroffen, da hat es bei uns gefunkt. Drei Jahre, die so schön anfingen. Heute kann ich nicht genau sagen, – trotz der vielen gemeinsamen Pläne – was unsere Liebe bedeutet.

Hinter mir höre ich Stimmen, drehe mich um. Eine Asiatin spricht mit der Stempelfrau. Ich wende mich wieder zum Altar, höre sie eintreten. Meine stille Pause ist vorbei. Ich stehe auf, schwinge den Rucksack auf die Schultern. Beim Herausgehen aus der Kapelle noch eine Münze in den Opferstock. Die Alte nickt freundlich und wünscht *Buen Camino*. Das Zirpen der Zikaden untermalt die flirrende Hitze. Ich schwenke auf den Weg ein. Nach jeder Pause muss ich erst wieder den richtigen Laufrhythmus finden. 200 Meter weiter liegt der erste Handzettel im grasigen Straßengraben neben dem Pilgerweg. Die Hitze steigt, ich zwinge mich weiter, kein Schatten. Getreidefelder flimmern, soweit das Auge reicht. Nach einigen Metern der nächste Zettel und weiter vorne noch einige im Graben. Wozu nehmen die Pilger die Informationsblätter der Kirche mit, wenn sie die gleich wieder wegwerfen? Erneut vibriert mein Handy. Mona ignoriert unsere Vereinbarung. Wir hatten vereinbart, dass ICH mich melde. Oft gibt es auf dem Weg kein Netz und sie kann mich nicht erreichen. Das half mir schon manches Mal als Ausrede. Warum schalte ich das Telefon nicht einfach aus? Die Navigation? Hier gibt es genug gelbe Pfeile, die mir den Weg weisen. Ärgerlich krame ich das Telefon aus der Tasche. »Hallo?«

»Guten Morgen, bist du schon unterwegs?«

»Die Herbergen schließen um acht und jetzt ist es zehn.«

»Hast du an den Geburtstag meiner Mutter gedacht? Sie würde sich über einen Anruf freuen. Mama fragt immer nach dir und wann du wieder da bist.«

»Nachher, wenn ich Mittagsrast mache«, knurre ich.

»Denk dran, dass sie immer nachmittags zum Grab von Papa geht. Dann kannst du sie nicht erreichen«, versucht Mona mich, auch aus der Ferne, zu organisieren.

Ihre Mutter, die mich nur notgedrungen akzeptiert und mit der ich in den drei Jahren nie warm geworden bin. Immer schwingt bei Besuchen und Gesprächen unausgesprochen mit, dass ich nicht der Traumpartner für ihre Tochter bin.

»Ich rufe sie an. Und jetzt muss ich weiter, es ist schon sehr heiß.«

»Pass auf dich auf und trink genug. Hast du dich ordentlich eingecremt? Annette war letzte Woche beim Hautarzt und der hat ihr wieder ein paar Stellen entfernen müssen, weil sie als Kind immer ungeschützt in der Sonne gewesen ist und …«

»Mein Sonnenschutz hat Lichtschutzfaktor 50!«, schreie ich in das Handy und drücke die rote Taste, um das Gespräch zu beenden. Als ich das Telefon einstecken will, brummt es wieder. »Ist noch was?«, frage ich provozierend.

»Du brauchst doch nicht gleich so aggressiv zu reagieren. Man macht sich doch Gedanken.«

»Ich bin erwachsen.«

»Es ist doch nur, weil du so weit weg bist. Man weiß doch nicht, ob du an alles denkst«, fällt Mona jetzt in einen weinerlichen Ton.

»Ist schon gut«, entgegne ich versöhnlich. »Mach´ dir keine Sorgen. Ich rufe deine Mutter später an«, verabschiede mich und stecke das Handy ein. Nutzloses Gespräch. Meine gute Stimmung ist dahin. Und hier liegen schon wieder diese Blätter im Straßengraben. Es werden ja immer mehr. Merken die an der Kapelle nicht, dass die alle weggeworfen werden? Ich ziehe das Blatt, das ich mitgenommen habe, aus der Tasche und lese es beim Weitergehen. Beschrieben wird die Geschichte der Kapelle St. Jacobo Major, deren Gewölbeausmalungen, der Altar, das Figurenprogramm und die Buntglasfenster. Aus dem Augenwinkel sehe ich weitere Blätter am Straßenrand. Die Straße steigt jetzt an. Auf der Rückseite meines Blattes einige Skizzen der Kirche mit weiteren Erläuterungen und Herbergsempfehlungen für die nächste Etappe. Das Blatt verschwindet wieder in meiner Tasche, man kann es doch nicht einfach in die Landschaft werfen!

Am Wegesrand liegen weitere Blätter. Als die Straße und der Pilgerweg oben auf dem Hügel ankommen, liegt wieder ein ganzer Stapel Seiten im Straßengraben. So viele kann doch niemand mitgenommen haben. Vom Hügel entfaltet sich der Blick über die Landschaft mit einer goldgelben Ebene aus Getreidefeldern, im Dunst weit im Norden die hohen

Berge des kantabrischen Gebirges. Die Straße schlängelt sich vor meinen Füßen durch Felder. Noch einige hundert Meter und dann kommen auch schattenspendende Bäume. Nur kurz stehen bleiben, etwas Luft schöpfen und aus der Wasserflasche trinken. Hoffentlich kommt bald ein Rastplatz mit Wasserstelle. Das inzwischen lauwarme Wasser bietet wenig Erfrischung. Der Weg ist jetzt nicht mehr asphaltiert, sondern fein geschottert und gut zu laufen. Wieder diese Blätter. Ich sehe genauer hin, bemerke den Unterschied zwischen meinem Infozettel aus der Kapelle und den hier massenhaft liegenden Blättern, die in der warmen Brise flattern. Hier liegen Seiten aus einem Ringbuch mit handschriftlichen Texten. Ich hebe eins auf. Eng, beidseitig beschrieben, in einer gleichmäßigen, etwas altmodischen Handschrift. Hier hat jemand lange Textpassagen zu Papier gebracht. Ich entziffere einige Sätze, hebe weitere Blätter auf.

... konnte ich kaum glauben, dass er wieder da war. Er stand wie ein Geist vor mir. Der, den ich für tot hielt und schon seit Jahren betrauerte, der stand jetzt leibhaftig vor mir ...,

Lese ich und nehme ein anderes Blatt.

... waren wir auf dem Weg dorthin nicht weitergekommen und mussten bleiben. Doch das Schicksal hatte noch weitere Prüfungen für mich ...

Was ist das? Eine Abenteuergeschichte? Die verstreuten Seiten sammele ich ein und fasse sie zu einem Stapel zusammen. Das Bücken ist mit Rucksack nicht so einfach. Ich nehme ihn vom Rücken, stelle ihn an den Wiesenrand und ramme den Wanderstock mit seiner Spitze ins Gras. Langsam wird der Papierstapel größer. Ich gehe zurück über die Hügelkuppe und sammele weitere Blätter auf. Die Asiatin aus der Kirche kommt den Berg hinauf und blickt nur kurz von ihrem Handy auf, als sie an mir vorbeiläuft. Soll ich zurück, bis fast zur Kapelle, um alle Blätter aufzuheben? Das würde bedeuten den Weg der letzten Stunde noch zweimal zu gehen. War das, was hier geschrieben stand, überhaupt so wichtig? Jemand hatte die Aufzeichnungen achtlos weggeworfen. Was geht mich dieser Text an? Wieder blicke ich auf ein Blatt:

Pedro gestattete mir, Brot zu backen, obwohl die Chancen für die Fertigstellung nur gering waren. Wir würden wieder beschossen werden, aber die Aussicht auf etwas Essbares, nach all den Wochen der Entbehrung, in denen wir nur Kräuter und Baumrinde hatten, war zu verlockend. Er spähte in der Dunkelheit durch den Türspalt in das Tal, während ich im Dunkeln, nur durch das Herdfeuer beleuchtet, das durch die Ritzen der Ofentür schien, den Teig knetete. Würden wir wegen des rauchenden Schornsteins entdeckt werden? Könnte uns das Herdfeuer verraten, wo doch schon Martín wegen der Glut einer vorschriftswidrig gerauchten Zigarette auf seinem Posten sterben musste? Das Holz in der Hütte war trocken und brannte gut, würde also keine starke Rauchfahne in der Dunkelheit erzeugen, die uns verraten konnte. Der Hunger und die Aussicht auf frisches Brot waren größer als die Vorsicht. Es würde nur einfaches Fladenbrot aus Wasser, Mehl und Salz, aber das war unseren leeren Mägen völlig egal.

Ich knetete den Teig in der Schüssel und formte daraus längliche, flache Laibe. Als ich die Ofentür öffnen musste, um die Brotlaibe hineinzuschieben, gab ich Pedro ein Zeichen, damit er die Tür der Hütte schloss, denn kein Feuerschein durfte hinaus dringen und uns verraten konnte. Danach war Pedro sofort wieder an der Tür. Inzwischen war es behaglich warm geworden in der fensterlosen Hütte hier in den Bergen, wo es nachts empfindlich kalt wurde, obwohl der Winter lange hinter uns lag. Endlich etwas Wärme und die Aussicht darauf …

Was ich lese, zieht mich in seinen Bann. Ich suche das Anschlussblatt, finde es nicht. Die Blätter sind nicht nummeriert. Der Drang, mehr über die Geschichte zu erfahren und alle Seiten zu besitzen, treibt mich an, den Weg zurückzugehen. Mein Rucksack verschwindet unsichtbar hinter einem Busch. Eilig sammele ich weitere Bögen auf, raffe sie zusammen, vermeide zu lesen. Das Papier ist feucht, hat Grasflecken, aber nur wenige Seiten sind verschmutzt. Lange können sie hier nicht gelegen haben, wurden vielleicht heute Morgen aus einem fahrenden Auto geworfen.

Mein Rucksack ist noch da. Kein anderer Jakobspilger weit und breit. Die Mittagshitze sticht, der Rucksack drückt. Der Weg wartet. Gottlob geht es jetzt bergab in die Ebene. Weitere Blätter liegen schon vor mir im Straßengraben. Mühevoll beuge ich mich hinunter und hebe sie auf. Plötzlich ein Sack aus dickem braunem Packpapier, aus dem mehr Manuskriptseiten hervorquellen. Ich greife hinein und habe noch einen Stapel Seiten in der Hand. Es rieselt etwas Weißes, es klebt zwischen schweißigen Fingern. Zucker! Jetzt fällt mir der Aufdruck auf dem Papiersack ins Auge: AZÚCAR BLANCO.

Natürlich! *Azúcar* ist Zucker und *blanco* bedeutet weiß. Also weisser Zucker. Beim Schütteln des leeren Papiersacks rieseln Zuckerkristalle ins Gras. Alle gesammelten Blätter hineinstopfen und weiter marschieren. Da hinten unter den Bäumen kann ich bestimmt Rast machen und die Mittagshitze vorüberlassen.

III

Der Rastplatz zwischen den schattenspendenden Bäumen hat Tische und Bänke aus schwerem Granit, die zweckmäßig, aber wenig bequem sind. Einige Pilger sitzen und schwatzen beim Essen. Ich strecke mich im Gras aus, den Rucksack im Rücken lese ich im gefundenen Manuskript. Die Geschichte fasziniert mich und lässt mich das übliche Mittagsritual mit Essen und Schlafen vergessen. Bei einigen Seiten gelingt es mir, zu verstehen.

… kärgliches Mahl, aber froh, etwas Warmes im Magen zu haben. Sie hatte das aufgetischt, was sie hatte und wusste nicht, wovon sie am nächsten Tag satt werden sollte. Wir drei ziehen noch vor dem Morgengrauen los, um keinen Verdacht auf sie zu lenken. Es war alles abgesprochen, was nötig war, doch wir sagten ihr nichts über unser Ziel und weitere Zusammenhänge, damit sie uns im Falle eines Verhörs nicht verriet. Auch uns hatte man nur die Dinge anvertraut, die wir wissen mussten. Was war das für eine Welt. Manchmal sehne ich mich zurück in die Zeit auf dem Gutshof. Es war hart und wir wurden damals nicht viel besser behandelt als das Vieh, aber unsere Tage verliefen gleichförmig und wir litten keinen Hunger.

Ich blicke auf und merke, dass ich auf dem kleinen Rastplatz alleine bin. Wie lange habe ich hier im Gras gesessen und in den ungeordneten Blättern gelesen? Die Mittagshitze ist vorüber. Es wird Zeit, weiter zu gehen, um meine Tagesetappe bis zur nächsten Pilgerherberge zu schaffen. Manchmal sind die Herbergen schon am frühen Nachmittag voll. Die Manuskriptblätter stapele ich sorgfältig und stecke sie in den Zuckersack. Das Bündel quetsche ich in meinen Rucksack, den ich, noch etwas in Gedanken, wieder schultere. War der immer so schwer?

Fast hätte ich wieder meine Wasserflasche im hohen Gras liegenlassen. Gestern hat sie mir gottlob eine Pilgerin mitgebracht, die sie gefunden hatte. Ich fülle die Flasche am Wasserhahn auf und marschiere weiter. Die Sonne brennt auf den schattenlosen Weg. Doch in der Ferne sehe ich Bäume und einen Kirchturm mit einem Storchennest. Auf der Karte finde ich den Ort nicht, gedanklich bin ich noch beim Manuskript. Wird noch eine Stunde dauern, bis ich das Dorf erreiche. Meinen Laufrhythmus muss ich erst wieder finden. Einen Fuß vor den anderen. Schön gleichmäßig. Nicht auf die Uhr schauen. Je öfter man die Zeit abfragt, umso langsamer vergeht sie. Die Uhr holt mich in eine andere Zeit. Eine Zeit, die strukturiert und durchgeplant ist.

Immer, wenn ich anfangen will, über den schweren Rucksack, die schmerzenden Füße, die brennende Sonne oder den strömenden Regen zu jammern, besinne ich mich und betrachte die Landschaft bewusster. Sauge sie in mich auf, oftmals werfe ich auch einen Blick auf den zurückgelegten Weg. Dann bin ich dankbar und betrachte meinen Weg nochmals aus einer anderen Perspektive. Vielleicht sollten wir im Leben auch mehr Vergleiche anstellen zwischen unseren Zielen und unseren Wegen. Wo komme ich her? Wo gehe ich hin?

Jäh zerreißt ein Klingelton meine Gedanken. Mona! Ich habe ihre Mutter noch nicht angerufen! »Ja?«

»Du hattest mir versprochen Mama anzurufen und zu gratulieren!«, vorwurfsvoll macht sie eine Pause, wartet auf eine Erklärung.

»Ich hatte noch keine Zeit, ich habe gelesen ...«

»Du hattest doch Zeit beim Wandern! Wieso gelesen? Jetzt ist Mama mit ihren Freundinnen unterwegs und ist erst abends zurück.«

»Mona, vielleicht erwische ich sie ja später noch ...«

»Wo hast du nur deinen Kopf? Du bist doch nicht überlastet. Interessiert es dich denn gar nicht, was dein Anruf Mama bedeutet?«

Stille. »Bist du noch da? Hallo?« Das Gespräch ist beendet. Ob ich in einem Funkloch bin oder Mona einfach aufgelegt hat, kann ich nicht feststellen. Ich stecke das Handy ein und gehe weiter.

Ein Schild weist auf eine Herberge in zwei Kilometern Entfernung hin. Zwei Kilometer! Noch zwei Kilometer! Eine weitere knappe halbe Stunde für meine müden Füße. Meine Gedanken sind bei den Blättern im Rucksack. Ich wandere weiter die schmale Straße entlang. Ein gelber Pfeil weist mir den Weg.

Verschwitzt und ausgepumpt erreiche ich die kleine Ansiedlung. Die wenigen Häuser schmiegen sich an den Hang, ein schmaler holpriger Weg schlängelt sich hindurch. Vor einem heruntergekommenen Haus steht eine Bank, unter der ein Hund Wanderstiefel und ein Gewirr aus Wanderstöcken bewacht. Ein handgemaltes Schild weist das Haus als *Albergue* aus. Der Hund knurrt, als ich auf die offenstehende Tür zugehe und eintrete. In einer spartanisch eingerichteten Stube sitzen Pilger mit verschwitzten Köpfen auf langen Bänken zwischen ihren Rucksäcken, löffeln gierig Suppe. Es riecht nach Fett und Schweiß. In einer Ecke ist die Küche, dort schöpft eine mütterliche Frau am Herd Suppe auf einen Teller. Sie schaut zu mir herüber, schüttelt bedauernd den Kopf. »Albergue completo«, sagt sie nur und widmet sich wieder der Suppe. Die Pilger löffeln schweigend, ein oder zwei blicken kurz auf und zucken bedauernd mit den Schultern. Das Mitleid gegenüber denen, die hier keine Unterkunft bekommen, ist sparsam. Die hier einen Schlafplatz gefunden haben, sind froh, unter der Gewinnern des Tages zu sein. »Versuchs mal ein paar Kilometer weiter, da muss auch noch eine Herberge sein«, ruft einer Suppe löffelnd herüber. Ein anderer nickt. »Ist aber auch nicht sicher, ob dort was frei ist. Auf dem Abschnitt hier gibt es wenige Herbergen.« Dann widmen sich beide wieder der Suppe und interessieren sich nicht mehr für mich.

Ich lasse mich draußen auf die Bank fallen und schäle mich aus den Trageriemen des Rucksacks. Der Hund hebt den Kopf und schaut mich mitleidig aus dunklen Augen an. In mir hallen die Ratschläge nach: Versuchs mal ein paar Kilometer weiter ... ist aber auch nicht sicher!

Was soll ich jetzt unternehmen? Obwohl ich heute weniger Kilometer gelaufen und deutlich unter meinem Tagesdurchschnitt geblieben bin – ich kann nicht mehr! Jetzt ärgere ich mich, so viel Zeit auf diese Manuskriptseiten verschwendet zu haben. Eine Dusche, etwas zu essen und einen Schlafplatz, sei er auch noch so bescheiden. Ich kann mir schon vorstellen, wie in dieser Herberge der Schlafsaal aussieht. Ein großer Raum, vollgestopft mit Stockwerkbetten, wenn man Glück hat, halbwegs saubere Matratzen oder Einwegüberzüge aus Papier für die Matratze. Vielleicht eine notdürftige Dusche und ein Waschbecken, das sich Pilger und Pilgerinnen teilen. Nachts kollektives Schnarchen. Bereits um vier Uhr klauben die ersten Pilger beim Licht der Stirnlampe ihre Utensilien zusammen, um vor der Mittagshitze einen großen Teil des Weges zu schaffen. Auch wenn das hier jeglichen Komfort vermissen lässt, es ist besser als kein Quartier! Die Alternative, in der freien Natur zu übernachten, ist für mich wenig verlockend.

Während ich noch überlege, was ich tun soll, tritt eine junge, etwas füllige Frau in Cargohose und T-Shirt aus der Tür. Die schwarzen Haare hat sie am Hinterkopf zusammengesteckt. Sie hat eine Zigarettenschachtel in der Hand, nestelt eine Zigarette und Feuerzeug heraus. Sie inhaliert den Rauch tief, bläst ihn dann in den Himmel, wobei sie die Augen entspannt schließt. In Gedanken versunken lehnt sie am Türpfosten, zieht dann ihr Handy aus der Hosentasche und wirft einen Blick auf das Display, schüttelt den Kopf, steckt es wieder ein. Dann schaut sie zu mir, hält mir die Zigarettenschachtel hin. Ich lehne ab.

»Thank you, no smoking.«

»Germany?«, fragt sie. Ich nicke. Sie zeigt auf sich, stellt sich als Isabella aus Mailand, Italien vor. Wir sprechen einige Sätze auf Englisch mit dem üblichen woher, wo wann gestartet, wie viel Zeit hast du und gehst du die ganze Strecke bis Santiago? Bevor ich meine Quartiersorgen ansprechen kann, erzählt sie mir, dass sie fast auch weitergehen musste, dann aber noch für deutlich mehr Geld ein Doppelzimmer mit kleinem Bad von der Herbergsmutter angeboten bekam, das sie alleine belegt. Wenn ich wohlerzogen wäre, könnte ich das andere Bett haben, gibt sie mir englisch radebrechend zu verstehen ...

Nicht ganz ausgeschlafen sitze ich beim Frühstück und lasse es mir schmecken. Isabella hat geschnarcht! Doch ich bin ihr sehr dankbar. Das war gestern einer der Momente, in denen man glaubt, Sankt Jakob habe einen Engel geschickt. Eine lange Dusche, einen großen Teller kräftiger Suppe mit allerlei Gemüse, vor allem Kohl und Rindfleisch, dazu einen halben Liter Rotwein. Die Welt war wieder zurechtgerückt. Um 21 Uhr lag ich neben Isabella im Bett und war eingeschlafen, bevor ich irgendwelche Gedanken auf die kuriose Situation oder fremde weibliche Reize verschwenden konnte.

Der Blick aufs Display zeigt vier vergebliche Anrufe von Mona an. Der Anruf bei Monas Mutter mit verspäteter Gratulation verläuft am frühen Morgen unterkühlt. Sie wirft mir vor, Mona zu lange allein zu lassen und nur an mich zu denken. Mona brauche mich. Wie es mir geht oder wie meine Pilgerreise verläuft, interessiert sie nicht.

Isabella kommt aus dem Flur, der zu unserem Zimmer und dem Schlafsaal führt, an mir vorbei, nickt mir zu und macht mit zwei Fingern am Mund das Zeichen, was bedeutet, dass sie schnell ihre Frühstückszigarette inhalieren will.

Ich schultere meinen Rucksack und denke jetzt wieder an das Manuskript im Zuckersack. Dabei überkommt mich der Wunsch, weiter zu lesen. Doch ich mache mich auf den Weg. Vor der Tür verabschiede ich mich mit herzlichen Worten von Isabella. Vielleicht treffen wir uns noch mal auf dem Weg. Sie hat mir gestern aus der Patsche geholfen, wofür ich sehr dankbar bin. Die Kosten für das Zimmer haben wir uns geteilt. Win-Win-Konstellationen gibt es eben auch auf dem spirituellen Jakobsweg und Teilen hat christlichen Ursprung.

Der Morgen ist noch frisch, doch die Sonne fängt schon an, auf der Haut zu brennen. Ich habe vergessen, Arme, Beine, Gesicht und Nacken, die der Sonne ausgesetzt sind, vor dem Abmarsch einzukremen. Lichtschutzfaktor 50 dreimal täglich. Im Norden grüßen die schneebedeckten Bergspitzen des kantabrischen Gebirges. Ich habe mich gestern nicht mehr mit der Tagesetappe beschäftigt. Die Karte und mein Tagebuch sind im Rucksack geblieben. Ich gehe einfach weiter den gelben Pfeilen nach. Weit vor mir laufen zwei Pilger, gebeugt unter ihren Rucksäcken. Ich drehe mich kurz um. Niemand hinter mir. Meine Gedanken beschäftigen sich wieder mit dem Manuskript. Erst jetzt, nachdem ich schon viele Seiten gelesen habe, fällt mir auf, dass das Manuskript in deutscher Sprache verfasst ist. Ich habe das wie selbstverständlich genommen, aber hier in Spanien im Straßengraben einen Stapel Seiten in deutscher Sprache zu finden. Wie kommt eine deutsche Handschrift nach Spanien? Wer hat sie abgefasst? Wer hat sie achtlos weggeworfen? Ich muss mehr lesen, um darauf Antworten zu bekommen. Vielleicht sollte ich beim Laufen einige Seiten überfliegen. Ich verwerfe den Gedanken, denn dann brauche ich mich auch nicht mehr über die jungen Asiaten lustig zu machen, die einen Fuß vor den anderen setzen, dabei auf ihr Handy-Display schauen und sich nicht für Menschen und Landschaft interessieren. Mein Handy lässt, wie aufs Stichwort, einen Piepton für ›Nachrichteneingang‹ hören. Bevor ich es aus der Tasche ziehe, weiß ich, dass es eine vorwurfsvolle

Nachricht von Mona ist. Obwohl ich keine Lust darauf habe, schaue ich aufs Display. ›Hallo Pilger, wir haben gestern am Stammtisch gesessen und uns gefragt, ob du uns vergessen hast. Melde dich mal, wir wollen wissen, wie es dir geht und wo du bist. deine Mittwochsrunde‹.

Erleichtert lache ich und tippe schnell eine kurze Antwort. Meine Freunde treffe ich immer mittwochs abends und sie sind neugierig, ob ich den Weg wohl schaffen werde. Als IT-Manager sitzt man vorwiegend am Bildschirm und da ich zudem nicht besonders sportlich bin, haben die Zweifel meiner Freunde durchaus Berechtigung. Doch bisher ist es besser gelaufen, als ich es selbst glaubte. Vielleicht haben mir die Trainingsstunden im Fitnessstudio doch etwas geholfen, die Tagesetappen mit Rucksack zu schaffen. Viel Vorbereitungszeit hatte ich nicht, denn als ich meinen Job gekündigt habe, wurde ich umgehend freigestellt. In den drei Monaten Freizeit, bis ich die neue Stelle antreten kann, wollte ich etwas Sinnvolles tun. Der Jakobsweg hatte mich schon immer interessiert. Jetzt war die Gelegenheit, sich Zeit dafür zu nehmen.

Ich setze eine Nachricht an die Mittwochsgruppe ab. Und weil ich gerade dabei bin, auch noch eine Weitere an Mona, mit dem Hinweis, dass es gestern Quartierschwierigkeiten gab und der Anruf bei ihrer Mutter vollzogen ist. Jetzt ist aber Schluss mit Handy. Gerade will ich den Knopf zum Abschalten drücken, als es in meiner Hand vibriert. Mona!

»Bist du ok? Du hast hoffentlich noch ein Bett bekommen?«

»Ja, erst gab es nichts, und ich hatte mich schon auf Schlafsack in der freien Natur ohne Dusche, Abendessen und Frühstück eingestellt.« Bewusst dramatisiere ich mit einigen Sätzen die Situation, erzähle von Wassermangel, nächtlicher Bedrohung durch wilde Hunde, schwieriges Vorankommen durch unwegsames Gelände. Und dann, als ich fast den Entschluss fasse, aufzugeben, der Lichtschein der ersehnten Herberge auftaucht.

»Und was hast du dann gemacht? Das ist ja schrecklich! Warum tust du dir das an?«

»Ich habe mir das Zimmer mit einer Italienerin geteilt«, antworte ich wahrheitsgemäß und bereue es umgehend.

»Wie bitte? Du hast mit einer fremden Frau ... Ich ... Das ist doch jetzt nicht wahr, oder?«

»Ganz harmlos, ich war ja froh, überhaupt eine Unterkunft gefunden zu haben.«

»Das kann ich mir lebhaft vorstellen. Ich fasse es nicht. Viel Vergnügen mit der Tussi.«

Das Gespräch ist beendet. Ich bleibe stehen, schaue noch einen Moment auf das Display. Warum bin ich nicht verärgert? Ich fühle mich erleichtert, horche in mich hinein. Ich allein weiß, dass es keinen Grund für irgendwelche Anschuldigungen und Eifersuchtsszenen gibt. Mona liegt gründlich falsch, meine Worte als Untreue auszulegen. Und ich spüre etwas hämische Freude, sie zur Weißglut gebracht zu haben. So weit ist es mit uns gekommen. Ich schalte das Handy ab, fasse den knotigen Wanderstock etwas fester und marschiere weiter.

Das Manuskript in meinem Rucksack verdrängt andere Gedanken. Es ist doch kurios, warum finde ausgerechnet ich in einem spanischen Straßengraben eine deutsche Handschrift? Wer hat die Zeilen geschrieben? Es kann eigentlich nur eine Frau gewesen sein, so, wie sie das Brotbacken beschreibt. Warum und für wen schreibt sie das auf? Ja wieso landet das dann hier alles in einem Straßengraben? Viele Fragen, vielleicht bekomme ich darauf beim Lesen einige Antworten. Mechanisch setze ich meine Schritte voreinander und verliere mich in Spekulationen über die Manuskriptseiten.

IV

Ich habe nicht gemerkt, dass sich der Himmel eingetrübt hat und am Horizont dunkle Wolkentürme stehen. Aber die sind noch weit weg. Obwohl die Sonne nicht mehr vom Himmel brennt, ist es heiß und stickig. Mein T-Shirt ist durchgeschwitzt, die Gurte des Rucksacks fangen an zu scheuern. Der Weg zieht sich an einem kleinen Hang hoch. Als ich auf der Kuppe einer Hügelkette ankomme, kann ich weit in die Landschaft schauen, wo der hell geschotterte Weg sich weiter durch die grünen Felder windet und in der Ferne verschwindet. An einer Kreuzung steht eine Steinsäule mit einem verzierten Wegkreuz.

Daneben sitzt eine junge Frau auf dem grasigen Wegesrand, spielt versunken auf einer kleinen Gitarre und singt leise dazu. Das Bild strömt Ruhe aus, hier möchte auch ich eine Pause machen. Ich trete näher, halte aber respektvollen Abstand, um die meditative Stimmung nicht zu stören. Unter ihrem Strohhut mit der breiten Krempe lugt kurzes weizenblondes Haar hervor. Ihr glattes Gesicht mit den blauen Augen lächelt mich an, während sie auf den Saiten zupft und leise singt. Sie trägt eine blaue Hose, die kurz unter den Knien aufhört und schlanke, braune Waden freilässt. Die klobigen Wanderstiefel, mit dicken Socken, die sie über die Stiefelschäfte heruntergekrempelt hat, wollen nicht so richtig zu ihrer schlanken Figur passen. Sie schaut zu mir, lächelt und nickt, was ich als Einverständnis betrachte, mich in ihre Nähe zu setzen. Ich lasse mich ins Gras fallen, den Rucksack als Rückenlehne. Mit meinem Hut fächele ich mir Luft zu. Der leichte Luftzug tut gut. Sie hat ihr kleines Lied beendet, sagt: »Hallo«, und lächelt mich an. Ich grüße zurück und wir wechseln einige Sätze auf Englisch. Wir erzählen eine gute halbe Stunde so vertraut, als würden wir uns schon lange kennen. Dabei unterlegt sie unser Gespräch zupfend mit einigen leisen Akkorden. Jennifer fasziniert mich, wie sie unbekümmert an den Saiten zupft, mich von Zeit zu Zeit anlächelt, mit ihren wasserblauen Augen strahlt und mit ihrer dunklen Stimme summt. Sie fängt an zu erzählen, wobei sie weiter auf der Gitarre improvisiert. Sie erklärt mir, dass die Gitarre eine Ukulele ist. Ein kleines, handliches Instrument. Lange hat sie gespart, um sich die Europareise leisten zu können. Den Jakobsweg zu laufen, alle Zwänge und Konventionen hinter sich zu lassen, ist nach Studium und ersten Schritten im Beruf ihr Herzenswunsch. Während sie sich mir weiter anvertraut, bewundere ich ihre Art zu sprechen, glaube einen Duft zu erschnuppern, der so erfrischend und anlockend zugleich ist. Sie wirkt sehr selbstsicher, dennoch löst sie bei mir den Drang aus, sie zu beschützen. Unauffällig rücke ich näher zu ihr. Einem forschenden Blick folgt die Frage nach meinen Beweggründen, den Jakobsweg zu gehen. Weitschweifig erzähle ich von beruflich abschalten, Landschaft erleben, Selbstfindung und merke bald, wie sehr ich mich in meine eigenen Widersprüche verstricke.

Unter der Krempe ihres Strohhutes hervor wirft sie mir wieder diesen intensiv forschenden Blick zu, der in mir wie in einem Buch zu lesen scheint. Knapp, sagt sie dann, sie habe auch so eine Krise. Spontan will ich antworten, es gäbe bei mir keine Krise, da schiebt sie nach, sie suche, genau wie ich, nach einem Sinn, ihr Lebensweg stehe an einem Tor, das aufgestoßen werden will. Verlegen blicke ich zu Boden. Vor weniger als einer halben Stunde habe ich sie getroffen und sie kennt mich besser als ich mich selbst.

Jennifer ist aus Neuseeland und nimmt sich viel Zeit für die Reise. Es ist so friedlich, die Vögel zwitschern, Jennifer fährt mit geübten Fingern über die Saiten ihrer Ukulele. Ihre dunkle, melodische Stimme klingt warm und innig. Ich höre ihr gerne zu.

Sie spricht davon, wie wenig sie zum Leben braucht. Jennifer hat nur das, was sie mit sich tragen kann. Kann man so dauerhaft sein Leben gestalten? Doch Jennifer lebt auch in ihrer Heimat Neuseeland sehr bescheiden und reduziert. Sie versichert mir, dass sich bisherige Alltagsschwierigkeiten als Luxusproblem erweisen und keine Last mehr sind. Ich stimme ihr zu, denn hier auf dem Camino habe ich gelernt, bewusster mit den wesentlichen Dingen des Lebens umzugehen. Noch vor wenigen Wochen hätte ich nicht vermutet, tagelang ohne Computer auszukommen, musste mich schweren Herzens von dem Gedanken trennen, meinen Laptop mitzunehmen. Mein hochgerüstetes Smartphone habe ich inzwischen die meiste Zeit ausgeschaltet – und vermisse nichts!

Plötzlich zerreißt ein Blitz und gleich darauf ein Donnerschlag die Idylle. Erschrocken drehen wir uns um. Hinter unserem Rücken hat sich eine riesige dunkele Wolkenbank aufgetürmt. Jetzt rauscht eine Windböe heran und trägt eine Windhose Staub vor sich her. Jennifer verstaut routiniert ihre kleine Ukulele in der dazugehörigen Tasche, ich zerre die Pelerine aus dem Seitenfach meines Rucksacks und streife sie über. Jennifer hat einen deutlich kleineren Rucksack als ich, nimmt ihn auf den Rücken, die Gitarrentasche vor der Brust und marschiert ohne ein weiteres Wort los. Ein Platzregen bricht los, in Sekunden ist alles durchnässt. Mein Rucksack liegt noch im Gras. Es gibt keinen Unterschlupf, wo ich das Gewitter trocken abwarten kann. Hastig setze ich mich auf den Rucksack und versuche, so gut es geht, die Pelerine über dessen Ecken zu ziehen. Bei jedem Blitz, der durch den schwefelgelben Himmel zuckt, hebt sich das steinerne Wegkreuz wie in einem Horrorfilm vom Himmel ab. Donner rollen wuchtig heran. Eine Windböe reißt mir fast das Regencape über den Kopf. Ich kann es gerade noch festhalten, doch bis ich es wieder richtig übergestreift habe, bin ich völlig durchnässt. Wohin mag Jennifer verschwunden sein? Durch den Regen und die Dunkelheit versuche ich, in die Richtung zu spähen, in die sie verschwunden ist. Dabei klatscht mir der Regen ins Gesicht. Jetzt ist schon alles nass. Ich streife meine Pelerine ab, ziehe sie über den Rucksack, wickele ihn darin ein und lasse ihn liegen. Dann laufe ich ein Stück über den Hügelkamm, auf der anderen Seite hinunter. Weit kann sie nicht gekommen sein. Ich rufe ein paar Mal nach ihr, versuche durch die Regenschleier etwas zu erkennen. Der Weg ist abschüssig und in den Wegspuren rauscht jetzt das Regenwasser den Hügel hinunter. Welche Mengen in so wenigen Minuten zusammen kommen! Einmal glaube ich eine Bewegung auf dem Weg zu sehen, habe mich aber getäuscht. Dann schlägt ein Blitz oberhalb von mir ein. Geblendet und panisch hocke ich mich mit geschlossenen Augen hin und warte. Ich habe jedes Zeitgefühl verloren. Irgendwann lassen Wind und Regen nach. Blitz und Donner treiben ihr Wechselspiel weiter entfernt. Mir flimmert es jetzt noch vor den Augen und sehe das grelle Nachbild des Blitzes, wenn ich sie schließe. Es wird ruhiger, die Vögel fangen wieder zaghaft an zu zwitschern. Das Wasser auf dem Weg rauscht, spült Steine mit sich. Langsam erhebe ich mich. Dort in der Ebene, wo das Gewitter herkam, brechen die ersten Sonnenstrahlen durch die Wolken. Jennifer ist nicht zu sehen, von meinem Standort habe ich einen weiten Blick hinunter auf den Weg und die Felder. Ich steige wieder hinauf auf die Hügelkuppe und gehe zu dem steinernen Wegkreuz, wo mein Rucksack liegt. Hier oben muss irgendwo der Blitz eingeschlagen sein. Das Regencape schüttele ich aus, rolle es zusammen, nehme den Rucksack hoch und wuchte ihn mir auf die Schultern. Mit dem Ärmel wische ich mir die Tropfen aus dem Gesicht und ziehe dann los. Was mag mit Jennifer passiert sein? Es treibt mich weiter. Doch ich finde sie nicht und auf meine Rufe bekomme ich keine Antwort.

Mechanisch ziehe ich das Handy aus der Tasche und blicke auf das dunkle Display. Heute Morgen, nach dem Zwist mit Mona habe ich es abgeschaltet. Es würde auch nichts helfen, da ich keine Telefonnummer von Jennifer habe. Also laufe ich den Weg weiter, in der Hoffnung, dass sie sich irgendwo hinkauern konnte und halbwegs geschützt das Gewitter überstanden hat. Vielleicht ist sie schon weit voraus, ich weiß nicht wie lange ich nach dem Blitz dort gehockt habe. Aber ich versuche sie einzuholen. Zügig gehe ich hinunter in die Ebene, in der die Sonne die Regentropfen an den Halmen der Getreidefelder zum Glitzern bringt. In der Sonne trocknen meine Sachen in wenigen Minuten. Die Luft ist frisch und klar, im Gegensatz zu der Gewitterschwüle von vorhin. Ich komme an einem Pilgerrastplatz vorbei, der menschenleer ist, doch weit vor mir, auf dem schnurgeraden Weg sehe ich einige Gestalten. Ich laufe etwas schneller, um sie einzuholen. Nach einigen Minuten erkenne ich vier Personen. Ich rufe, als ich näher bei ihnen bin, damit sie stehen bleiben und ich sie nach Jennifer fragen kann. Sie drehen sich zu mir um. Drei Männer, eine Frau, die auf dem Rastplatz unter dem Dach das Ende des Gewitters abgewartet hatten. Jennifer haben sie nicht gesehen. Gemeinsam laufen wir weiter, ich bin ziemlich geschafft, weil ich so schnell gegangen bin. Meine Trinkflasche ist leer.

Jeder der vier schüttet mir etwas von seinem Wasser in meine Aluflasche, damit ich trinken kann. Die vier spanischen Pilger sind verständnisvolle Leute und besonnen. Sie versuchen, mich zu beruhigen, fragen mich in gebrochenem Englisch und vielen Gesten nach Jennifer. Zunächst nahmen sie an, Jennifer wäre meine mitreisende Partnerin, die verschwunden ist. Als ich aufkläre, dass ich sie erst kurz vorher an dem Wegkreuz getroffen habe, beruhigen sie mich. Sie wollen weiter zu einer Herberge im nächsten Ort und laden mich ein, mitzukommen. Müde und abgekämpft folge ich ihnen, ohne auf den Weg zu achten, blicke mich immer wieder um, in der Hoffnung, Jennifer hinter uns zu sehen. Doch sie bleibt verschwunden. Ich sehe immer noch den zuckenden Blitz vor mir und stelle mir vor, er hätte Jennifer getroffen, obwohl sie in die andere Richtung verschwunden ist. Nach einer Stunde Wanderung durch die Ebene nähern wir uns einem Ort, der sich an einen Bergkegel schmiegt, auf dessen Spitze eine Burg zu sehen ist. Zielstrebig gehen die Vier durch einige Gassen bis zu einer Toreinfahrt und klopfen an ein großes Holztor. In dem großen Tor öffnet ein bärtiger

Mann eine kleine Tür. Braungebrannt und mit vielen Lachfalten schaut der *Hospitalero* freundlich in unsere Gesichter. Dann erkennt er einen der Spanier: Er öffnet die kleine Tür weit und heißt uns mit großer Geste willkommen. Wir treten in den sauberen Innenhof, in dem Tische, Bänke und einige Wäscheständer stehen. Das übliche Bild einer Pilgerherberge. Die Spanier und der *Hospitalero* schwatzen, dann zeigt Pedro, der Wortführer auf mich und es fällt der Name Jennifer. Der *Hospitalero*, José mit Namen, erklärt mir, es sei ein kurzes, aber schweres Unwetter gewesen. Sicher sei Jennifer irgendwo anders untergekommen. Ich erzähle von dem Blitz, der niedergegangen ist, Jennifer aber vorher in die andere Richtung verschwunden sei. José beruhigt mich. Er kennt die Stelle mit dem Wegkreuz. Später will er die anderen umliegenden Herbergen anrufen und sich erkundigen, ob Jennifer dort untergekommen oder von anderen Pilgern gesichtet wurde. Jetzt sollen wir aber erstmal duschen und uns frisch an den Tisch setzen. Mit dem Essen könne es noch etwas dauern, weil wegen des Unwetters der Strom ausgefallen war, aber der Wasserboiler für die Duschen sei noch warm. Doch vorher will er noch unsere Pilgerausweise sehen und stempeln.

Frisch geduscht sieht die Welt schon ganz anders aus. Im Innenhof gibt es ein Waschbecken, in dem ich meine Wäsche ausgewaschen habe, die ich jetzt aufhänge. Da fallen mir mein Handy und Mona ein. Ich schalte es ein und habe von ihr vier fehlgeschlagene Anrufe und drei Nachrichten mit Vorwürfen, warum ich mich nicht melde und nicht erreichbar bin. Nach dem Essen werde ich sie anrufen.

Am Tisch sitzen schon die Spanier und noch weitere Pilger, die fröhlich in verschiedenen Sprachen durcheinander schnattern. Als ich mich setze, gibt mir Pedro zu verstehen, dass der *Hospitalero* José gerade wegen Jennifer telefoniert. Schnell habe ich ein Glas Rotwein vor mir und tausche mit den anderen Pilgern unsere Unwettererlebnisse aus. Wie ich von Pedro erfahre, ist das hier eine *Albergue Municipal*, also eine kommunale Herberge, Sie wird von ehrenamtlichen Betreuern im Schichtdienst betrieben. Er geht den Jakobsweg schon zum dritten Mal und hat diesmal Freunde eingeladen, dabei zu sein.

Das Essen wird von einer dicken Frau aufgetragen. Gazpacho, eine kalte Tomatensuppe mit Gemüsestückchen, die erfrischend und lecker ist. Anschließend Fleischklößchen mit Soße und Kichererbsen. Zum Dessert gibt es große Stücke Honigmelone. Für jeden ist ein halber Liter Rotwein, Bier aus Dosen oder Wasser im Menü inbegriffen.

Als wir die letzten Melonenstücke verspeisen, tritt José an unseren Tisch, schaut mich an und wendet sich dann an Pedro. Er spricht mit Pedro eine Weile. Dann übersetzt mir Pedro, José habe mit den Albergues im Umkreis gesprochen, aber Jennifer sei nicht dort, und niemand habe sie gesehen. José schaut mich bei Pedros Übersetzung an und nickt. Dann schaut er wieder zu Pedro, zuckt mit den Schultern und murmelt etwas, aus dem ich *distanciarme* heraushöre. So ist das also! Die glauben Jennifer wäre vor mir geflohen, weil ich vielleicht zudringlich wurde. Verärgert trinke ich mein Glas aus, stehe auf und setze mich in einer Ecke des Innenhofes auf eine Bank, um mit Mona zu telefonieren. Das muss ich jetzt auch noch hinter mich bringen.

Mona heult am Telefon. Wieso ich ihr das antue. Sie habe mir vertraut, ich solle zurückkommen, wenn mir an ihr etwas läge.

Auf meine Bemerkungen geht sie nicht ein. Ich komme kaum zu Wort. Fatalerweise erzähle ich auch noch von dem Unwetter, dem Blitzeinschlag und davon, dass eine Pilgerin Jennifer, mit der ich mich vorher noch unterhalten habe, spurlos verschwunden ist.

Mona rastet aus. Es sei jetzt Zeit, nach Hause zu kommen. Anscheinend nutzte ich die sogenannte Pilgerreise, um täglich eine andere Frau kennenzulernen. Und gefährlich sei es ja nun auch. Blitzeinschlag!

Ich versuche sie zu beruhigen und bitte sie, mit dem Weinen aufzuhören.

Wieso weinen? Sie habe nur diese Birkenpollenallergie, wie jedes Jahr und die Allergiertabletten schlagen nicht an. Ihr laufe die Nase. Robert habe gesagt, sie solle den Arzt wechseln.

Robert?

Ja, mit Robert habe sie sich auf einen Kaffee getroffen. Ich mache ja schließlich auch, was ich wolle.

Aha, also Robert kümmert sich nun wohl liebevoll um dich?

Er bringe wenigstens für ihre Situation mehr Verständnis auf als ich!

Situation?

Ich ließe sie mit allem im Stich.

»Du bist eine gestandene Frau«, antworte ich ihr, »die in ihrem Beruf Verantwortung trägt und das Leben in die Hand nimmt. Wir haben ausführlich über alles gesprochen. Die fünf Wochen bis ich bei der neuen Firma anfange, wollte ich den Jakobsweg laufen. Mitkommen wolltest du nicht. Jetzt sind zwei Wochen um und du machst mir eine Szene nach der anderen, ich werde das hier durchziehen und mich nicht mehr um die vertrocknenden Usambaraveilchen zuhause kümmern. Das ist jetzt deine Welt, für die du die Verantwortung während meiner Reise übernommen hast.«

Ich höre nur leises schniefen.

»Bist du noch da?«

»Ich wollte doch nur ... es ist wegen ... meine Mutter meint auch ...«

»Deine Mutter kann mir gestohlen bleiben und du gleich mit, wenn das so weitergeht.«

Stille, das Gespräch ist beendet. Bevor ich das Telefon einstecke, schalte ich es ganz aus. Heute ist nicht mein Tag. Erschöpft starre ich einen Moment vor mich hin. Was ist da heute alles passiert? Ich hatte mich auf die Wochen auf dem Jakobsweg gefreut, wollte Ballast abwerfen, Gedanken ordnen. Jetzt wird mir emotional mehr aufgeladen, als ich tragen kann. Warum setzt mich Mona permanent unter Druck? Sie war mit meiner Reise einverstanden, hat mich sogar bei der Planung unterstützt.

Ich war so froh, als ich das Stellenangebot in der neuen Firma bekam und ich nach der Kündigung sofort freigestellt wurde. Mona fand es eine Katastrophe, drei Monate mit Nichtstun zu verbringen und der Schmach, direkt vor die Tür gesetzt worden zu sein. Ich fand es befreiend und freute mich auf die neue Aufgabe. Natürlich hätte Mona es gerne gesehen, wenn ich in die Firma ihres Vaters, die sie nach dessen Tod alleine führt, eingetreten wäre. Eine natürliche Scheu hielt mich davon ab. Ich wollte mich nicht in eine komplette Abhängigkeit bringen und der Prinzgemahl sein, der seinen Job nicht aus Kompetenz, sondern qua Beziehung bekommt. Die spontane Idee, den Jakobsweg während meiner langen Auszeit zu laufen, hat Mona zwar akzeptiert, ich konnte ihr aber eine gewisse Enttäuschung anmerken.

Dann fällt mir der Zuckersack mit dem Manuskript ein. Die Flucht in eine ganz andere Welt, die es zu erforschen gilt. Ich gehe in den kleinen Schlafsaal, zerre den Papiersack aus meinem Rucksack und setze mich im Hof wieder auf die Bank. Die anderen Pilger sitzen noch am Tisch, schwatzen und lachen. Zu denen mag ich mich jetzt nicht setzen. Ich blättere in den Seiten, versuche zu sortieren. Ohne Seitennummerierung, nur anhand des Textes ist das schwierig bei so vielen Blättern, die doppelseitig beschrieben sind. Wieder stelle ich mir die Fragen, auf die mir die Blätter bisher eine Antwort schuldig bleiben, ich habe ja erst wenig ohne Zusammenhänge gelesen. Ich nehme wieder ein Blatt zur Hand und lese:

... konnte ich meine Tränen nicht zurückhalten und gestand alles. Bald würde ich die Schwangerschaft ohnehin nicht mehr verbergen können. Maria nahm meine Hand, drückte sie und versuchte, mich zu trösten. Ich sei nicht die Erste, der das passiert sei und ich solle mich auf das Kind freuen, denn das sei ein Geschenk, das ihr versagt geblieben sei. Sie würde sich kümmern und es gäbe für alles Lösungen. Aber es sei sehr wichtig, mit niemanden sonst darüber zu sprechen. Ich versprach es. Insgeheim ärgerte ich mich, es ihr erzählt zu haben. Früh am nächsten Morgen wurde ich geweckt. Ich

solle alles zusammenpacken. Meine Fragen wurden nicht beantwortet. Ohne mich von den anderen verabschieden zu können, brachte mich ein Knecht zum Bahnhof und ließ mich grußlos stehen. Man hatte mir etwas Geld für die Fahrkarte und einen Zettel mit einer Adresse in Berlin gegeben. Dort würde man sich um mich kümmern. Ich hatte schon davon gehört wie mit Mädchen in meiner Situation, wenn sie, wie ich, keine Verwandten hatten, umgesprungen wurde. Ein paar Monate schickte man sie nach Berlin, sie lebten dort anonym in Familien, bis ihre Kinder geboren waren und dann wurde ihnen das Kind genommen und sie konnten zusehen, wo sie blieben. Wenn sie viel Glück hatten, bekamen sie eine Stelle auf einem anderen Gutshof und durften das Kind mitnehmen. Aber das war eher selten. Verzweifelt stand ich am Bahnhof, ausgestoßen, abgeschoben. Alles, was ich besaß, war das kleine Köfferchen, etwas Geld für den letzten Wochenlohn, die Fahrkarte und ein Kind unter dem Herzen. Ich drehte den Zettel mit der Berliner Adresse zwischen den Fingern.

»Willst du dich nicht zu uns setzen?«

Erschrocken blicke ich auf. Pedro steht vor mir und hat mich aus dem Text gerissen, in den ich versunken war. Verwirrt klaube ich die Seiten zusammen. Vielleicht ist es besser, mich zu den anderen Pilgern zu setzen, da sie sonst mein Verhalten als Schuldeingeständnis, Jennifer belästigt zu haben, werten könnten. Ich stopfe die Seiten zurück in den Papiersack und falte ihn zusammen.

Das Leben schmeckt süß, sagte Pedro auf Englisch, mit Blick auf die Aufschrift »Azúcar Blanco« des Zuckersacks.

Ich nicke nur. Nicht immer, denke ich und folge ihm zum Tisch, das Manuskript unter dem Arm. Schnell steht ein Glas Rotwein vor mir. Die Tischrunde erzählt bester Laune Erlebnisse aus dem Pilgerleben, die ich aber wie durch Watte wahrnehme. An den Gesprächen beteilige ich mich nur wenig, zu sehr fesseln die Ereignisse des Tages und das Manuskript noch meine Gedanken. Irgendwann sieht José bedeutungsschwer auf die Uhr und braucht nicht mehr viel Worte zu verlieren. Zapfenstreich. Die Gläser werden geleert und gespült. Auf dem Weg zum Schlafraum ruft mir José über den Hof hinterher. Als ich mich umdrehe, schwenkt er den Zuckersack in der Luft, den ich auf dem Tisch vergaß, als ich half, die Gläser zur Spüle zu tragen.

»Das Leben ist süß«, sagt er zu mir und gibt mir lachend den Papiersack. Hatte ich den Spruch heute nicht schon mal gehört?

»Das Mädchen findet dich, wenn es das will, ergänzte er noch, der Jakobsweg ist voller Wunder.«

Auf meinem Weg hatte ich schon einige Wundergeschichten gehört, wie die des ‚Hühnerwunders' in der Kathedrale von Santo Domingo de la Calzada.

V

Von den Ereignissen des Tages war ich aufgewühlt und darum schlaflos. Im Schlafsaal lieferten sich die Herren ein virtuoses Schnarchkonzert, bei dem ich der einzig wache Zuhörer war. Das hat meine christliche Nächstenliebe überaus strapaziert. Warum hört man sein eigenes Schnarchen nicht? Erst gegen morgen, als die ersten Pilger sich bereits für den Tagesmarsch bereit machen, finde ich etwas Schlaf, besser gesagt döse ich vor mich hin.

Mona versucht, mit mir zu scherzen und will mich kitzeln, dabei rennen wir um einen Tisch. Ich bin aber nicht zum Scherzen aufgelegt, was sie nicht begreift. Als es mir zu viel wird, nehme ich die Jacke und gehe. Doch ich kann kaum laufen. Meine Beine reagieren nur in Zeitlupe, schwer und unter größter Anstrengung. So schnell ich auch laufen möchte, sie bewegen sich, als würde ich durch zähflüssigen Sirup waten. Dabei schmerzen die Waden von der Anstrengung.

Jemand rüttelt an meinem Fuß. Träge öffne ich die vom Schlaf verklebten Augen. Das bärtige Gesicht Josés sieht mich freundlich an. Er sagt etwas auf Spanisch und macht eine kreisende Bewegung mit dem Zeigefinger über seinem Handgelenk, dort wo man die Armbanduhr trägt. Internationale Pilgersprache. Die Herberge schließt und ich muss los. Ich nicke und entschuldige mich. Als José verschwunden ist, springe ich aus dem Bett, bin nur kurz zähneputzend im Waschraum. Dann trete ich mit meinem Gepäck in den Innenhof. An dem großen Tisch sitzt José und macht Einträge in irgendwelche Papiere. Obwohl die Herberge längst geschlossen ist, wartet er noch geduldig auf mich. Er deutet auf ein Frühstücksbrettchen und eine Tasse Kaffee und sagt nur *desayuno*. Die gute Seele hat ein kleines Frühstück für mich hingestellt. Mit einem muchas gracias bedanke ich mich, setze mich dazu. Mit seiner runden, metallgefassten Brille beugt er sich wieder über die Papiere und sieht aus wie Hemingway. Ich streiche mir etwas Butter und Marmelade auf zwei Weißbrotscheiben und schlinge sie hinunter, weil ich José nicht unnötig warten lassen möchte. Er blickt auf, macht eine beruhigende Geste. Ich soll mir also Zeit lassen. So kaue ich bewusster, lächele ihn dabei an. Er lächelt zurück. Dann schiebt er langsam die Papiere beiseite, nimmt seine Brille ab und legt sie obenauf. José fängt an, auf Spanisch zu sprechen, nur wenige Brocken Englisch baut er gelegentlich ein. Ich verstehe José und das, was er mir sagt, obwohl ich nur die nötigsten Worte kenne, das meiste davon habe ich in den letzten zwei Wochen gelernt.

›Du läufst nicht nach Santiago, um eine Strecke hinter dich zu bringen, der Weg bewegt etwas in dir. Lass dich auf den Weg ein, nimm an, was er dir vermittelt. Den Weg ebnen, alles andere ist hier nicht wichtig. Konzentriere deinen Geist darauf, dann gibt er dir Kraft. Gestatte, was er mit dir macht.‹

So interpretiere ich das, was José mir langsam mit seiner tiefen, kräftigen Stimme vermitteln will. Ich bin sehr gerührt und einige Tränen laufen mir über die Wangen. Seit zwei Wochen bin ich auf dem Jakobsweg und merke jetzt, wie mich meine heimische Welt noch gefangen hält. Dann klopft er mir auf die Schulter und steht langsam auf, sagt noch etwas wie: Iss in Ruhe auf. Er geht in eine Ecke des Hofes und macht sich dort zu schaffen.

Als ich meinen Kaffee ausgetrunken, meine Wasserflasche aufgefüllt habe, schultere ich meinen Rucksack und gehe zu José, der mich freundlich anlächelt und umarmt. Er greift in seinen Nacken und nestelt eine Lederschnur vom Hals, an der eine kleine bronzefarbene Pilgermuschel baumelt, nicht größer als ein Centstück. Die legt er mir wortlos um den Hals. Erstaunt blicke ich ihn an und bedanke mich. Er klopft mir auf die Schulter und wünscht mir *Ultreya*, den alten Pilgergruß, der so viel wie ›immer weiter‹ bedeutet. Er geht mit mir zur Tür und hält sie mir auf. Wir winken uns noch einmal zu. Dann fällt die Tür zu, ich höre, wie sich der Schlüssel im Schloss dreht.

Ich wende mich nach rechts, wo mir der erste gelbe Pfeil des Tages den Weg durch die alten Gassen des Dorfes weist. Als ich die letzten Häuser hinter mir lasse, blicke ich mich noch einmal um. Das Dorf macht einen müden, etwas heruntergekommenen Eindruck. Einige Häuser stehen leer. Das Gewirr der dicht zusammengedrängten Behausungen mit den windschiefen Dächern, unterhalb des kegelförmigen Berges, auf dem die Burgruine thront, hat etwas Behagliches. Hinter dem Kegelberg erhebt sich eine breite Anhöhe, wie ich aus meinem Reiseführer weiß, ein Tafelberg, den es jetzt zu erklimmen gilt. Der Weg ist steil, aber gut ausgebaut. An den steilsten Stellen gibt es einige wackelige Treppenstufen aus Feldsteinen, die meine ganze Aufmerksamkeit erfordern. Immer wieder muss ich stehenbleiben, um Atem zu holen. An solchen Steigungen denkt man unweigerlich darüber nach, welche unnötig mitgeschleppten Gegenstände den Rucksack so schwer machen. Die Sonne steht schon hoch am Himmel. Als ich die Kante des Tafelberges erreiche, setze ich mich auf einen Stein, den Rucksack neben mir und blicke zurück in die Landschaft. Die Burgruine und das darunterliegende Dorf sind zu Spielzeuggröße zusammengeschrumpft. Weite hügelige Landschaft mit einem wogenden Meer aus Getreidefeldern, das im dunstigen Horizont verschwimmt. Irgendwo da hinten habe ich gestern Todesängste ausgestanden, als der Blitz einschlug. Ich denke an Jennifer und wo sie sein mag. So überraschend sie mit ihrer Gitarre am Wegkreuz saß, so schnell war sie wieder entschwunden. Dann denke ich an die Worte von José ›... Lass dich auf den Weg ein, nimm an, was er dir vermittelt ...‹ Will mir der Weg mit der Person von Jennifer etwas sagen? Und dann das rätselhafte Manuskript. Ist das eine an mich gerichtete Botschaft?

Meine Wasserflasche ist schon halb leer, als ich aufstehe. Ich drehe mich um, vor mir liegt eine weite wellige Ebene, auf der es sanft abwärts geht. Ich schultere den Rucksack und marschiere los. Nach etwa einer Stunde habe ich die Ebene durchquert und komme auf eine schmale, von Bäumen gesäumte Straße. Die Vögel zwitschern wieder und es duftet nach frisch gemähtem Gras. Die Straße beschreibt eine S-Kurve zwischen den Bäumen. Durch einen spitz zulaufenden, steinernen Torbogen führt die Straße hindurch. Erst bei näherem Hinsehen erkenne ich, dass es sich um den Gewölberest eines Kirchenschiffs handelt, dessen weitere Trümmerreste aus den Büschen ragen. Die Straße führt mitten hindurch. In einer Mauernische steht ein großer Wasserkrug mit der Aufschrift ›Agua potable‹. Daraus fülle ich dankbar meine Wasserflasche auf. Im Reiseführer finde ich einen Hinweis, dass es sich um ein ehemaliges Antoniterkloster handelt. Die Bruderschaft des St. Antonio, wie die Spanier ihn nennen, heilte bei den Menschen das sogenannte Antoniusfeuer, einen brennenden Hautausschlag, verbunden mit Lähmungserscheinungen. Verursacht wurde das Leiden durch einen am Brotgetreide wachsenden, auberginefarbenen Pilz, dem Mutterkorn, der in Unkenntnis der Gefahr mit dem Getreide vermahlen und ins Brot eingebacken wurde.

In Gedanken versunken laufe ich weiter, setze mechanisch Schritt vor Schritt und bin der einzige Pilger weit und breit. Dankbar für die Ruhe nehme ich mir Zeit, meine Gedanken zu ordnen. Innere Bilder tauchen auf, wirbeln mir durch den Kopf. Mona, das Manuskript, Jennifers verschwinden. All das bildet ein unentwirrbares Knäuel. Erst als mir an den ersten Häusern eines Dorfes eine Schafherde entgegenkommt, löse ich mich von meinen Gedanken. Die Schafe drängeln sich durch die Dorfstraße. Blökende Lämmer rufen nach ihren Mutterschafen. Der Hund des Schäfers tut sein bestes, die Tiere aus den Häuserschluchten auf die Straße hinaus aus dem Dorf zu treiben. Ruhig und ohne sichtbare Emotionen steht der Schäfer am Rande des Weges und beobachtet die Schafe. Die Herde läuft weiter entlang der Straße um dann, weit entfernt vom Dorf, eingewiesen durch den Schäfer, auf eine Wiese abzubiegen. Ich stehe und betrachte fasziniert das friedliche Bild. Eine Schafherde ist eigentlich ein chaotischer Haufen. Doch hat alles eine Ordnung, die ohne große Eingriffe und Aufregung verläuft. Der Hund treibt auch die hinterherbummelnden letzten Schafe an, für die Gras und Kräuter am Straßenrand verlockender sind als dem Weg zu folgen. Dabei fallen mir die Worte von José wieder ein: »… den Weg ebnen, alles andere ist hier nicht wichtig …«.

Will mir hier der Jakobsweg ein anschauliches Beispiel geben? Die letzten Schafe haben den Weg in das Dorf wieder freigegeben. An einem der bescheidenen Häuser steht ein großes Tor offen, vor dem ein Mann die Hinterlassenschaften der Schafe zusammenkehrt. Er grüßt mich mit *Buen Camino* und weist auf das Schild, das auf die hier befindliche Herberge hinweist und lächelt mich an.

Welcome, Bienvenido, Willkommen, Benvenuto, fängt er an die Begrüßungsformeln in verschiedenen Sprachen aufzuzählen. »Wenn du eine Herberge suchst, bist du herzlich willkommen«, sagt der *Hospitalero* in gutem Deutsch zu mir. Er stellt sich als Francesco vor.

Die freundliche Einladung nehme ich gerne an. Auch wenn mir der Überblick fehlt, wie lang meine Tagesetappe war und wie das Dorf heißt, in dem ich bin. Dazu war ich heute zu sehr in Gedanken versunken und finde es momentan nicht wichtig. Ich bedanke mich und trete durch den Torbogen. Ein großer Bernhardinerhund steht schwerfällig von seinem Schattenplatz im Innenhof auf, kommt schwanzwedelnd angetrabt, um mich zu begrüßen. Der Mann stellt seinen Besen beiseite, begleitet mich durch den Innenhof und heißt mich, meinen Rucksack abzulegen, auf einer Bank Platz zu nehmen und meine Schuhe auszuziehen. Ich schaue ihn etwas befremdet an, doch er nickt mir ermunternd zu, und kommt nach kurzer Zeit mit einer verbeulten Aluschüssel und einem Schemel zurück. Die wassergefüllte Schüssel stellt er vor mich auf den Boden, hebt meine Füße in das lauwarme Wasser. Er setzt sich auf den Schemel, fängt an, meine Füße vorsichtig zu baden, einzuseifen und summt dabei eine Melodie. Es ist mir zunächst etwas peinlich, doch dann genieße ich das Fußbad und die biblisch anmutende Fußwaschung. Inzwischen bringt mir ein weiterer Hospitalero namens Matteo ein großes Glas frisches kühles Wasser als Willkommenstrunk und begrüßt mich ebenfalls mit einem Lächeln. Der fußwaschende Francesco lobt meine Füße, die ohne Blasen sind. Auf dem Weg gibt es viele Pilger mit Blasen an den Füßen, die deswegen Tage aussetzen oder gar ihre Pilgerreise ganz abbrechen müssen. In diesem *Refugio* werden die Füße immer gut behandelt und verarztet.

Ich erfahre, dass diese Herberge von einer italienischen Jakobsbruderschaft ehrenamtlich betrieben wird. Die Fußwaschung ist inzwischen beendet und mit einem Leinentuch werden die Füße sorgfältig abgetrocknet. Aus dem Rucksack ziehe ich meine Flipflops heraus, die ich in Herbergen trage. Nachdem ich mich bedankt habe, erhebt sich der *Hospitalero* und bittet mich ins Haus, um mir einen Schlafplatz anzuweisen. Als wir ins Haus treten, muss ich mich zunächst an die Dunkelheit gewöhnen. Die Deckengewölbe sind weiß gestrichen, die Fenster mit Klappläden verschlossen, damit die Tageshitze ausgesperrt bleibt. Durch eine Zwischentür gehen wir in einen weiteren Raum mit Gewölbedecke, deren Bögen in große, meterdicke Pfeiler übergehen und so Nischen in dem Raum bilden. In jeder dieser Nischen steht ein Bett. Eines davon bekomme ich. Meinen Rucksack schiebe ich unter das Bett. Der aus verschieden großen honigfarbenen Steinplatten bestehende Fußboden ist ausgetreten und erzeugt, bei aller Schlichtheit des Raumes, eine warme Atmosphäre. Neben jedem Bett steht ein Schemel mit einem

Kerzenhalter aus Zinn. Der Waschraum befindet sich nebenan. Die einfach zusammengezimmerten Bettgestelle und der gewölbten Decke erinnert in seiner Kargheit an ein Kloster, eher noch an einen Raum mit vier Mönchszellen. Ich richte mich ein und gehe mit meinen bereits frisch gewaschenen Füßen duschen. Der *Hospitalero* hatte mir schon die Regularien der Herberge erklärt: Keine Telefongespräche im Haus und im Hof, Beleuchtung nur mit Kerzenlicht, somit fallen auch die manchmal blendenden Stirnlampen weg. Essen gibt es um 19 Uhr und das Kerzenlicht muss um 22 Uhr gelöscht werden. Er spricht noch von Rauchverbot in den Schlafsälen und Frühstück ab 6 Uhr sowie einige anderen Selbstverständlichkeiten. Als ich vom Duschen komme, haben zwei weitere Pilger sich gerade an ihren Betten niedergelassen und rollen ihre Schlafsäcke aus. Wir begrüßen uns, es sind zwei Niederländer, Mats und Joep aus Zwolle.

Die beiden strohblonden Jungs haben lebendige Augen in freundlichen Gesichtern, lachen und machen laufend Späße. Jeder Handgriff wird bei ihnen zum Slapstick, über den sie sich köstlich amüsieren. Sie reißen mich in ihrer guten Stimmung mit. Wenn es Deutsche wären, hätte ich sie als ›Kerkelingos‹ bezeichnet, weil sie durchaus Ähnlichkeiten mit dem Komiker Hape haben, der ebenfalls Jakobspilger war und mit seinem Buch in Deutschland einen Run auf den Jakobsweg ausgelöst hat. Als sie zum Duschen marschieren, werfe ich mich auf meinen Schlafsack, schließe für einen Moment die Augen, genieße die angenehme Raumtemperatur und lausche auf die Geräusche des Hauses.

Ich wache aus einem kurzen Schlummer auf, als die beiden niederländischen Clowns vom Duschen kommen. Mit dem Zuckersack unterm Arm gehe ich in den Hof, um weiter in dem geheimnisvollen Manuskript zu lesen. Auf einer Bank in einer schattigen Ecke versuche ich es mir bequem zu machen. Es ist mir immer noch nicht gelungen, eine Reihenfolge mit einem chronologischen Ablauf der Aufzeichnungen herzustellen, was bei den geschätzt weit über einhundert beidseitig beschriebenen Blättern, also mehr als zweihundert Seiten, auch nicht verwunderlich ist. So lese ich wieder auf einer Seite, die ich wahllos herausgegriffen habe.

... wie von Sinnen, wehrte mich heftig dagegen, schlug um mich. Drohend sah ich die Nadel der Injektionsspritze über mir. Hände, die in dem Tumult meine Kraft aufbrauchten. Mein Widerstand wurde schwächer, ich kam nicht mehr dagegen an. Dann wurde es schwarz um mich. Als ich aufwachte ...

Die beiden *Hospitaleros* treffen am großen Tisch unter dem Vordach zum Innenhof Vorbereitungen für das Abendessen. Ich packe das Manuskript wieder in den Zuckersack und gehe in den Schlafsaal. Meine beiden holländischen Pilgergenossen haben sich, mit nicht mehr als ihren Unterhosen bekleidet, auf die Betten geworfen. Joep hört Musik per Kopfhörer von seinem Handy – hätte der *Hospitalero* dazu Einwände? – und Mats sieht aus, als ob er schläft. Doch dann öffnet er die Augen und deutet auf mein Handy, das auf dem Bettschemel mit dem Kerzenhalter liegt. Eigentlich lässt man auf einer Pilgerreise niemals seine persönlichen Gegenstände wie Pass, Tickets, Geld usw. aus den Augen. Dazu gehört auch das Handy. Mats spricht auf Niederländisch, als er merkt, dass ich seine gutturalen Laute nicht verstehe, wechselt er ins Englische. Es sei da eine Xanthippe am Telefon gewesen, die ihn auf Deutsch beschimpft habe. Er wollte es nicht so lange klingeln lassen, wegen des Telefonverbots. Er betont das, in dem er ›Telefonverbot‹, das er mit dem englischen Begriff ›Telephone restrictions‹ bezeichnet, theatralisch dehnt, mit weit aufgerissenen Augen und mit hoch erhobenen Händen unterstützt, um die Dramatik des Verbotes in der Herberge anzudeuten. Ob das meine Frau sei und ob diese Krähe immer so mit mir redete. Krähe! Xanthippe! Mats nimmt kein Blatt vor den Mund.

Ich bedanke mich und nehme das Handy zur Hand. Mats und Joep, der inzwischen seine Ohrstöpsel herausgezogen hat, richten sich auf und beide sagen wieder in gedehntem Ton ›Telephoooone restriiiiictiooooons‹, reißen dabei die Augen auf und drehen die Hände in der Luft. Ich muss lachen. Ihre unbekümmerte Art, das Verbot der *Hospitaleros* zu persiflieren ist herzerfrischend. Man kann den beiden einfach nicht böse sein. Lachend ziehe ich meine Ohrhörer hervor, die wie ein Pendel vor mir baumeln. Als sie das sehen, kommen von den beiden wieder dramatische Gesten, begleitet von ou, ou ou - Rufen. Ich stecke mir die Stöpsel in die Ohren und wähle die Nummer Monas, deren Name oben in der Anrufliste steht. Als sie sich meldet und ich zu sprechen beginne, machen meine beiden Kerkelingos wieder dramatische Gesichter mit dem langgezogenen Ruf: ›Telephoooone restriiiiictiooooons‹. Ich kann vor Lachen nicht sprechen, Mona ist sichtlich irritiert. Wieso ich vorhin einfach aufgelegt hätte und ob ich betrunken sei, mit meinem Gefeixe. Die Situation sei für sie nicht zum Lachen.

Vorhin sei ich gar nicht am Telefon gewesen, ein Mitpilger aus Holland habe das Gespräch angenommen und im Moment sei ich auch nicht alleine, außerdem herrsche hier im *Refugio* Telefonverbot.

Mats und Joep, die das Wort Telefonverbot verstehen, fabrizieren wieder ihre dramatischen Gesten und rufen erneut laut ›Telephoooone restriiiiictiooooons‹. Ich krümme mich vor Lachen und die beiden kugeln sich lachend auf ihren Betten.

Mona meint, man könne mit mir kein ernsthaftes Gespräch führen und ich habe, wie es scheine, zu viel Sonne abbekommen. Sie hätte mit mir ernsthaft diskutieren wollen.

Ich will aber nicht mit ihr diskutieren, sondern nur ein Lebenszeichen abgeben und hören, wie es ihr so geht.

Schnippisch antwortete sie, ob ich mich überhaupt dafür interessiere, wie es ihr gehe.

Meine Antwort: Wie es mir gehe und wie die Reise verlaufe, hätte wohl auch keinen großen Stellenwert bei ihr.

Sie käme um vor Sorge, mache sich permanent Gedanken, wie sie mir aus der Ferne helfen könne und ich würde nur lachen.

Ich brauche keine Hilfe, sondern etwas Zuspruch. Sie könne sich überhaupt nicht in die Situation hier hineinversetzen, es seien eindrucksvolle Tage, wenn auch anstrengend, die mich voll in Anspruch nähmen.

Meine niederländischen Clowns machen, als sie merken, dass meine Stimme gereizter wird, wieder pantomimische Faxen, reißen die Augen auf, drehen theatralisch die Hände in der Luft und formen lautlos das Wort ›Telephoooone restriiiiictiooooons‹. Ich kann meinen grimmigen Ton nicht aufrecht halten und pruste los. Alle drei haben wir einen Lachanfall. Ich werfe das Handy aufs Bett und pruste wieder. Mats und Joep lachen wie ich und nach einer Atempause sagen sie wieder theatralisch ›Telephoooone restriiiiictiooooons.

Wir haben darüber nicht mitbekommen, dass unser *Hospitalero* Matteo in der Tür steht. Er wolle uns zum Essen rufen, sagte er nur knapp und verschwindet wieder. Ernst blicken wir uns an – und prusten wieder los. Hatte Matteo die dramatischen Gesten, mein Telefonat mit Mona und die Worte ›Telephoooone restriiiiictiooooons‹ gehört und fühlte sich hochgenommen? Wir stehen auf und marschieren in den Hof zum Essen, nachdem ich mein Handy unter das Kopfkissen geschoben habe. Mona hat das Gespräch beendet. Als wir über den Hof gehen, presst Joep zwischen den Lippen nochmals ›Telephoooone restriiiiictiooooons‹ hervor, wobei Mats ihn mit dem Ellenbogen anstößt und wir erneut lachen müssen. Meine niederländischen Clowns haben mein Gespräch mit Mona für mich emotional entschärft und ich bin entspannt. Mona hingegen konnte die Situation nicht einschätzen und fühlt sich nun sicher verspottet.

Am Tisch sitzen bereits zwei koreanische Pilgerinnen mit ernsten Gesichtern. Wir setzen uns und die beiden Damen reagieren auf unsere Begrüßung nur mit einem gequälten Lächeln und sparsamem Kopfnicken. Asiatische Zurückhaltung. Mats und Joep machen wieder ihre Faxen, wetzen ihre Messer als Zeichen ihres Hungers an den Gabeln und recken ihre Hälse pantomimisch in Richtung Küche. Die beiden Koreanerinnen schauen erst mit versteinerter Mine und kichern dann wie zwei Backfische. Dann erscheinen Francesco und Mateo mit Tabletts voller Schüsseln und geben uns einen kurzen Hinweis. Unsere niederländischen Pilger und ich stehen auf, gehen in die Küche und holen weitere Schüsseln und Flaschen mit Wein, Bier und Wasser. Natürlich bilden unsere Pantomimen eine Prozession und bedienen alle mit umständlichen Gesten. Alle müssen herzhaft darüber lachen und langsam tauen auch die Koreanerinnen auf. Sie sind, wie ich erfahre, etwas konsterniert, dass sie ihre geliebten Mobiltelefone nicht hier am Tisch nutzen dürfen. Das führt natürlich wieder zur Reaktion von Mats und Joep, die wieder theatralisch an die ›Telephoooone restriiiictioooons‹ erinnern. Dann wird von Francesco das Tischgebet gesprochen und wir haben Mühe, in einen ernsthaften Modus zu schalten.

Es wird ein ausgelassenes Mahl mit vielen italienischen Speisen, angefangen mit Spaghetti Bolognese als Vorspeise. Mats und Joep bemühen sich liebevoll darum, die beiden Koreanerinnen aus der Reserve zu locken, die nach dem zweiten Glas Wein – am ersten haben sie lange nur genippt – ihr zurückhaltendes Wesen aufgeben und anfangen, lebhaft zu erzählen. Unsere beiden *Hospitaleros* haben großen Spaß und lachen Tränen. Die Einträge ins Gästebuch des *Refugio* versuchen wir in Reimform zu bringen, die uns nur unter Zuhilfenahme verschiedener europäischer Sprachen gelingt. Dazu illustriere ich ein Telefon mit einem Stoppschild statt mit Wähltasten.

Für das Dankgebet reißen wir uns zusammen, dann helfen wir beim Abräumen und Abspülen. Noch in der Küche werden die letzten Gläser geleert.

Nach kurzem Umweg zum Zähneputzen geht es in die Schlafräume. Mats und Joep sind drei Minuten später hörbar eingeschlafen. Ich denke noch einige Minuten über den Tag nach, bevor auch ich in Träumen versinke.

Man muss im Leben nicht alles so ernst nehmen, wenn man zur Selbsterkenntnis kommen will. Meine sentimentale Stimmung ist verflogen. Die Heimat kann mich mal.

VI

Als ich aufwache, sind Mats und Joep schon wach und spielen auf ihren Betten mit den Handys. Da es aber in diesem *Refugio* kein WiFi gibt, zudem das Mobilfunknetz nur schwache Verbindung anzeigt, ist das Interesse bald dahin. Wie müssen wohl die beiden Koreanerinnen leiden. Die Sonne steht schon weit über dem Horizont, als wir am Frühstückstisch sitzen. Endlich mal keine Herberge, in der man noch vor Sonnenaufgang durch herumwuselnde Frühschichtpilger geweckt wird. Mats und Joep lassen es mit ihren Späßen heute etwas ruhiger angehen. Vielleicht müssen sie sich erst warmlaufen. Doch als die beiden Koreanerinnen, deren Namen ich zwar gestern gehört, aber weder verstanden, noch behalten habe, zerknittert beim Frühstück erscheinen, laufen sie wieder zur vollen Leistung auf. Der Marmeladentopf fliegt von einer Tischseite zur anderen und wird geschickt aufgefangen. Die beiden Mädels haben offensichtlich den wunderbaren *Rioja* nicht so gut vertragen und sind nicht sehr gesprächig. Schon bald stehen sie auf, verabschieden sich mit bescheiden angedeuteter Verbeugung und schultern ihre Rucksäcke, auf denen jeweils ein großes Solarmodul für die Stromversorgung ihrer Handys geschnallt ist. Wir winken zum Abschied. Mats und Joep sind sich einig, dass es nicht lange dauern wird, bis sie die beiden überholen. Wir lassen uns Zeit, das Frühstück zu beenden, helfen noch beim Abräumen und sind dann auch bald reisefertig. Ich habe mit den unbekümmerten Charmebolzen vereinbart, ein Stück gemeinsam weiterzulaufen. Francesco und Matteo verabschieden uns mit der Bemerkung, es sei gestern der lustigste

Abend seit langem gewesen und segnen uns für den weiteren Weg.

Wir treten aus dem noch im Schatten liegenden kühlen Innenhof in die Hitze der sonnenbeschienenen Gasse und legen gleich ein schnelles Tempo vor, um das Dorf hinter uns zu lassen. Mats und Joep sind sportlich und gut trainiert, was sie nicht davon abhält, unbekümmert ihre Späße zu machen. Und ich habe Mühe hinterherzukommen. Die Höhenzüge nehmen die beiden deutlich müheloser als ich, wenn auch bei ihnen der Schweiß rinnt. Für sie ist der Jakobsweg eher eine sportliche Herausforderung mit touristischer Komponente. Die beiden plappern die ganze Strecke, erzählten von ihrer eher calvinistischen Erziehung, die ja bekanntermaßen genügsam ist. Entsprechend sind die niederländischen Kirchen ausgestattet, das Auge soll nicht vom Wort Gottes und dem Gebet abgelenkt werden. Erstaunlich, wie sie trotz ihrer permanent überschäumenden guten Laune immer wieder ernsthafte Gedanken in das Gespräch einbringen. So ist der Weg kurzweilig.

Als die Sonne sich dem Zenit nähert, brauchen auch Mats und Joep eine Pause. Da kommt ein Dorf mit einem kleinen Restaurant in einem ummauerten Innenhof gerade recht. Unter einem schattenspendenden Sonnenschirm lassen wir uns in die Stühle fallen, nachdem wir die Rucksäcke aneinandergelehnt haben. Der Kellner offeriert umständlich die Speisekarte, die wir nur kurz studieren. Ich fragte nach dem *menú del peregrino*. Enttäuscht sammelte er die Speisekarten wieder ein, er hatte wohl ein besseres Geschäft erwartet. Das Menü mit Suppe, Salat und gebratener Forelle ist ein Genuß. Mats und Joep schaufeln hungrig die dazugehörigen Pommes frites in sich hinein und trinken jeder ein Bier und literweise Wasser. Wir sind bereits bei der *crema catalana*, einem typisch spanischen Dessert, angekommen, als zwei Pilgerinnen in den Innenhof kommen und sich, ebenso müde wie wir, auf die Stühle fallen lassen. Sie sind beeindruckend hübsch, ausgesprochen blond und dazu noch in höchstem Maße Niederländisch. Mats und Joep laufen zu Höchstform auf und zeigen sich als Kavaliere alter Schule. Die Damen hatten zunächst am Nebentisch Platz genommen, doch schnell wird die Sitzordnung an unserem Tisch neu arrangiert, wo nun alle Platz finden. Die niederländische Sprache ist ein rätselhaftes Gemisch aus kehligen Lauten und althochdeutschen Begriffen, die ich nur mit viel Fantasie bruchstückhaft verstehe. Ich kriege also von der Unterhaltung fast nichts mit. Es sieht so aus, dass Mats und Joep keine Anstalten machen wollen, den Weg fortzusetzen, es sei denn mit den beiden Damen. Bei der weiteren Entwicklung der vaterländischen Beziehungen bin ich fehl am Platze und erkläre verständnisvoll meinen Aufbruch. Mats und Joep stehen auf, zwinkern mir, unter Seitenblick auf die Damen, zu und wir umarmen uns. Mit dem Ratschlag, mir auch etwas »Abwechslung« zu gönnen, verabschieden sie mich. Ich bin dankbar, den Weg ein Stück alleine gehen zu können, zumal das Tempo der beiden für mich anstrengend war. Ich bin wieder auf dem Weg und folge den gelben Pfeilen.

Jetzt habe ich Zeit, das Erlebte zu verarbeiten und meine Gedanken zu ordnen. Die Stunden mit den beiden Niederländern waren kurzweilig und erfrischend. Es hat gut getan, unbefangen lachen zu können. Doch ich ahne, das nächste Telefonat mit Mona wird wieder schlechte Stimmung heraufbeschwören. Seit ich abgereist bin, konnten wir kein vernünftiges Gespräch mehr führen. Wir reden aneinander vorbei. Monas Grundhaltung ist offensichtlich gegen diese Reise eingestellt, obwohl sie mich in der Phase der Planung unterstützt hat. Vielleicht habe ich in meiner Euphorie und Vorfreude auf den Jakobsweg nicht gemerkt, dass sie nicht damit einverstanden war, es aber nicht so offen formuliert hat. Jetzt, während ich darüber nachdenke, warum mich alles so verwirrt, setzen sich für mich manche Reaktionen, einzelne Bemerkungen von ihr, zu einem Bild zusammen. Den Jakobsweg werde ich bis zum Ende gehen, da bin ich sicher. Das wird auch Teil einer Bewährungsprobe für unsere Beziehung sein.

Hier am Canal de Castilla, an dem ich jetzt entlang wandere, ist die Luft frisch und klar. Kein Haus ist zu sehen. Die Stille entlang des Uferweges begleitet vom Rauschen der Blätter der schattenspendenden Bäume und Vogelgezwitscher. Am jenseitigen Ufer, von Röhricht bewachsen, ein lautes Froschkonzert. Für die auf Häusern und Kirchen nistenden Störche ist der Tisch reich gedeckt. In den Storchennestern stehen bereits die Jungvögel auf ihren stelzigen Beinen und breiten versuchsweise ihre Flügel aus, während ihre Eltern fast ohne Flügelschlag, die Thermik nutzend, majestätische Kreise ziehen oder im sumpfigen Uferbereich Nahrung für den Nachwuchs erbeuten. In mir breitet sich eine große Ruhe und Zufriedenheit aus. So macht das Pilgern Spaß!

Die Staustufen markieren das Ende des Kanals, der die Vegetation so üppig sprießen lässt und die Bewässerung der Felder sichert. Meine Gedanken ziehen weiter. Betrachtungen, die sich jetzt wieder mit dem geheimnisvollen Zuckersack-Manuskript beschäftigen, das im Rucksack auf die Entschlüsselung wartet. Wird es mir gelingen, die losen Enden zusammenzuknüpfen? Habe ich alle Seiten gefunden und mitgenommen? Wieder reizt es mich, eine Pause einzulegen und in den Blättern zu lesen. Doch die Vernunft sagt mir, dass ich so nicht recht von der Stelle komme und die Tagesetappen nicht planbar sind. Eigentlich wollte ich gestern weiter darin lesen, bin aber der Stimmung, die Mats und Joep verbreitet haben, erlegen, was mir gut getan hat. Vielleicht finde ich heute Abend Ruhe für die Lektüre. Ich werde versuchen, meine Herberge danach auszusuchen. Mein Handy habe ich noch nicht eingeschaltet. Den Zeitpunkt zögere ich auch hinaus, weil ich mich so besser mit dem Weg, der Landschaft und meinen Gedanken beschäftigen kann. Die Telefonate der letzten Tage haben mich belastet und verwirrt. Zu sehr war ich von Mona und ihren kleinen Alltagskatastrophen beansprucht.

Wieder kommt eine Siedlung in Sicht. Schon von weitem erkenne ich den flach gedeckten Kirchturm mit dem Storchennest. Das Kloster im Ort verspricht Stille und innere Einkehr. Vielleicht kann ich dort etwas Zeit finden, das Manuskript weiter zu lesen.

Im Kloster herrscht feierliche Ruhe. Die Einrichtung ist einfach aber zweckmäßig, lässt kein Gefühl von Luxus aufkommen. Drei Mönche in klassischer Kutte kümmern sich um die Pilger, von denen schon einige auf ihren Betten liegen als ich den Schlafsaal betrete. Padre Filippo weist mir ein Bett in der Ecke des kleinen Schlafsaals an, in dem ich sieben Einzelbetten zähle. Er ist bedacht, immer ein freies

Bett zwischen den Pilgern zu lassen, so lange es geht. Erst wenn mehr Pilger kommen, wird er die Lücken füllen. Mein Rucksack findet, nachdem ich Waschzeug und frische Wäsche herausgenommen habe, unter dem Bett Platz.

Frisch geduscht hänge ich die meine Tageswäsche auf die Leine und werfe mich aufs Bett. Alle anderen Pilger scheinen zu schlafen oder ruhen mit geschlossenen Augen. Es ist ganz still. Das Manuskript liegt im Zuckersack neben mir. Einen Moment mache ich die Augen zu. Die Müdigkeit nach der Tagesetappe ist verständlich.

Die Glocke ruft zur Andacht. Nun habe ich über eine Stunde geschlafen. Den Zuckersack schiebe ich unter den Schlafsack und gehe mit den anderen Pilgern in die Kirche, die vom Kerzenschein mystisch beleuchtet ist. Durch die kleinen romanischen Fenster in farbigen Bleiglasmotiven fällt nur wenig Licht des zur Neige gehenden Tages herein. Zwischen den klobig wirkenden, eckigen Säulen, die das schwere Gewölbe tragen, sitzen einige Dorfbewohner, zumeist alte Frauen und wir Pilger. Neben dem Altar, zu dem drei Stufen hinaufführen, sitzen fünf Mönche in ihren dunkelbraunen Kutten. Die Kirche ist nicht in bestem Zustand. Die Farbe blättert, das Altartuch zerschlissen, die Kerzenhalter matt und der Boden rissig. Die Mönche singen voller Inbrunst einen Choral, der die Kirche erfüllt. Lobpreisend erheben sie die Stimmen, singen vom Wunder des Glaubens und der Gnade Gottes. Die Loblieder, lassen die Unzulänglichkeiten und Mängel vergessen. Der Choral hebt mich aus der Kirchenbank, ich fühle mich schwerelos, von aller Last befreit. Auch wenn ich nicht der regelmäßige Kirchgänger bin, so zieht mich diese Stunde in den Bann. Die Schlichtheit der Zeremonie und der aus vollem Herzen kommende Gesang verbreiten in mir eine ehrfürchtige Stimmung. Ergriffen höre ich den letzten Choral und lasse die anderen Gottesdienstbesucher aus der Kirche gehen, um noch einige Minuten still dazusitzen. Dann verlasse ich, versehen mit dem Pilgersegen, beseelt die Kirche.

Im Kloster gibt es keine Mahlzeiten, aber eine kleine Küche, in der man sich etwas zubereiten kann. Es finden sich drei Pilger aus dem Männerschlafsaal und zwei Frauen aus der Damenabteilung zusammen, um gemeinsam in der Küche etwas zu essen. Schnell sind wir uns einig, dass jeder etwas zum gemeinschaftlichen Mahl beisteuert. Eine Dose Thunfisch, zwei Tomaten und ein halbes Brot, die ich am Morgen gekauft habe, kommen von mir auf den Tisch; Tomaten, Oliven, Schafskäse, Brot und Nudeln sowie die typisch spanische *Chorizo*, eine scharfe Salami, werden von den anderen beigesteuert. Eine ungewöhnliche Menüzusammenstellung, aber wir werden alle satt. Sogar zwei Flaschen Wein stehen auf dem Tisch, wenn auch die eine weißen und die andere roten Wein enthält. Den ganzen Abend sprechen wir Englisch, die Sprache, die internationale Verständigung zulässt. Die beiden Pilgerinnen sind aus Dänemark, die Pilger aus Luxemburg und einer aus Finnland. Ein buntes Gemisch von Nationalitäten, das sich hier zusammenfindet, um in neugieriger Zuversicht zu erleben, was der Jakobsweg mit uns macht.

Wir lassen es uns schmecken. Beim Essen sprechen wir über unsere Erlebnisse, Erwartungen und die Beweggründe, die uns auf den Jakobsweg gelenkt haben. Auch bei den anderen Pilgern hat die Messe mit dem Gesang der Mönche eine besondere Stimmung erzeugt. Nachdem wir gegessen haben, schaut Pater Filippo noch einmal nach dem Rechten und setzt sich für eine Weile mit an den Tisch. Ich danke ihm für die eindrucksvolle Messe und sage ihm, wie sehr sie mich berührt hat.

Die Messe sei dazu da, sich innerlich zu reinigen und zu öffnen. Das Herz müsse frei sein, um Neues aufnehmen zu können. Nicht jedem Pilger gelinge das. Ich solle mehr auf mein Herz hören, weil mich andere Dinge noch zu sehr gefangen halten. Dabei sieht er mir tief in die Augen, als ob er darin lesen kann. Als Padre Filippo gegangen ist, spüre ich die Müdigkeit und verabschiede mich bald. Im Schlafsaal finde ich unter meinem Schlafsack den Zuckersack mit dem Manuskript. Heute wird das wieder nichts mit dem Lesen. Auch mein Handy schalte ich nicht mehr ein. Welches dieser Dinge hält mich zu sehr gefangen? Oder sind es beide?

Die Sonne kitzelt mich an der Nase, als ich aufwache. Tief und fest habe ich geschlafen. Einige Pilger sind schon aufgebrochen, andere kramen noch. Frisch und erholt stehe ich auf, packe meine Sachen zusammen und bin wieder auf dem Weg. Die Stimmung der Pilgermesse und die eindringlichen Worte Padre Filippos wirken noch in mir nach. Mit den Fingern taste ich nach dem kleinen Muschelanhänger am Lederbändchen, den mir José schenkte und der mir inzwischen ein wichtiger Wegbegleiter ist. Für den Tag habe ich mich gut gerüstet, denn es wird auf der Strecke keine Herberge, kein Café oder Restaurant, wahrscheinlich auch keine Wasserstelle geben.

Schnurgerade führt der breite Weg durch Getreidefelder. Nur ab und zu spenden einige Pappeln etwas Schatten, ansonsten geht es durch flirrende Hitze, die schon jetzt, am frühen Vormittag unerträglich ist. Ich muss mein Wasser rationieren. Der Tag wird lang. Weit vor mir auf dem Weg sehe ich drei Punkte. Andere Pilger. Ich blicke mich um. Da ist niemand hinter mir. Der Rucksack drückt, die Riemen schneiden in die Schultern, weil ich wegen der Hitze nur ein T-Shirt anhabe. Im Rhythmus meiner Schritte summe ich Lieder vor mich hin. Ein brummendes Geräusch hinter mir lässt mich umschauen, dann ist er auch schon an mir vorbei, der sportlich gekleidete Mountainbiker. Die dunklen Gläser der Sonnenbrille verhindern einen Blickkontakt. Kein üblicher Gruß *Buen Camino*, den hier alle aussprechen. *Buen Camino* – guten Weg. Alle Einheimischen, alle Pilger wünschen einander diesen Gruß, wenn sie jemanden treffen. In alten Zeiten wurde auch *Ultreya* gewünscht, was so viel wie ›weiter oder vorwärts‹ bedeutet. Doch *Buen Camino* ist der Gruß, der alle Jakobspilger verbindet.

Die Hitze verwischt den Weg zu flirrenden Schlieren, auch über den Feldern spiegelt es goldgelb. Nur ab und zu ein Luftzug, der wie ein Warmluftgebläse keine Abkühlung bringt und kleine Staubwolken über den Weg weht. Dann kommen wieder einige Bäume am Wegrand, deren Schatten ich dankbar für eine Verschnaufpause nutze. Noch geblendet von der Sonne, sehe ich im Schlagschatten eines Baumes eine Gestalt kauern. Ich schiebe die Sonnenbrille auf meinen Hut, um im Schatten besser sehen zu können. Da sitzt ein Mönch an den Baum gelehnt. Langsam und mühsam erhebt er sich und steht dann vor mir mit Kutte, knorrigem Pilgerstab und ausladendem Pilgerhut über dem zottigen, schulterlangen Haarschopf. Er winkt mich heran. In Gestrüpp seines Bartes zeigt sich ein breit grinsender, fast zahnloser Mund mit einigen dunklen Zahnstümpfen. Ich wünsche *Buen Camino*, was er nur durch nicken und breites Grinsen erwidert. Sein Bart und die Haare machen es schwer, ihn auf ein Alter zu schätzen, doch seine kleinen flinken Augen sagen mir, dass er jünger ist, als es den Anschein hat.

Um den Bauch hat er einen einfachen Strick gebunden. Es ist kein Mönch, wie ich zuerst vermutet habe, sondern ein Jakobspilger in klassischer Aufmachung. Schon vor tausend Jahren waren die Pilger in dieser Gewandung auf dem Jakobsweg unterwegs. Lange Kutte aus grober Wolle, die Hitze und Kälte abhält, großer Pilgerhut, der vor Regen und Sonne schützt, Pilgerstab mit der Kalabasse, einem ausgehöhlten, flaschenähnlichen Kürbis für den Wasservorrat. Er trägt die große Jakobsmuschel unübersehbar am Hutaufschlag. In unzähligen Abbildungen und Statuen wird so der heilige Jakob dargestellt.

Gleich in mehreren Sprachen will er nuschelnd wissen, woher ich komme. Ich bin etwas misstrauisch und zeige hinter mich. Er schüttelt den Kopf und sagt: Country. Ich antworte Deutschland. Er hebt die Augenbrauen, spitzt den Mund und lispelt ›Deutsland gutt‹ zwischen den wenigen noch vorhandenen Zähnen, wobei er unterstützend einen Zeigefinger hochhält. Als ich frage, woher er kommt, murmelt er etwas und macht eine Geste, die in die Richtung weist, aus der auch ich gekommen bin, aber anscheinend noch viel weiter weg und nuschelt dabei wegen der fehlenden Zähne unverständliche Erklärungen. Mit einer Geste fordert er mich auf, ein Foto von ihm zu machen. Er hat tatsächlich etwas Malerisches und einen Pilger in klassischer

Kleidung sieht man ja sonst nur auf alten Stichen. Also fotografiere ich. Dann winkt er mich näher heran. Ein Selfie, macht er mir mit Gesten und unergründlicher Sprachunterstützung klar. Wir lachen beide ins Objektiv, wobei seine dunklen Zahnstümpfe besonders gut zur Geltung kommen. Als ich mein Handy, mit dem ich die Fotos gemacht habe, wieder einstecke, kommt von ihm das international bekannte Zeichen, das durch Reiben von Daumen und Zeigefinger Geld bedeutet. Dann legt er die Flächen seiner Hände zusammen und senkt demütig seine Stirn darauf. Er bettelt! Ein Pilger, der mit nichts losgezogen ist und sich seine Mahlzeit zusammen bettelt. Auch sowas gibt es noch. Ich fasse in die Hosentasche und hole eine Zwei-Euro-Münze hervor, die ich ihm ihn die schmutzige, schwielige Hand drücke. Er wiegt den Kopf, grinst mich wieder aus zahnlosem Mund an und hebt die Hand mit fünf gespreizten Fingern, um mir zu verstehen zu geben, dass er fünf Euro benötigt. Dann legt er wieder die Hände zusammen und beugt seine Stirn darauf. Geben ist seliger denn Nehmen, denke ich und greife zögernd nochmal in die Hosentasche und hole weiteres Kleingeld hervor. Beflissen verbeugt er sich mehrfach, stößt einige *Gracias*, *Buen Caminos* und *Ultreyas* aus und will dabei meine Hand greifen. Ich kann gerade noch verhindern, dass er mir mit seinen schrumpeligen Lippen die Hände küsst. Dafür schlägt er jetzt das Kreuz. Dann lässt er sich wieder an dem Baum nieder und schaut interessiert den Weg entlang in die Richtung, aus der ich gekommen bin. Ich bin entlassen, das Geschäft ist abgewickelt.

Nach einem kräftigen Schluck inzwischen lauwarmen Wassers aus meiner Trinkflasche ziehe ich weiter. Der Alte nimmt keine Notiz mehr von mir. Einige Dutzend Schritte und ich drehe ich mich noch einmal um. Zwei Pilger nähern sich den Bäumen, unter denen er sitzt. Ich sehe, wie mein Traditionspilger sich wieder langsam erhebt und gestikuliert. Ist das nun ein Pilger oder ein folkloristisch gekleideter Bettler? Oder beides?

Noch eine halbe Stunde, dann habe ich die Hälfte meiner Tagesetappe geschafft. Ich muss ein Plätzchen finden, wo ich während der Mittagshitze Rast machen kann. Ich marschiere weiter durch die Ebene. Die Hitze dürfte bald ihren Höchststand erreichen. Gnadenlos brennt die Sonne senkrecht vom Himmel. Ich laufe auf meinem eigenen Schatten. Das T-Shirt brauche ich zum Schutz gegen die Sonne und kann es nicht ausziehen. Der schnurgerade Weg verschwindet im hitzewabernden Horizont. Doch nach einer Weile löst sich ein dunkler Fleck aus dem Glast. Als ich näher herankomme, erkenne ich eine Art Gartengrundstück mit Bäumen und Sträuchern, gleich einer grünen und schattigen Oase in der gelben Getreidewüste. Ein Schild weist auf ›cool Drinks‹ hin. Ich höre Stimmen hinter den Büschen und gehe durch die Pforte, von zwei Hunden wedelnd begrüßt und beschnüffelt. Hier ist es schattig und kühl. Einige Pilger sitzen auf Bänken an Tischen, andere haben sich auf dem spärlichen Gras niedergelassen und halten einen Mittagsschlaf. An einem Tisch, der als Verkaufstresen dient, steht ein vierschrötiger, unrasierter Mann mit schmutzigem Hemd und grinst mich erwartungsvoll an. Auf einer Tafel ist das Getränkeangebot des Tages verzeichnet. Cola, Limonade, Wasser, zwei Biersorten, ein bekanntes spanisches und eins von einem deutschen Discounter.

Hinter ihm brummt irgendwo ein Generator, der den Strom für einen altersschwachen Kühlschrank liefert, der verzweifelt versucht gegen die Tageshitze anzukühlen. Ich lasse mir eine Cola geben, nein, doch besser zwei, denn mein erster gieriger Schluck des kalten Getränkes leert die Dose zur Hälfte. Ich trinke sonst sehr selten Cola, aber hier und heute ist das ein wahres Labsal. Die eiskalte Dose halte ich mir an die Schläfe. Zufrieden lächelnd nickt der Wirt. Seine Preise sind unverschämt. Das sind einige hundert Prozent Aufschlag, einzig begründet durch seine Monopolstellung am Camino. An einer provisorischen Wand hängen Bilder von Pilgern und Widmungen, dabei das Bild meines zahnlosen Bettelpilgers von vorhin, von dem er auch Porträtpostkarten anbietet. Der Jakobsweg hatte für die Einheimischen schon immer eine ökonomische Komponente, wenngleich heute Pilger nur noch selten auf direktem Wege ausgeraubt werden. Hingegen scheint Ausplündern über die Preisgestaltung moralisch vertretbar.

Als ich mich umschaue, sehe ich müde Pilgergesichter, doch keins, das mir bekannt vorkommt. Ich lege mich, mit dem Rucksack als Kopfstütze, auf einen freien Flecken dürrer Grasbüschel zwischen zwei andere Pilger. Meine beiden Coladosen, die eine schon fast geleert, neben mir.

»Hätt' der alte Halsabschneider dir auch alles zu Wucherpreisen verkauft?«, werde ich in bestem Schwäbisch von dem Pilger neben mir, der sich als Horscht aus Böblingen vorstellt, gefragt. Ich nicke nur und versuche, mich dabei bequem zu lagern. »Der kauft desch billigscht im Lidl und verkauft des Zeugs teuer hier. Aber mir ham ja kei Wahl. Dabei spielt der sich noh als Samariter auf«.

Während ich eine Banane verspeise, erkläre ich meinem Pilgerfreund, dass der Mann sich im Sommer das Geld für das ganze Jahr zusammenverdienen müsse. Heute kommt es mir nicht auf den Preis an, da es die einzige Rastmöglichkeit hier auf dem langen Tagesmarsch ist.

»Des isch genau sei G'schäftsmodell! Der weiss, dass er hier kei Konkurrenz hat. Wenn du des mal rechnescht ...«, und dann erfolgt eine lange Beispielrechnung mit Erläuterung der Einkaufspreise, dem prozentualen Aufschlag, den kaum vorhandenen Betriebskoschten ... Ich nicke nur stumm und bin kurz darauf eingeschlafen.

Entspannt wache ich auf, schaue auf die Uhr. Es kann höchstens eine halbe Stunde gewesen sein. Mein schwäbischer Mitpilger memoriert noch immer über die Koschten, hat sich aber interessierteren Zuhörern zugewandt.

Der Rescht meiner Cola ist inzwischen lauwarm. Bis zum nächsten Ort sind es noch gute drei Stunden. In den Blättern der Bäume und Sträucher, die unser *Refugio* umgeben, raschelt kein Windzug. Die Hitze steht über der Ebene, aber wer jetzt losgeht, bekommt einen Schlafplatz. Später aufbrechen bedeutet etwas weniger Schweiß, aber auch das Risiko alle Übernachtungsplätze belegt vorzufinden und weiterlaufen zu müssen, was nach einem solchen Tag fatal ist. Hier gelten nur der Weg, die Mahlzeit und die Übernachtung. Sonstige Dinge gehören in eine andere Welt. Zwischen den Blättern über mir blicke ich in das Azurblau des Himmels. Jetzt aufzustehen bedeutet Überwindung. Doch um mich herum wird es langsam unruhig. Nach und nach werden Rucksäcke gezurrt, Trinkflaschen gefüllt. Der Barmann macht noch einmal ein gutes Geschäft mit gekühlten

Wasserflaschen, da es hier keinen Wasserhahn gibt. Die ersten kleinen Gruppen brechen auf. So begebe auch ich mich in die Senkrechte. Mein Schwabe kommt schon mit gefüllter Trinkflasche vom Tresen und schimpft vor sich hin. Meint, dass der Wirt abends die leeren Wasserflaschen mit nach Hause, er sagt ›hoim‹, nimmt, sie am heimischen Kran auffüllt, um sie am nägschten Tag gekühlt als teures Mineralwasser zu verkaufen. Ich höre nicht weiter hin, meine Siesta hier im Schatten war es mir wert, statt am staubigen Weg einen Hitzschlag zu erleiden. Ich schließe mich einer Gruppe an, die aus einem Schweizer Paar, zwei Spaniern und zwei schweigsamen und sehr schüchtern wirkenden Mädels aus Werweiswoher besteht. Beim Losmarschieren werden wir auf dem Weg von der Hitze wie mit einem Keulenschlag empfangen. Mein Schwabe folgt mir wie ein Schatten. Das kann ja was werden. Wir wandern als Gruppe von acht Pilgern in gutem Tempo und tauschen uns über Erfahrungen auf dem zurückgelegten Weg aus. Nur unser Schwabe erzählt von dahoim, dass er beim Daimler schafft und die Kirschen und Äpfel im Garten seiner Eltern jedes Jahr zu Moscht gepresst werden, was nur wenig koschtet. Da können sich die Spanier eine Scheibe von abschneiden! Ein Mitpilger nimmt mich etwas beiseite und fragt, wie lange ich mit dem Schwaben schon laufe und ob wir befreundet seien. Das ist zu viel. Ich wende mich dem Schwaben zu und bitte ihn, zu versuchen, mal für eine Viertelstunde anderen die Unterhaltung zu überlassen und einfach nur das Maul zu halten. Erschrocken bleibt er stehen. Die Gelegenheit nutze ich, um mich neben das Schweizer Paar zu begeben, die ich zunächst nicht verstehe, die aber deutlich weniger Redefluss entwickeln. Nach einigen Minuten drehe ich mich um und sehe den Schwaben in einigen Metern Abstand hinter uns hertrotten. Camille, die Schweizerin, ist eine Frau, die klein und zerbrechlich wirkt, der ich – wenn es nicht so heiß wäre - den schweren Rucksack am liebsten abnehmen würde, weil ich Sorge habe, sie bricht jeden Moment unter seiner Last zusammen. Dagegen ist Urs, ihr Mann, ein stämmiger Hüne, der an der Zwei-Meter-Marke kratzt. Sein Oberkörper hat die Form einer Tonne. Ihm läuft der Schweiß in Sturzbächen von der Stirn und, wie sein durchweichtes Hemd nicht verbergen kann, auch am Körper hinunter. Urs hat eine kräftige Stimme und einen Stoppelbart, den ich auf eine Woche schätze. Wandertouren durch die Bergwelt der Alpen, der Anden und in Tibet stehen auf der Erfahrungsliste des Paares. Die Schweizer sind ein Bergvolk, gewohnt, gämsengleich höchste Berge bei kühlen oder gemäßigten klimatischen Bedingungen zu erklimmen. Sie haben bisher keine Herausforderung gescheut, hier jedoch macht ihnen die Hitze, die heute dicht an die 40 Grad heranreicht, zu schaffen. Urs erzählt mir von Schneewehen im Himalaya, der dünnen Luft in den Anden, der grünen Bergwelt der heimischen Alpen. Alles kein Problem, aber hier bei diesen Temperaturen, noch dazu in einer flachen Ebene, wenngleich auf 800 Höhenmetern, macht ihm jeder Schritt zu schaffen. Dabei schaue ich unweigerlich auf seine Bergstiefel mit mindestens Schuhgröße 55, mit denen er bei jedem Auftreten ein kleines Beben auslöst. Camille, seine Frau, hingegen läuft federleicht neben ihm und scheint nicht zu schwitzen. Ihr glattes Gesicht liegt im Schatten eines breitkrempigen Panamahutes. Obwohl ihr Hemd trocken ist, klagt auch sie über die Hitze.

Doch langes Lamentieren ist nicht ihre Sache. Sie müssen sich etwas Mühe geben, ihren unverständlichen Schweizer Dialekt zu unterdrücken, damit wir uns verständigen können. Urs schreitet kräftig aus, es fällt mir nicht leicht, mich an seinen Laufrhythmus anzupassen, hingegen schwebt die grazile Camille trotz des schweren Rucksacks mit einer bewundernswerten Leichtigkeit neben ihm her. Nach einer längeren Gesprächspause sagt Camille, es sei richtig, den Schwaben mal etwas in seinem Redefluss gebremst zu haben. Ich bin etwas erstaunt, weil ich annahm, andere hätten die Zurechtweisung, die mir sofort leidtat, nicht bemerkt. Es habe uns beiden gutgetan, ihm, weil er jetzt schweigsam ist, und mir, weil ich mich mal was getraut habe. Verblüfft schaue ich sie an. Mal was getraut! Hält sie mich für einen Duckmäuser? Sie meint, ich müsse mehr aus mir herausgehen. Wir kennen uns kaum, laufen seit einer knappen Stunde nebeneinander und sie glaubt, mich einschätzen zu können?

Urs schaltet sich ein und bestätigt meine Maßregelung gegenüber Horst, sonst hätte er ihn zurechtgestaucht. Ich bin sicher, dass Urs alleine durch seine körperliche Präsenz hinreichend Respekt vermittelt, vor dem der arme Horscht aus Böblingen im Boden versunken wäre. Reflexartig drehe ich mich um, sehe Horscht wenige Meter hinter uns tapfer Schritt halten. Hat er unser Gespräch gehört? Er schaut auf, ein kleines Lächeln huscht über seine Lippen und er winkt mir mit einer sparsamen Geste zu. Als ich an ihm vorbei den zurückgelegten Weg entlang schaue, sehe ich ein Moped in unsere Richtung kommen, das sich bald knatternd nähert. Als es uns überholt, sitzt der bettelnde Jakobspilgerdarsteller mit geschürzter Kutte drauf, winkt uns fröhlich zu und ruft im Vorbeifahren noch *Buen Camino*. Wir winken hinterher und lachen.

»Hätt der Euch auch anbettelt?«, ruft Horscht von hinten. »I henn däm nix gäbe.«

Ich drehe mich um und mache eine beschwichtigende Handbewegung. Horst nickt. Urs zischt zwischen den Zähnen, das sei Acacio, der hier am Camino Denkmalschutz habe. Seinen richtigen Namen kenne niemand. Er heiße Acacio, weil er immer unter dieser Akazie sitzt. Urs hatte das in einem Reiseführer gelesen und auch eine Abbildung gesehen. Mehr als zwei Euro solle man ihm nicht geben. Ich traue mich nicht, zu sagen, dass ich Acacio eine Hand voll Kleingeld überlassen habe, die den vorgeschlagenen Tarif deutlich überzogen hat. Allerdings beruhige ich mich schnell, denn unser sparsamer Schwabe hat durch seine Tarifverweigerung eine überdurchschnittliche Tageseinnahme von Acacio verhindert.

Die Sonne hat den Zenit längst überschritten und unsere Schatten werden länger und laufen uns nach. Die beiden schweigsamen Pilgerinnen aus unserer Gruppe, mit denen ich bisher nur wenige Worte gewechselt habe, fangen an zu schwächeln und wir versuchen ihnen Mut zu machen. Am Horizont kann man mit einiger Fantasie und guten Augen bereits Dächer erahnen. Doch eine von ihnen muss ihren Schuh ausziehen. Als sie auch die Socke vom Fuß zieht, sehen wir eine große Blase an ihrer Ferse. So kann sie nicht weiter. Camille kümmert sich mit großer Geschicklichkeit um die Wunde und verbindet sie provisorisch. Wir teilen etwas von ihrem Gepäck auf, wobei unser Schwabe sich als Samariter erweist und den gröschten Teil übernimmt. Mit einem Wanderschuh und einem Flipflop als Fußbekleidung legt sie die letzten Kilometer zurück und wir erreichen den Ort. Camille hat sich bereits über die Herbergen informiert und lotst uns mit sicherem Schritt durch die Gassen bis vor ein schmuckloses Haus. Wir haben Glück. Unsere Spanier engagieren sich bei den Verhandlungen und es gibt noch genügend freie Betten für unsere Gruppe. Die Hospitalera nimmt sich gleich der Fußkranken an. Die Herberge besteht, und es soll die Beste im Ort sein, aus einem Schlafsaal mit 15 Stockwerkbetten. Ein Raum mit vier Waschbecken mit blinden Spiegeln und vier Duschen, die das Wasser auf den gekachelten Boden kleckern, muss als bester Komfort im Ort für 30 Pilger bei voller Auslastung genügen. Toiletten sind ebenfalls vier vorhanden, allerdings bieten sie durch Trennwände und quietschende Türen etwas mehr Intimsphäre als in den Duschen.

Nach solch einem Tag ist eine Dusche, und bestehe sie nur aus einem Wasserschlauch, neben dem Pilgermenu das Wichtigste, um wieder Kräfte zu sammeln. Ein groteskes Bild bieten wir allesamt. Die nackten, schneeweißen Körper, die beim täglichen Wandern der Sonne nicht ausgesetzt sind, sehen aus wie mit braunen Stiefeln und überlangen Handschuhen bekleidet. Braune Beine bis über die Knie, tiefengebräunte Arme bis zum Bizeps, dazu sonnengebräunte Gesichter. Gut, dass wir uns darauf geeinigt haben, die Frauen zuerst unter die Duschen zu lassen. Auch nach einem anstrengenden Tag darf man sich als Gentlemen zeigen. Während wir Männer duschen, kommen weitere Pilger an. Damit ist das *Refugio* voll belegt.

Mona wird ein Nervenbündel sein, weil ich seit zwei Tagen mein Handy nicht eingeschaltet habe. Dabei war ich sehr entspannt. Kein schlechtes Gewissen hat mich geplagt, denn Mona und die Heimat sind eine andere Welt, mit der ich mich jetzt nicht beschäftigen kann. Hier auf dem Camino hat das Leben eine andere Geschwindigkeit, es ist ein anderer Kosmos.

Unser weitsichtiger Schwabe sprintet zu der einzigen Taverne im Ort, um einen entsprechenden Tisch freizuhalten. In einem mit Weinlaub überrankten Innenhof lassen wir beim Pilgermenü den Tag ausklingen. Horscht stößt mit mir an. Ich bedanke mich für seinen selbstlosen Einsatz beim Gepäcktragen der fußkranken Pilgerin und wir lassen ihn hochleben. Er schaut mit roten Ohren betreten zu Boden. Dann holt er einen weiteren Stuhl und stellt ihn neben die Fußkranke, damit sie ihr Bein hochlegen kann. Bahnt sich da etwas an? Zumindest sind die beiden Mädels etwas aufgetaut und unterhalten sich mit Horscht. Inzwischen wissen wir, dass sie aus Luxemburg kommen. Unsere beiden Spanier haben mit dem Wirt einen besseren als den üblichen, einfachen Rotwein zum Pilgermenü ausgehandelt.

Das Gespräch kommt auf Acacio, den bettelnden Jakobsdarsteller. Einige lachen über ihn, andere schütteln den Kopf und finden es ein Sakrileg, ein Geschäft in dieser Form zu machen. Ich argumentiere eher beschwichtigend, denn über die Jahrhunderte waren der Jakobsweg und die Pilger immer ein Wirtschaftsfaktor. Auch die Herbergen und Restaurants lassen sich die Leistung bezahlen, auch wenn oft ehrenamtliche Helfer tätig sind. Acacio wird viel fotografiert und sich als Pilger in traditioneller Kleidung gegen ein Trinkgeld ablichten zu lassen, ist nichts Beleidigendes für die Idee des Pilgerns. Froh, dass auf dem Jakobsweg keine Pilger mehr ausgeraubt und erschlagen werden, wie es in früheren Zeiten noch üblich war, kommen wir überein, Acacio als Folklore einzuordnen. Wer damit nicht einverstanden ist, muss sich nicht mit ihm fotografieren lassen und ihm auch kein Geld geben.

Mir gegenüber sitzen Camille und Urs. Aufmerksam hören sie zu, als ich vom Manuskript aus dem Zuckersack erzähle. Sie möchten mehr wissen und fragen nach Details. Fragen, die ich mir selbst in den letzten Tagen Dutzende Male gestellt habe, aber über Spekulationen nicht hinausgekommen bin. Bisher habe ich nur einige Seiten ohne Zusammenhang gelesen. Vielleicht bekomme ich auf weiteren Seiten Hinweise über die Schreiberin.

Den Camino zu laufen, gleichzeitig in einem Schriftdokument systematisch nach Spuren zu suchen, ist eigentlich nicht vereinbar. Ich werde sicher die Zusammenhänge der für mich bisher bruchstückhaften Geschichte herstellen können, wenn ich die chronologische Reihenfolge der Seiten, trotz fehlender Seitenzahlen, herstellen kann. Hat man die Blätter achtlos weggeworfen oder hat sie jemand verloren? Hätte ich die Seiten überhaupt mitnehmen sollen? Es offenbaren sich private Ereignisse, die nicht für mich aufgeschrieben wurden. Bin ich ein Voyeur, wenn ich sie lese oder versuche, Verbindungen herzustellen? Mit dem Manuskript tauche ich in eine fremde Welt ein. Meine Neugier treibt mich, es komplett zu lesen und die ganze Geschichte zu erfahren. Was ich danach mit dem Manuskript mache, darüber werde ich nachdenken.

Horst, der das Gespräch aufmerksam verfolgt hat, erzählt von seiner Oma, bei der man nach ihrem Tod ein Tagebuch und Liebesbriefe gefunden hat. Darin offenbarten sich Umstände, von denen die engsten Angehörigen nichts wussten, bei deren Bekanntwerden Familienbeziehungen ins Wanken gerieten. Weil es zu spät war, es der Oma in den Sarg zu legen, sie war längst beerdigt, haben sie das Tagebuch versiegelt, in einen Tresor gelegt und beschlossen, nicht mehr darüber zu reden, es aber für spätere Generationen aufzuheben. Schließlich hat die Oma Geschehnisse niedergeschrieben, über die sie mit niemandem je gesprochen hat. Vielleicht ist mein Manuskript aus dem Zuckersack auch so eine Lebensbeichte, von der die Angehörigen nichts wissen wollten.

Urs schöpft aus seinem psychologischen Wissen und erklärt, dass untergründige Familiengeheimnisse oftmals der stillen Übereinkunft mehrerer Familienmitglieder unterliegen. Doch lassen sich die Dämonen von verdrängtem Schuldbewusstsein, Moral außerhalb der Normen, Scham oder Rücksichtnahme nicht vollständig unterdrücken. Unbewusst spüren auch noch Kinder und Enkel verschwiegene Geheimnisse und reagieren mit psychischen Störungen. Solche Zusammenhänge zwischen Psyche und verdrängten Geheimnissen sind für Betroffene und deren Anverwandte in der Regel unvorstellbar. Aus Rücksichtnahme Personen aus dem Familienkreis nicht belasten zu wollen, ist gut gemeint, aber bewirkt in vielen Fällen das Gegenteil. Der Instinkt spürt, dass etwas in der Familie nicht stimmig ist. So können Geheimnisse, auch wenn sie mit ins Grab genommen wurden, noch in der Enkelgeneration wirken und psychischen Schaden anrichten.

Camille und Urs möchten unbedingt das Manuskript kennenlernen, doch heute ist es spät geworden. Da wir ohnehin morgen zusammen weiterlaufen, haben wir vielleicht abends die Gelegenheit, uns das Manuskript gemeinsam anzuschauen. Ich freue mich über das Interesse und dass ich mit jemandem darüber sprechen kann.

VII

Das Schnarchkonzert in der Nacht verläuft nach fein abgestimmter Partitur. Eindrucksvolle Schnarcharien, gelegentlich untermalt von einem vielstimmigen Chor. Es sind überwiegend Männer, einzelne Frauen bringen es aber durchaus zu respektablen Leistungen. Urs, einer der Virtuosen, liegt einige Stockwerkbetten von mir entfernt. Camille, über ihm im Bett, muss sich wie bei einem Erdbeben fühlen. Meine Gedanken kreisen um die Probleme mit Mona und die Geheimnisse des Manuskripts. Erst gegen Mitternacht finde ich etwas Schlaf mit schweren Träumen.

Um sechs Uhr sitze ich bei spärlichem Frühstück, einer Tasse Tee und einem Marmeladenbrot, sehe, wie auch andere Pilger versuchen, die durch Schnarchen gestörte Nachtruhe zu überwinden. Camille und Urs setzen sich zu mir. Urs teilt mit, er habe wunderbar geschlafen. Stellvertretend zieht Camille verlegen den Mund zusammen und schuldbewusst die Schultern hoch. Ich winke ab. Ich habe aufgehört, die Schnarcher auf meinem Weg zu zählen. Mit verschlafenen Augen setzt sich jetzt auch unser Schwabe Horst an den Tisch und lamentiert über die Schnarcher. Dann erklärt er uns, er brauche einen Tag Pause, es täte ihm leid, nicht mit uns weitergehen zu können. Wir zeigen uns verständnisvoll, ahnend, dass die fußkranke Luxemburgerin, die heute ebenfalls pausieren muss, dahinter steckt. In diesem Nest werden sie nicht viel Ablenkung finden, was dem näheren Kennenlernen von Nutzen sein kann. Wir verabschieden uns.

Camille und Urs schreiten kraftvoll aus. Anfangs habe ich das Gefühl, nicht Schritt halten zu können, doch nach einigen Minuten habe ich den Takt gefunden und es geht zügiger voran als in den letzten Tagen. Mit den beiden zu laufen ist kurzweilig, weil sich interessante Gespräche ergeben, die von den Mühen des Weges und der Hitze ablenken. Camille ist beruflich mit Coachings beschäftigt und Urs ist Psychologe. Beide können schon aus beruflichen Gründen gut zuhören. Ihre Kinder sind bereits erwachsen und gehen eigene Wege. Als das Gespräch auf meine Beziehung kommt, zögere ich etwas und versuche zu erklären, warum Mona den Jakobsweg nicht zusammen mit mir geht. Nun bekomme ich doch ein schlechtes Gewissen, weil ich mein Handy nicht eingeschaltet habe. Wie lange schon? Zwei Tage, drei? Dabei war ich relativ entspannt, im Gegensatz zu der Zeit vorher, als ich den Weg nur gelaufen bin, aber nicht erlebt habe. Camille und Urs wechseln einen Blick. Ich bin froh, als Urs das Thema wechselt und das Gespräch auf das Manuskript aus dem Zuckersack bringt. Bei der nächsten Rast werde ich es ihnen zeigen. Inzwischen ist mir eingefallen, dass ich die Seiten zumindest nach den perforierten Rändern sortieren kann, denn die Blätter sind aus Spiralheften herausgerissen, deren Seiten links perforiert sind. Es wird sicher auch möglich sein, das Ende der einen, beidseitig beschriebenen Seite und den Anfang der nächsten zusammenzufügen, um eine vollständige, zusammenhängende Geschichte zu bekommen, sofern die Blätter komplett sind. Das braucht Zeit und einen großen Tisch zum Sortieren. Doch hier bin ich auf dem Jakobsweg und will meinem Ziel näherkommen – auch wenn es mich reizt, die Handschrift zu entschlüsseln.

Ein Rastplatz unter schattenspendenden Bäumen, mit Steinbänken und Tischen, lädt zu einer Pause ein. Ich bin erstaunt, als ich auf der Karte entdecke, wie weit wir schon gekommen sind. Diszipliniertes Ausschreiten zahlt sich aus. Heute sind die Temperaturen erträglicher und die Unterhaltung hat die Strecke kurzweilig gestaltet. Urs zaubert einen Käse aus seinem Rucksack, schneidet große Stücke davon ab, legt sie auf einen Plastikteller und stellt ihn zwischen uns. Es handelt sich um einen würzigen Kuhmilch-Käse der auf der Insel Menorca auf traditionelle Art hergestellt wird. Urs hat Käsekompetenz, schließlich kommt er aus der Schweiz. Wir lassen es uns schmecken, während ich das Manuskript aus dem Zuckersack vor ihnen ausbreite. Camille fasst die Seiten behutsam, fast ehrfürchtig an und liest. Verblüfft ruft sie etwas auf schweizerisch, korrigiert sich dann auf Deutsch erstaunt darüber, die Handschrift in deutscher Sprache zu sehen. Das hatte ich wohl vergessen zu erwähnen. Auch jetzt erstaunt es mich wieder, wie wunderbar sich manche Dinge fügen. Mir, einem Deutschen, fällt in Spanien ein in deutscher Sprache verfasstes Manuskript vor die Füße. Urs und Camille lesen eifrig, machen hier und dort einige Bemerkungen. Ich sortiere weiter die Blätter nach der Perforationskante auf der linken Seite.

Eine halbe Stunde später, in der wir alle drei in das Manuskript vertieft waren, schaut Urs auf die Uhr und mahnt zum Aufbruch. Wir wollen heute noch die Kreisstadt erreichen. Auch wenn es schwerfällt, sich von den Seiten zu lösen, machen wir uns auf den Weg.

Zunächst gehen wir einige Minuten schweigend, in denen unsere Gedanken um die Handschrift kreisen. Wir tauschen uns über die gelesenen Seiten aus. Dann sagt Camille, sie habe eine Vorstellung von der Schreiberin.

Die Schrift ist die einer Frau, ihr Deutsch ist so gut wie fehlerfrei. Vielleicht war sie Lehrerin, Journalistin oder Übersetzerin, hat ihr Leben lang Schriftdeutsch praktiziert. Wer Jahrzehnte im Ausland lebt und die Muttersprache wenig schreibt, macht mehr Fehler. Das war mir bisher nicht aufgefallen. Vielleicht findet sich dazu auch noch ein Hinweis auf den ungelesenen Seiten. Aus der Erfahrung von Urs, dem Psychologen, gibt es in vielen Familien verdrängte Probleme und Geschichten, die über Generationen verschwiegen werden. Tabuthemen, über die wegen des vordergründigen Familienfriedens nicht gesprochen wird. Doch die Lunte brennt im Verborgenen.

Ich nehme mir vor, das Manuskript systematisch auf entsprechende Hinweise zu prüfen. Wollten die Nachkommen nicht wissen, was diese Lebensgeschichte offenbart? Fehlten die Sprachkenntnisse? Hat man diese Blätter nicht als Lebensgeschichte erkannt? Ist es überhaupt eine reale Lebensgeschichte, oder eher eine Lebensbeichte? Oder hat jemand einen Roman geschrieben ...?

Die Mittagsrast hat uns gutgetan, auch ohne Mittagsschläfchen. Durch das Manuskript und die Gespräche darüber sind wir in wacher Stimulanz. Wir merken, dass wir der Stadt näher kommen. Auf den Straßen neben dem Pilgerweg ist mehr Verkehr, die Bebauung wird dichter. In der Ferne sehen wir schon höhere Häuser. Jetzt tauchen auch nach und nach mehr Pilger auf, die dem gleichen Etappenziel zustreben. Als wir den Stadtrand erreichen, finden wir problemlos den Weg, weil Plaketten mit der Jakobsmuschel in regelmäßigen Abständen im Bürgersteig eingelassen sind. Die Muscheln im warmen Bronzeton weisen uns den Weg bis vor die Kathedrale, auf deren Vorplatz es vor Menschen wimmelt. Beeindruckt stehe ich vor dem filigranen Bau, der, obwohl gotisch, doch in ganz eigenem, unverwechselbaren Stil dasteht. Erbaut von Künstlern, die detailverliebt ein Meisterwerk geschaffen haben. In der Kirche bleiben wir überwältigt stehen. Uns umgibt eine farbige Welt, bei der die wenigen, schlank gemauerten Säulen zwischen den Fenstern völlig in den Hintergrund treten. Steinmetze und Glasmaler haben, ohne Möglichkeit zur Berechnung der Statik, bis an den Rand des Machbaren, eine Kathedrale voller Licht und lebendigen Glaubens geschaffen.

Während wir staunend dastehen, erfüllt die Orgel mit mächtigen Klängen den Raum. Der Organist probt für ein Konzert und lässt die volle Erhabenheit des Gebäudes durch sein Instrument erblühen. Wir lassen uns in die Kirchenbänke sinken, lauschen andächtig den Klängen und betrachten die einzigartigen Glasfenster. Noch mehr beeindruckt als wir müssen die Pilger im Mittelalter gewesen sein, deren Welt nicht so bunt durch Autos, Plakate, Leuchtreklamen geprägt war. Das Bauwerk mit seinen respekteinflößenden Gewölben und farbigen Glasfenstern musste für sie der Himmel gewesen sein.

Als die Orgel verklingt, sende ich ein kurzes Dankesgebet in himmlische Sphären, stehe auf und zünde eine Kerze vor der Statue des heiligen Antonius an. Dort verharre ich noch einen Moment. Dann steht Camille neben mir und legt einen Arm um mich. Erst jetzt merke ich, dass mir Tränen über die Wangen laufen. Verlegen wische ich sie mit dem Handrücken ab. Camille lächelt mir stumm zu.

Wir treten wieder hinaus in die gleißende Sonne. Die Wärme, die zwischen den Häusern steht, trifft mich unvorbereitet. Der Lärm der Straße, die vielen Menschen, sind nur schwer zu ertragen und ein schockierender Kontrast zu der eben erlebten Stimmung in der Kathedrale. Selbst der so pragmatische Urs schlägt vor, die kleinen Gassen zu wählen, um der Geschäftigkeit der Großstadt zu entgehen. Die Pilgerherberge, die mehr als hundert Schlafplätze anbietet, ist in einem Kloster untergebracht. Wir bevorzugen heute, in einer kleinen Pension zu übernachten. Eine wichtige Etappe ist geschafft. *Buen Camino*!

Ich wasche meine Tageswäsche im Waschbecken aus. Die modernen Viskosefasern werden am nächsten Morgen trocken sein. Nach der Dusche liege ich auf dem Bett. Zum ersten Mal seit wie vielen Tagen habe ich ein Zimmer für mich? Der bescheidene Raum kommt mir wie ein großer Luxus vor. Das zweite Bett ist leer, ungenutzt! Und es wird auch niemand kommen, der es beansprucht. Mein Rucksack hat dort schon seinen Platz gefunden. Mein Handy, das ich in den letzten Tagen stark vernachlässigt habe, lade ich an der Steckdose. Ein paar Stunden für mich ganz alleine. Bis dahin habe ich Zeit, mich auf dem Bett auszustrecken und im Manuskript zu lesen.

VIII

Der Klingelton meines Handys schreckt mich auf. Ich muss eingeschlafen sein. Wo bin ich? Mühsam taste ich nach dem Handy und melde mich.

»Du lebst! Gott sei Dank! Ich komme um vor Sorge! Wo bist du?«

»In Spanien, Jakobsweg, wie du weißt, Mona.«

»Ich bin so froh, deine Stimme zu hören, warum meldest du dich nicht?«

Ihr Ton ist sanft, nicht weinerlich, nicht vorwurfsvoll.

»Weil ich dazu nicht in der Stimmung war und du mir jedes Mal eine Szene machst.«

»Ich soll dir eine Szene ...?« Ein Anflug von Widerstand, den sie aber bremst und in ruhigem Ton fortfährt. »Aber Liebling, es ist schön, dass es dir gut geht. Erzähle mir, wie du vorangekommen bist.«

Und dann erzähle ich von meinen Begegnungen, von den Beschwernissen, den Erlebnissen, den Menschen, der Landschaft und dem Manuskript. Unbewusst nestele ich dabei an der kleinen Pilgermuschel-Anhänger von José. Sie hört zu und wirft nur manchmal eine kurze Bemerkung, ein erstauntes Wort oder eine Frage ein. Zwanzig Minuten hört sie geduldig zu! Das war noch nie ihre Stärke, doch heute ist das anders. Wir tauschen noch einige nette Worte. Dann verabschieden wir uns und Mona wünscht mir *Buen Camino*. Mona! *Buen Camino* hat sie gesagt! Ein ganzes Telefonat, in dem es nicht um ihre Mutter oder irgendwelche Alltagskatastrophen ging! Eine Weile bleibe ich noch liegen und denke an das Gespräch mit ihr. Dann sende ich ihr noch eine Nachricht mit ein paar lieben Grüßen.

Später wollen Camille und Urs mit mir zum Essen gehen. Der papierene Zuckersack knistert, als ich das Manuskript heraushole. Schnell sind die restlichen Seiten nach der Perforation auf der linken Seite geordnet. Ich versuche abermals, zusammenhängende Seiten zu finden, lasse mich dabei wieder vom Text ablenken und lese:

... ich verstand den baskischen Dialekt nicht, konnte aber aus der heftigen Diskussion und den Gesten schließen, dass es um mich ging. Der Taurus, wie sie ihn nannten, schnauzte François an, wie er mir später erzählte, wieso er mit einer Frau in diesem Zustand solch schwierige Mission gefährden könne. Er wollte ihn zusammen mit mir zurückschicken und das Unternehmen abbrechen. Doch François war selbstbewusst und ließ sich von dem bulligen Mann nicht einschüchtern. Schließlich hatte er die Kenntnis, die sie brauchten, um die Aktion durchzuführen. Eine Schwangere wäre zudem, wenn sie in eine Kontrolle kämen, unverdächtig. Nach heftigen Auseinandersetzungen warf der Taurus noch vor sich hinbrummelnd einen Blick auf mich und wendete sich dann ab. Unsere Sachen und die Kisten wurden von den Eseln auf die Lastwagen umgeladen und wir stiegen auf die Ladefläche. Die Eselstreiber verschwanden mit ihren Tieren im Grau des Morgennebels. Sie wollten über den Pass sein, bevor die Sonne den Nebel an den Berghängen auflöste. Die LKW fuhren los. Wir hockten hinten auf Kisten und wurden heftig durchgerüttelt. Von Zeit zu Zeit spähten François und die anderen durch einen Spalt an der Plane auf die Straße. Mehr als

eine Stunde ging es über Nebenwege. Einmal hörte ich den Pfiff einer Lokomotive. Dann hielt unser LKW und der Motor wurde abgeschaltet. François legte den Finger senkrecht auf den Mund, nachdem er durch die Plane versucht hatte, im Morgengrauen etwas zu erkennen. Von Ferne hörten wir Motorengeräusche, die zunächst näher kamen, sich dann aber wieder entfernten. Als Stille eingekehrt war, fuhren wir weiter. Wir hatten warten müssen, bis die Brücke für uns sicher zu Überqueren war und wir von niemandem gesehen wurden. Nach einer Viertelstunde rumpelnder Bergauffahrt hielt der LKW erneut und wir konnten absteigen, wobei mir die Männer halfen. Die anderen beiden Fahrzeuge aus unserer Kolonne waren verschwunden. François gab einige Anweisungen beim Abladen der Kisten, was dem Taurus nicht passte. Auf dem kleinen Plateau umgeben von Wald und Büschen, konnten wir weit unten im Tal einen Fluss und eine Eisenbahnlinie sehen. Als alles abgeladen war, verschwand der LKW auf holprigem Weg durch Bäume und Buschwerk. Die Männer machten sich an den Kisten zu schaffen, während einer mit dem Fernglas das Tal mit der Straßenbrücke beobachtete, die sich über den Fluss und Bahnlinie spannte. Der Taurus und ich kauerten im Gras; François wusste, was er zu tun hatte und gab klare Anweisungen. Die Männer verständigten sich nur durch Flüstern und packten schwere Rucksäcke. Dann sahen wir im Tal unseren LKW auf der Straße Richtung Brücke brummen. Von der anderen Seite kam ein Militärfahrzeug und hielt ihn an, bevor er auf die Brücke fahren konnte. Der Fahrer musste aussteigen. Soldaten schlugen die Plane hoch und prüften den Laderaum. Angespannt saßen wir und starrten hinunter. Ahnten, was *dort vor sich ging. Dort unten wurde heftig gestikuliert. Der Fahrer stand mit erhobenen Händen am LKW. Dann hörten wir einen Schuss durch das Tal peitschen. François hatte sich das Fernglas geben lassen. Er sagte nur, dass sie den Fahrer erschossen hätten, als er fliehen wollte. Wir müssten sofort weg von hier, weil sie auf den Seitenwegen die Reifenspuren verfolgen könnten. Der Taurus gab Anweisungen, die Kisten und die Rucksäcke in den Büschen zu verstecken. Ich verwischte auf dem Plateau, wo der LKW gedreht hatte, die Reifenspuren mit den Stiefeln. Ich hatte Todesangst, war überzeugt, sie würden uns finden. Wir hörten Glockengeläut, eine Ziegenherde kam zwischen den Sträuchern den Hang hinauf. Die Männer duckten sich. François sprach kurz mit dem Taurus, der nickte. Als sie den Ziegenhirten erblickten, ergriffen zwei Männer ihn und schleppten ihn weg und verschwanden mit ihm im Wald oberhalb. François sagte mir nur, ich solle die Ziegen hüten und ruhig bleiben, mir könnte nichts geschehen. Dann entfernte er sich, wie auch der Taurus und die anderen, und verschwanden eiligst im Wald oberhalb des Steilhanges. Ich war allein. Zitternd setzte ich mich auf einen großen Felsblock am Wegrand. Noch nie hatte ich Ziegen gehütet. Ich hatte immer nur im Haushalt und in der Küche gearbeitet. Was sollte ich tun? Warum hatte François mich völlig allein gelassen? Ich blieb einfach dort sitzen und ließ die Ziegen grasen und die Büsche kahl fressen. Die Glocken an den Halsbändern der Tiere hatten etwas Beruhigendes. Ich weiß nicht, wie lange ich dort gesessen habe, da hörte ich ein Motorengeräusch, das näher kam. Das Militärfahrzeug, das vorher den LKW an der Brücke aufgehalten hat, stand hinter mir auf dem kleinen Bergplateau. Ich zitterte vor Angst und rührte mich nicht, denn ich war sicher, dass es mir genau so ergehen würde wie dem Fahrer unseres LKW, unten an der Brücke. Soldaten sprangen ab, einer, den ich als Offizier erkannte, kam zu mir und sprach mich auf Spanisch an, stellte Fragen. Vor Angst zuckte ich nur mit den Schultern. Ich wollte aufstehen, aber die Kräfte hatten mich verlassen und sackte zurück auf den Felsblock. Der Offizier begriff, sah meinen Zustand. Inzwischen hatten seine Männer sich umgesehen, dabei aber sehr nachlässig, sonst hätten sie die Kisten und Rucksäcke gefunden. Er blickte noch einmal im Kreis, dann gab er den Befehl, wieder aufzusitzen. Zu einem der Soldaten sagte er so etwas wie: Die einfachen Bergbewohner hier verstehen nur Baskisch. Er hatte mich tatsächlich für eine einfache, hier im Baskenland lebende Ziegenhirtin, zudem noch schwanger, gehalten. Wenn er genauer hingeschaut hätte, wären ihm meine Stiefel unter dem langen Rock aufgefallen, die eine arme Hirtin wohl kaum getragen hätte. Das Fahrzeug wendete und sie waren verschwunden. Als das Motorengeräusch nicht mehr zu hören war, klangen die Glocken der grasenden Ziegen in meinen Ohren wie jublierendes Friedensgeläut. Erschöpft sank ich auf dem Stein zusammen. Würde es denn nie enden? Nach all den Jahren war ich ausgebrannt. Der Tod meiner Eltern, der mich aus einem geborgenen, bürgerlichen Leben zu einer einfachen Magd gemacht hatte. Die Arbeit in Spanien, bei der ich, ohne es zu wissen, meinen Beitrag für die Vorbereitung eines Krieges leisten musste, um mein Kind wieder zu sehen. Und jetzt noch der baskische Partisanenkampf, in den ich nur aus Liebe zu François und meinem ungeborenen Kind geraten war. Doch wo waren …*

Es klopft an meiner Tür. Es ist Urs, der mich abholen will. Ich streife schnell mein Hemd über und bin fertig. Camille sitzt schon vor der Pension in der jetzt milden Sonne. In der schmalen Gasse sind die Temperaturen erträglich. Langsam schlendern wir durch die verwinkelten Gassen, überqueren einen Platz, an dem eindrucksvolle Gebäude stehen, die liebevoll restauriert sind. Geranien blühen vor jedem Fenster. Die Stadt sieht gepflegt und sauber aus. Camille hat in der Pension eine Empfehlung für ein Tapasrestaurant bekommen. Nach einigen weiteren verwinkelten Gassen finden wir an einem der wenigen Tische vor dem Restaurant Platz. Der Kellner bringt eine Tafel, auf der das aktuelle Tapasangebot mit Kreide aufgeführt ist. Schon bald steht eine Platte mit Köstlichkeiten in der Mitte des Tisches, von der wir uns bedienen. Dazu trinken wir einen kühlen Weißwein aus dem Bierzo, ein Weingebiet, das noch vor uns liegt, wie Urs erzählt. Wir stoßen an, ich danke beiden für den schönen Abend und den Weg, den wir gemeinsam erleben. Urs und Camille erzählen von den Wanderungen, die sie gemacht haben, aber der Jakobsweg ist auch für sie etwas Besonderes. Es ist ungewöhnlich so viele Menschen, aus allen Ländern und Kulturen zu treffen, alle mit dem gleichen Ziel: Ankommen in der Kathedrale des Heiligen Jakob in Santiago de Compostela. Das kann ich bestätigen. Für mich ist der Weg wie ein Gefäß, täglich mit Menschen unterschiedlicher Herkunft gefüllt und zur Einheit geschmolzen, täglich ein anderer Guss in neuer Zusammensetzung, ein Schmelztiegel der Menschen auf dem Jakobsweg. Ein Gemisch aus Glaube, Zähigkeit, Liebe, Schmerz, Empathie. Eine solide Gussmasse, die seit Jahrhunderten in immer neuen Mischungen eine besondere Legierung erzeugt. Eine Legierung, die jeder Jakobspilger in seinem Herzen mit sich in die Heimat trägt.

Wir sprechen über unsere Eindrücke und Erlebnisse. Dabei zitiere ich die Worte von José, als er mir den Anhänger um den Hals gelegt hat. ›Du läufst nicht nach Santiago, um eine Strecke hinter dich zu bringen, der Weg bewegt etwas in dir. Lass dich auf den Weg ein, nimm an, was er dir vermittelt. Den Weg ebnen, alles andere ist hier nicht wichtig. Konzentriere deinen Geist darauf, dann gibt er dir Kraft. Gestatte, was er mit dir macht.‹

Worte, die sich eingeprägt haben, und als ich sie jetzt zitiere, nestele ich wieder an der kleinen Pilgermuschel, die an dem Lederband um meinen Hals hängt. Urs und Camille nicken stumm und ergriffen. Dann erheben wir unsere Gläser und trinken auf unseren Jakobsweg.

Die Mauern in der engen Gasse sind nach dem heißen Tag noch warm. Menschen gehen an unserem Restaurant vorbei. Unschwer können wir die durch die Gasse schlendernden Einheimischen von den Jakobspilgern unterscheiden. Auch wir sind mit unseren Cargohosen schnell als Jakobspilger identifiziert.

Camille beschäftigt das Manuskript. Das wechselvolle Schicksal einer Frau, die eine starke Persönlichkeit gewesen sein muss. Wir stellen uns wieder die gleichen Fragen, die mich schon seit einigen Tagen beschäftigen. Urs fragt sich, ob der Zuckersack ein Hinweis sein kann. Eine Verpackung, die zufällig gewählt, aber nicht überall erhältlich ist. Weist er auf eine Zuckerraffinerie, eine Konditorei oder auf eine Großküche hin? Kamen die Schreiberin oder deren Familie aus diesem Umfeld?

Unsere Überlegungen bleiben Spekulationen, solange das Manuskript nicht komplett gelesen und in die richtige Reihenfolge gebracht wurde. Nur daraus können sich Hinweise über die Identität der Schreiberin erschließen.

Nach dem Abendessen flanieren wir über Plätze und Gassen. Auch zu dieser späten Stunde ist es noch sehr lebendig in der Stadt, Restaurants und Tavernen sind voller Menschen. Als wir über einen der kleinen Plätze und Gassen gehen, sehe ich eine junge Frau mit blonden Haaren und einer kleinen Gitarre auf dem Rücken in einer Gasse verschwinden. Jennifer! Ich sprinte los, doch als ich in die Gasse komme, ist außer einem streunenden Hund niemand zu sehen. Ich laufe noch ein Stück hinunter, doch auch in den abzweigenden Gassen ist sie nicht mehr zu sehen. Enttäuscht drehe ich um und gehe wieder zurück zu Camille und Urs, die mich verwundert ansehen. Etwas außer Atem erkläre ihnen die Geschichte mit Jennifer, dem Gewitter und ihrem spurlosen Verschwinden. Urs sagt nur »Schmelztiegel« und wir lachen. Ich glaube, ich bin dabei rot geworden und gestehe mir ein, dass mich die Gedanken an Jennifer in den letzten Tagen mehr beschäftigt haben, als ich mir eingestehen möchte.

Schon lange habe ich nicht mehr so gut geschlafen. Die Ruhe, das weiche Bett, keine Störung durch aufbrechende Pilger im Morgengrauen. Vielleicht hat der Wein ein Übriges getan. Urs und Camille sitzen bereits beim Frühstück, als ich hinunterkomme. Wir haben gestern beschlossen, einen Ruhetag einzulegen, und werden uns heute die Stadt ansehen. Ich möchte mir unbedingt noch einmal die Kathedrale vornehmen. Das Licht und die Leuchtkraft der Fenster haben mich gestern überwältigt. Heute möchte ich mir dafür mehr Zeit nehmen. Camille und Urs interessieren sich für das *Convento de San Marcos*, eine ehemalige Klosteranlage, die zur Beherbergung von Jakobspilgern angelegt wurde und heute zu einem Teil Museum ist. So ist der Tag mit ausgiebigen Pausen in einschlägigen Cafés und Tapasbars, kulturell ergiebig, aber auch ein Ruhetag für unseren Körper.

Den Abend lassen wir in einem Fischrestaurant ausklingen. Urs deutet an, dass uns das letzte Drittel der Strecke bis Santiago de Compostela noch schwer zu schaffen machen wird. Ich habe im Reiseführer gelesen, welche Bergetappen jetzt vor uns liegen. Doch morgen werden wir zunächst noch unsere Kräfte schonen.

Wir finden schnell aus der Stadt hinaus, schreiten frisch und gut gelaunt aus. Ich staune wieder, wie leicht die zart und zerbrechlich wirkende Camille ihren schweren Rucksack nimmt und mit den Riesenschritten von Urs mithalten kann. Ich habe da Mühe dranzubleiben. Die beiden alten Männer, die aufholen, haben einen noch strammeren Gang. Kurze, schnelle Schritte, leicht nach vorne gebeugt, man sieht unter ihren khakifarbenen Hüten nur kleine blaue Augen und ein graues Gestrüpp von Bärten. Khakifarbene Hosen, Westen und klappernde Knotenstöcke. Sie murmeln ein kurzes *Buen Camino* und sind dann schon vorbei. Einem der beiden fällt etwas aus der Seitentasche seines Rucksacks. Wir rufen auf Englisch hinterher, doch sie reagieren nicht, laufen in unverminderter Geschwindigkeit weiter. Nach einigen Schritten haben wir den Gegenstand erreicht, eine Stirnlampe mit Stirnriemen. Ich angele mit meinem Wanderstock den Stirnriemen und ziehe ihn vom Stock. Gut, dass ich zum Aufheben nicht den Rucksack ablegen muss, denn mit Rucksack würde ich beim Bücken wegen des hohen Schwerpunktes umfallen. Urs ruft mit seiner sonoren Bassstimme inzwischen auf Französisch hinter ihnen her. Synchron drehen sie sich zu uns um. Wir gehen zu ihnen und ich kann dem einen seine Stirnlampe zurückgeben – oder war es der andere? Die beiden sehen absolut gleich aus. Überschwänglich bedankt er sich bei mir und reicht sie an sein Pendant weiter. »Maurice verliert immer alles«, erklärt er uns. Sie stellen sich als Marcel und Maurice vor. Sie haben sich entschlossen, an ihrem 75. Geburtstag in Santiago anzukommen, darum sei Eile geboten. Dennoch verwickeln sie Camille und Urs in ein Gespräch, weil ihnen die Französischkenntnisse der beiden Schweizer aufgefallen sind. Wobei einer der Brüder immer etwas sagt, und der andere die letzten Worte wie ein Echo wiederholt. So marschieren wir zu fünft weiter, ohne zu wissen, wer Maurice ist und wer Marcel. Sie sind bereits zum dritten Mal auf dem Weg nach Santiago und beklagen den überbordenden Tourismus, der sich inzwischen auf dem Jakobsweg ausbreitet.

»Vor 25 Jahren, als wir das erste Mal nach Santiago gelaufen sind, da gab es hier noch echte Pilger.«

»Echte Pilger«, echot der Andere.

»Die liefen den Weg noch aus Überzeugung und aus tiefem Glauben.«

»Tiefem Glauben«, kommt das Echo.

»Doch jetzt ist der Jakobsweg zur Sportarena geworden.«

»Sportarena geworden«, nickt Marcel, oder ist es Maurice? Dann ziehen beide synchron ihre Wasserflasche hervor, trinken einen Schluck und stecken sie im Gleichtakt wieder in die Seitenfächer ihrer identischen Rucksäcke. Es wirkt wie eine einstudierte Choreografie.

Urs und Camille erzählen ihnen, wo sie schon in der Welt gewandert sind, was die beiden wenig zu beeindrucken scheint. Ich versuche sie auseinanderzuhalten. Bald glaube ich, im Gesicht des einen ein Merkmal zu erkennen, stelle aber fest, auch der andere hat die gleiche Charakteristik. Bisher habe ich geschwiegen und mir nur das Gespräch mangels Französischkenntnissen halbwegs zusammenreimen können. Camille übersetzt mir einiges. Sie sind eineiige Zwillinge, was nicht schwer zu erraten ist, und kommen aus Bordeaux. Dann fragt einer der beiden, wo ich herkäme, und Camille erklärt, ich sei aus Deutschland.

Da werden beide schweigsam, sehen sich an, wünschen uns *Buen Camino*. Sie fallen wieder in ihren fast hastigen Trippelschritt und ziehen davon, sind hinter einer Brücke schnell aus unserem Blickfeld verschwunden. Urs und Camille bleiben verblüfft stehen. Die Reaktion der beiden lässt eine Abneigung gegen Deutsche vermuten. Camille erklärt, es müsse sich bei ihnen etwas traumatisches in Zusammenhang mit Deutschen ereignet haben. Bedrückt laufe ich weiter. Camille und Urs versuchen, mich zu trösten, laufen hinter mir her. Es habe ja nichts mit mir persönlich zu tun.

Was ist bei den beiden passiert, eine solche pauschale Ablehnung auszulösen, nicht mehr den Menschen zu betrachten? Ihr Leben scheint von entsetzlichen Geschehnissen überschattet zu sein. Dabei muss ich wieder an das Manuskript und das Schicksal der Frau denken, deren Namen ich nicht kenne. Sie hat ebenfalls Fürchterliches erlebt.

Hat sie deswegen gehasst? Was hat sie angetrieben? Oder war sie eine Getriebene? Bin ich auch ein Getriebener? Urs meint, man müsse abwägen, wie weit man sich in eine Situation hineinziehen lassen wolle, was nicht immer leicht ist, da die Grenzen verschwimmen. Welche Fragen uns das Leben stellt! Und wenn die Antwort gefunden ist, hat sich die Frage verändert! So reflektieren wir das Geschehene, die Zwillinge sind längst hinter einer Wegbiegung verschwunden. Meine Begleiter bemerken meine Wortkargheit, überlassen mich meinen Gedanken. Ich bin hin- und hergerissen, was ich von der Situation halten soll. Es beschäftigt mich mehr, als mir lieb ist.

Die Begegnung war nur kurz, aber ich mochte die beiden etwas kauzigen Alten. Sie erinnerten mich an das Gedicht von Goethe ›Ginkgo biloba‹, in dem es um das Blatt des Ginkgo-Baums geht. Einerseits gespalten in der Form des Blattes, andrerseits auch botanisch, denn der Ginkgo ist sowohl Nadel-, wie Laubbaum. Die Frage ist, ob es eins oder doppelt ist. Und das habe ich mich bei den beiden auch gefragt. Doch sie haben mir auch gezeigt, wie sehr Ereignisse das Leben beeinflussen können. Gerne hätte ich mit ihnen darüber gesprochen, denn ihr Schicksal, über das wir jetzt nur Vermutungen anstellen können, hätte mich interessiert. Wir müssen lernen, zu verstehen, um verstanden zu werden. Aber derzeit habe ich mit dem Manuskript hinreichend Stoff, mit dem ich mich beschäftigen kann.

Ich bin erstaunt, wie gut wir heute vorangekommen sind. Der Ruhetag hat, um neue Kräfte zu sammeln, gut getan. Die kleine Stadt, in die wir jetzt hinaufsteigen, duftet süßlich. An einigen Geschäften stehen die Türen offen und verströmen einen Duft von Karamell und Fruchtbonbons. Tatsächlich gibt es hier zahlreiche Geschäfte, kleine Manufakturen für allerlei Süßigkeiten. In den Auslagen stehen Tabletts mit fertig abgepackten Bonbontüten, Schokolade und Gebäck. Wir gehen zur Kathedrale und schauen die pittoreske Fassade hinauf. Laut Reiseführer ist sie gotisch, aber ich sehe runde Säulen mit Figuren, die so gar nicht in meine Vorstellung der Gotik passen wollen. Dennoch ist es eine interessante Kirche. Im Vorraum befindet sich ein Museumsshop, wo wir uns den Stempel in den Pilgerpass drücken lassen. Dann machen wir uns auf die Suche nach einer Herberge.

Knarzende Fußbodenplanken, zwischen denen der Staub in die darunterliegende Etage rieselt. Nur wenige Waschbecken und Duschen. Die beiden Etagen sind mit Stockwerkbetten zugestellt. Nachdem wir geduscht und uns halbwegs eingerichtet haben, treffen wir uns im Gemeinschaftsraum im Erdgeschoss, in dem es auch eine Küchenecke gibt. Camille und Urs schlagen vor, dass ich hier in einem der Süßwarengeschäfte mal nach einer Frau fragen könnte, die gut Deutsch spricht. Schließlich wird hier viel Zucker verarbeitet und vielleicht hat das Manuskript eine Beziehung zu dem Zuckersack, in dem ich es gefunden habe. Die Familie könnte eine Bonbonmanufaktur betrieben haben. Die Idee finde ich gut, andererseits habe ich das Manuskript und den Zuckersack tageweit entfernt von hier gefunden.

Nur wenige Meter um die Ecke ist ein Süßwarengeschäft, aus dem es verführerisch duftet. Wir gehen hinein. Die Verkäuferin spricht nur spanisch und darum ist es schwer, uns verständlich zu machen. Ohne Ergebnis, aber mit einer Tüte leckerem Blätterteiggebäck verlassen wir den Laden. In einem anderen Geschäft ein junger Mann, der hinter dem Tresen aus der Backstube kommt. Er spricht ganz passabel Englisch. Doch auch hier haben wir wenig Glück, er kann sich an keine Frau mit deutschen Wurzeln erinnern, die hier gelebt haben soll.

Aller guten Dinge sind drei, meint Urs, als ich schon aufgeben will. Also betreten wir einen weiteren Laden, der im Schaufenster besonders viel Schokoladenprodukte ausstellt, von denen ich vermute, dass es Imitate sind, die nicht schmelzen. Die junge Verkäuferin versteht nicht, was wir wollen, verdreht nach einer Weile die Augen und ruft nach hinten den Señor Alfonso. Der ist ein grauhaariger Mann mit einer klassischen Bäckermütze und einer weißen Schürze, die Schokoladenspuren zeigt. Er spricht etwas französisch, damit bin ich aus dem Rennen und Camille und Urs sind am Zuge. Von der Unterhaltung verstehe ich nur Bruchstücke, doch an der Reaktion des Mannes erkenne ich mögliche Hinweise. Der Dialog dauert länger. Nach einer Weile nickt er und wir werden hinter den Tresen gebeten und gehen durch einen Vorhang in die Produktion. In einer Maschine dreht sich ein großer kupferner Kessel, in dem Schokolade gerührt wird. Ein langer Tisch mit einer Marmorplatte, Werkzeuge zum Verarbeiten der Schokolade, eine Reihe Dosen, in denen sich Zutaten befinden. Ganz hinten eine Tür, die Señor Alfonso öffnet. Ein fensterloser Raum, in dem sich Papiersäcke stapeln. Die Aufschrift Azúcar blanco elektrisiert mich. Andere Säcke weisen den Inhalt als Schokolade oder Kakao in verschiedenen Qualitäten aus. Alfonso erklärt Camille und Urs einiges. Dann gehen wir zurück in den Laden, bedanken uns und sind wieder auf der Straße.

Neugierig will ich alles wissen. Camille erklärt mir, dass es nur einige wenige Zuckerraffinerien in Spanien gibt. Aus der größten des Landes stammt wohl der Zuckersack, den ich gefunden habe. Alfonso bezieht schon sein ganzes Berufsleben den Zucker über einen Großhändler. Allerdings haben in den letzten zwei Jahrzehnten viele Süßwarengeschäfte geschlossen, weil sie mit der industriellen Fertigung nicht mithalten konnten, denn die meisten Kunden kaufen lieber die preiswerteren Produkte im Supermarkt. Der Kreis seiner Stammkundschaft wird immer kleiner und von den Touristen alleine kann er nicht leben. Auch Alfonso wird, wenn er in Rente geht, kaum einen Nachfolger finden. Da Alfonso der Sprecher der Chocolatiers in der Region ist, kennt er sich gut aus, kann aber keine Beziehung aus seiner Branche zu einer deutschstämmigen Frau herstellen. Es wäre auch zu schön gewesen. Aber wir haben es wenigstens versucht. Ich bin nicht allzu enttäuscht, weil ich mir wenig Erfolg davon versprochen hatte. Wir schlendern noch etwas durch die Stadt und finden ein Restaurant, das auf einer Tafel ›menú del peregrino‹ anbietet. Dort sind wir richtig.

Inzwischen sind wir gute Freunde geworden. Vorläufig werden wir den weiteren Weg gemeinsam gehen. Camille und Urs sind angenehme Gesprächspartner mit einer guten Portion Lebensweisheit. Wir starten sehr früh, denn heute wird es anstrengend. Der Aufstieg zum *Cruz de Ferro*. Unsere Wanderstöcke klappern einen langsameren Takt, der Weg führt hoch in die Berge. Zeitweise laufen wir durch Wälder, deren Bäume noch jung sind und doch etwas Schatten spenden. Der Aufstieg ist beschwerlich. Bald steht die Sonne senkrecht über uns und die Bäume werfen keine Schatten mehr auf den Weg. Obwohl wir uns schon in ziemlicher Höhe befinden, wird es immer heißer. Wir sprechen nur noch wenig, brauchen unseren Atem für den steilen Aufstieg.

Gegen Mittag erreichen wir eine kleine Ansiedlung. Es ist kein richtiges Dorf. Einige Häuser sind Ruinen, teils sind nur noch Grundmauern zu sehen. Andere Häuser stehen stark und fest mit ihren Bruchsteinmauern. Ein betonierter Weg führt steil hinauf. Es ist die einzige Straße des Dorfes. An zwei Häusern wird gebaut. Anscheinend baut man das Dorf im traditionellen Stil nach und nach wieder auf. Der betonierte Weg, einige Häuser mit neuen Dächern, dazwischen Ruinen oder notdürftig mit Wellblechplatten abgedeckte Schuppen. Wir machen, ausgepumpt vom Anstieg, Rast auf der kleinen Terrasse eines *Refugio*, das auch ein Gasthaus ist. Nachdem wir uns der Rucksäcke entledigt haben und uns in die Plastikstühle plumpsen lassen, nimmt ein bärtiger Mann mürrisch unsere Bestellung für das Pilgermenü entgegen, nickt nur zur Bestätigung und verschwindet in der Tür des Hauses. Es kann bis zum *Cruz de Ferro* nicht mehr weit sein. Der größte Teil des Aufstiegs ist geschafft.

Das Pilgermenü wird uns wortlos auf den Tisch gepfeffert, Teller und Besteck müssen wir selbst austeilen. Wir versuchen, die Bestandteile des Menus zu erraten. Reis mit einer tomatigen Soße, in der Fleischbrocken schwimmen. Es schmeckt erstaunlich gut. Einige magere Hunde nähern sich unserem Platz. Seltsame Mischlinge, in denen sich anscheinend alle Hunderassen vereint haben. Respektvoll und langsam ziehen sie immer kleinere Kreise um unseren Tisch, warten auf einen Brocken, der ihnen zugeworfen wird oder zu Boden fällt. Geduldig sitzen sie und beobachten jeden

Bissen, den wir verzehren, bereit loszustürzen, wenn es ein Anzeichen dafür gibt, dass Gäste Mitleid haben und etwas an die Hunde abgeben. Gerade will ich einen Löffel voll einem Mischling, der sich weit zu unserem Tisch vorgewagt hat, zuwerfen, da stürzt der bisher sprachlose Gastwirt unter einer Schimpfkanonade und bewaffnet mit einem dicken Knüppel aus dem Haus und verscheucht die Hunde. Die ziehen sich zwar schnell zurück, aber offensichtlich kennen sie das Manöver bereits und bleiben in sicherem Abstand sitzen oder legen sich in den Schatten. Der Wirt schimpft noch etwas, wendet sich dann wieder dem Haus zu und wirft, bevor er im Eingang verschwindet, unter Schimpfkanonaden den Knüppel auf die danebenstehende Bank. Nachdem wir fertig gegessen haben, knallt uns der Mann als Dessert wortlos drei Pappbecher mit Erdbeereis und kleinen Plastiklöffelchen hin.

Die Menschen hier oben haben kein einfaches Los. Die Saison ist kurz, das Wetter launisch, Vorräte müssen von weit her geholt werden. Wahrscheinlich ist das Dorf im Winter menschenleer und zugeschneit. Ich bin mir sicher, jede Landschaft prägt den Menschen. Kommentarlos legt der Wirt einen Zettel, auf dem nur die Endsumme steht, auf unseren Tisch. Ohne uns eines Blickes zu würdigen, bleibt er aufrecht stehen und schaut wartend in die Ferne. Wir legen Geld neben den Zettel. Er kratzt das Geld, ohne uns anzusehen, vom Tisch und verschwindet grußlos im Haus. Menschen am Jakobsweg.

Es ist immer mühsam, sich nach einer Pause aufzurappeln, besonders dann, wenn es wieder eine Steigung zu bewältigen gilt. Doch Jammern über die gnadenlose Sonne und den schweren Rucksack hilft nichts, wir müssen weiter. Unsere fast leeren Eisbecher nehmen wir mit und stellen sie einige Meter oberhalb den Hunden hin, die sofort darüber herfallen und schwanzwedelnd die Reste schlecken. Der Weg steigt steil an, wir verlassen die kleine Ansiedlung. Als wir uns noch einmal umdrehen, liegen die wenigen Häuser bereits unterhalb des Weges. Der weite Panoramablick verliert sich im milchigblauen Dunstschleier.

Der Weg macht einen Bogen, trifft dann auf eine Straße und verläuft parallel dazu weiter. Schon von weitem erkennen wir das *Cruz de Ferro*. Ein kleines, eisernes Kreuz auf einem schlanken Mast, der in einem gewaltigen Steinhaufen steht. Ungeschickt steigen wir über die vielen kleinen Steine bis zum Fuß des Mastes auf. Alle Pilgernden bringen vom Weg oder aus ihrer Heimat einen Stein mit, den sie hier niederlegen. Damit legen sie auch symbolisch ihre Sorgen ab. Das Reisegepäck wird leichter, aber auch das Herz wird von manchen Lasten befreit. Ich habe einen dunkelgrauen, herzförmigen Stein, durchzogen von zwei weißen, sich kreuzenden Adern mitgebracht, den Mona mir mitgab. Bis jetzt hatte ich die beiden weißen Linien als zusammenfindende Wege interpretiert. Doch als ich das kleine steinerne Herz jetzt ablege, fällt mir auf, dass die in der Sonne glitzernden Adern auch wieder auseinanderstreben. So hatte ich das bisher nicht gesehen. Ob das ein schlechtes Omen für die Beziehung von Mona und mir ist? Zögernd lege ich den Stein nieder.

Camille legt für sich und Urs einen kleinen Würfel aus Granit ab, in den ihre Namen eingraviert sind. Andächtig halten wir einen Moment inne. Aus einem Buch hatte ich mir zuhause das Gebet für das *Cruz de Hierro*, wie es auf spanisch heißt, auf einem kleinen Zettel notiert und für diesen Augenblick mitgenommen. Leise, zitiere ich für uns drei jetzt dieses Gebet.

›Herr, möge dieser Stein, Symbol für mein Bemühen auf meiner Pilgerschaft, den ich zum Fuß des Kreuzes des Erlösers niederlege, dereinst, wenn über die Taten meines Lebens gerichtet wird, die Waagschale zugunsten meiner guten Taten senken. Möge es so sein.‹

Geduldig warten andere Pilger, bis wir unsere Fotos gemacht haben. Der höchste Punkt unserer Reise, des *Camino Frances*, ist erreicht. Wir reichen uns die Hände und umarmen uns. Eine wichtige Etappe ist geschafft. Als ich meine Pilgerreise begann, untrainiert und nicht wissend, was auf mich zukommt, hatte ich Zweifel, ob ich es überhaupt schaffen würde. Ich bin weit gekommen und kann stolz auf den Weg voller Mühen und Beschwernisse zurückblicken. Es war anstrengender, als ich es mir vorstellen konnte. Diese heutige Etappe hatte es in sich. Es ist ein unbeschreibliches Gefühl, so weit gekommen zu sein. Meine Zweifel sind weggeblasen, auch das letzte Viertel des *Camino Frances* werde ich bewältigen. Camille und Urs sind für mich die idealen Begleiter. Mit ihrer Wandererfahrung und interessanten Gesprächen haben sie mich unmerklich mitgezogen. Ohne sie hätte ich den Berg nicht so souverän bewältigt. Jetzt suchen wir uns einen Platz auf der Wiese, wo wir das *Cruz de Hierro* im Blick haben und machen ausgiebig Rast. Durstig trinken wir aus unseren Wasserflaschen und beobachten die eintreffenden Pilger. Ein Pilger, der aus Indien mit dem Fahrrad angereist ist, interviewt seinerseits wieder andere Pilger und zeichnet die Antworten auf seinem Handy auf. Seine erste Frage ist jeweils »Which Country?«

Ausgepumpt nach dem langen Aufstieg kommen weitere Pilger an. Doch beim Erreichen des Eisernen Kreuzes werden auch bei ihnen plötzlich neue Kräfte geweckt. Der Adrenalinspiegel steigt, wenn dieses wichtige Zwischenziel erreicht ist. Auch wir haben diesen Kick verspürt. Die zurückliegenden Anstrengungen sind vergessen, die Anspannung von uns abgefallen.

Und da ist er plötzlich wieder, unser schwäbischer Pilgerfreund Horst. Die beiden luxemburgischen Damen haben ihn, nachdem sie mit ihm eine Etappe per Bus zurückgelegt haben, wissen lassen, dass sie doch lieber alleine weiterlaufen möchten. Er setzt sich zu uns, wir müssen schon bald seinen Redefluss auf diplomatische Art bremsen.

IX

Bis zur nächsten Herberge sind es noch einige Kilometer, jetzt aber bergab. Also marschieren wir zu viert wieder los. Horst hat auf seiner Liste schon im nächsten Dorf eine Herberge ausgekundschaftet, doch bis dahin sind noch gute zwei Stunden zu laufen. Der Weg schlängelt sich entlang des Berghanges, bald links, bald rechts der Straße. Auch bergab ist es anstrengend, denn da werden andere Muskeln beansprucht, Bänder und Gelenke müssen unser Gewicht plus Rucksack abbremsen. Dabei ist Geröll auf dem Weg besonders gefährlich. Wohltuend ist der Wanderstock, der als drittes Bein unterstützt. Wir bleiben immer wieder stehen, um die herrlichen Ausblicke in der klaren Luft der Berge zu genießen. Fast ohne Flügelschlag ziehen hoch über uns Raubvögel große Spiralen. Urs meint, es seien Geier, was Camille bestätigt, ich hätte auf Adler getippt. Horst hingegen nimmt die Gelegenheit wahr, von der schwäbischen Alb zu erzählen.

Die schmale, schlecht ausgebaute Straße windet sich jetzt in Haarnadelkehren hinunter ins Tal, das sich im Dunst verliert. Ein Reisebus mit Jakobstouristen muss in einer der engen Kehren mehrfach vor- und zurücksetzen und reißt dabei einige Steine aus der Begrenzungsmauer. Zuhause erzählen sie dann von ihren Abenteuern im klimatisierten Bus. Doch ich gönne den Menschen, die den Weg nicht auf eigenen Füßen zurücklegen können, diese Art des bequemen Reisens, wenngleich sie so vieles, was den Jakobsweg ausmacht, nicht erleben können.

Ein pittoreskes Dorf liegt direkt vor uns. Die Häuser aus grauem Bruchstein schmiegen sich an den Hang und lassen nur eine schmale Gasse frei. Von der Gasse führen steile Holztreppen auf die Holzbalkone mit den verwitterten Überdachungen. Ein malerisches Bild. Das eigentliche Leben scheint sich im Garten hinter den eng an eng stehenden Häusern abzuspielen. Leider sind die meisten *Refugios* schon besetzt oder reserviert. Nachdem wir uns von Tür zu Tür durchgefragt haben, entdeckt Urs am unteren Ende des Dorfes eine große, neu erbaute Herberge, die wie ein Hotelbau oder eine Jugendherberge aussieht, daher so gar nicht zu dem malerischen Dorf passen will. Ein *Refugio* mit – ich traue meinen Augen kaum – einem Swimmingpool! Nach der heutigen Strecke, mit bisher den meisten zurückgelegten Höhenmetern, genau das, was wir jetzt brauchen. Es gibt freie Zimmer und die sind sogar erschwinglich, da kann selbst unser schwäbischer Sparfuchs nicht nörgeln. Wir buchen zwei Doppelzimmer und sind, nachdem wir geduscht haben, sehr fix am Pool. Nach all den Strapazen einige Runden im Pool drehen und ein Nickerchen auf den Liegen – alle Anstrengungen sind vergessen. Auch wenn diese Herberge nicht ganz authentisch ist, Pilgern kann so schön sein. Vom Pool aus sende ich ein Foto vom *Cruz de Hierro* an Mona und einige Freunde. Mona antwortet umgehend mit einer Textnachricht.

›Schön, dass du diese wichtige Etappe geschafft hast. Ich bin stolz auf dich! Können wir telefonieren? Ich habe Sehnsucht‹ sanfte Töne, die ich so nicht von ihr kenne. Da Horst es sich ebenfalls am Pool bequem gemacht hat, ziehe ich mich auf das gemeinsame Zimmer zurück und rufe Mona an. Sie ist sehr glücklich, meine Stimme zu hören, und will wissen, wie der Aufstieg zum *Cruz de Hierro* war. Ich erzähle ihr von dem Weg, den Menschen, von Camille, Urs und Horst. Als ich seinen schwäbischen Dialekt versuche nachzuahmen, muss sie lachen. Doch Horst ist inzwischen ein guter Reisebegleiter. Wir haben alle unsere kleinen Befindlichkeiten. Mona hört geduldig zu. Noch einmal mache ich den Versuch, Ihr von dem Manuskript aus dem Zuckersack zu erzählen, bisher war sie nicht darauf eingegangen, als ich ansatzweise davon sprach. Doch jetzt zeigt sie auch daran Interesse. Es wird ein langes Gespräch. Als wir uns verabschiedet haben, lege ich müde das Handy beiseite, ziehe aber dennoch den Zuckersack aus meinem Rucksack und fange wieder an, in den Seiten zu blättern.

... keinen Gedanken daran verschwendet. Jetzt wurde mir bewusst, wie schnell sich mein Leben in wenigen Wochen verändert hatte. Nun war ich in Frankreich. Die beiden Musiker mit ihren Akkordeons spielten ununterbrochen französische Weisen, die ich nicht kannte, die aber von vielen mitgesungen wurden. Da ich ja erst wenige Wochen im Land war und nur die wenigen, alltäglichen Dinge verstand, waren mir die Lieder fremd. Es herrschte eine ausgelassene Stimmung. Ich hatte ganz am Rande der Gesellschaft gesessen, weil ich mich unter den ganzen Einheimischen noch nicht für dazugehörig hielt. Darum war es mir gar nicht in den Sinn gekommen, mit zu tanzen. Doch dann stand ein junger, dunkelhaariger Mann, der mir im Laufe des Abends schon aufgefallen war, vor mir und forderte mich zum Tanz auf. Er stand einfach da, schaute mir tief in die Augen und nahm meine Hand. Er sah gut aus mit seinem freundlichen Gesicht und den bernsteinfarbenen, funkelnden Augen. Seine Haut war sonnenge-

bräunt, das kragenlose Hemd stand über der Brust weit auf und er trug breite Hosenträger. Um den Hals hatte er ein rotweisses Halstuch geknotet. Wie alle Männer hier trug er eine große Baskenmütze. Etwas zögerlich stand ich auf. Sogleich griff er mich um die Hüfte und wirbelte mit mir durch den Saal. Obwohl ich nicht vorbereitet war, ließ ich mich darauf ein und unsere Bewegungen passten sich schnell an. Er war ein guter Tänzer. Die anderen Tanzpaare hatten inzwischen mitbekommen, wie gut wir beim Tanzen harmonierten und machten uns in der Mitte der Tanzfläche Platz. Nach einigen flotten Tänzen kam dann ein sentimentales, langsames Lied. Wir konnten jetzt ein paar Worte wechseln. François stellte sich vor und hielt mich fest in seinen muskulösen Armen. Er hatte die Hemdsärmel hochgekrempelt. Nach den vielen Wochen der Entbehrungen vibrierte ich bei seinen Berührungen. Ich konnte kaum sprechen, nannte nur meinen Namen und mit den wenigen Worten, die ich auf Französisch sprach, versuchte ich zu erklären, wie ich hierher gekommen war. Das sentimentale Lied, die Berührung von François, alles, was hinter mir lag. Mir kamen die Tränen. Sanft drückte er meinen Kopf auf seine Schulter. Es tat unglaublich gut, wieder die Berührung eines Menschen zu spüren. So schwebten wir durch den Saal. Als die Musik eine Pause machte, standen wir draußen, küssten und verliebten uns. Mit schmeichelnden, französischen Worten, von denen ich nur wenige ...

Als es an der Tür klopft, muss ich mich erst orientieren, wo ich bin. Schnell bin ich auf den Beinen und öffne Horst die Tür. Ich bin über der Lektüre des Manuskriptes eingeschlafen, der Tag war anstrengend. Horst sieht die auf dem

Doppelbett verteilten Blätter und stutzt. Ich raffe die Blätter zusammen, um sein Bett frei zu machen, doch er winkt ab. Er fragt, ob er auch einmal einen Blick in den Text werfen kann. So lesen wir beide eine Weile.

... sah mürrisch zu, konnte aber nichts machen, weil wir alle lachten und um das Feuer tanzten, obwohl es ein langer und schwerer Arbeitstag war. Er würde sich eine neue Schikane für mich am nächsten Tag ausdenken, da war ich sicher. Auch die Köchin kuschte vor ihm. Doch heute wollte ich nach langer Zeit einmal wieder lachen und nicht an morgen denken. Fast alle mussten heute bei der Ernte helfen. Alle Kartoffelfelder waren abgeerntet. Auch der Schweizer, die Melker und die Küchenmädchen, wir alle, mussten bei der Ernte helfen. Das Kraut qualmte, aber durch das große Feuer trocknete unsere Kleidung, die Dreckklumpen von unseren Schuhen hatten wir abgekratzt. Wenn man die verkohlte Kruste abschlug, schmeckten die heißen Kartoffeln so gut und wärmten von innen. Die Ärmsten aus dem Ort würden sicher heute Nacht oder im Morgengrauen noch nachlesen, um die kümmerlichen Reste einzusacken. Das war bei Tag nicht möglich, weil er immer mit der Flinte um die Felder zog und sie verjagte. Lieber überließ er die Reste den Vögeln und den Schweinen, die man durch das Feld trieb. Als das Feuer heruntergebrannt war, und Franz sein Akkordeon eingepackt hatte, gingen wir lachend und erhitzt vom Feuer zurück zum Hof. Das eiskalte Wasser an der Pumpe musste für uns reichen, um die Asche von Gesicht und Händen zu waschen. Dann zogen wir uns auf unsere Kammern zurück. Ich wollte mich gründlicher waschen, den Rauchgeruch loswerden,

doch mein Wasserkrug war leer. So nahm ich ihn und stieg die Treppe hinunter, um ihn in der Küche aufzufüllen. Vielleicht war im Herd noch Wärme und darum auch noch etwas warmes Wasser da. Leise nahm ich Stufe für Stufe, ließ dabei die eine quietschende Stufe aus, die wir alle kannten. Leise stolperte ich durch den Gang zur Küche. Ich öffnete die Tür und erschrak fast zu Tode …

Horst fragt mich, ob ich das Blatt, das er in den Händen hält, schon gelesen habe. Ich werfe einen Blick darauf, kenne es aber noch nicht. Er meint, dass er das noch aus seiner Kindheit kennt und seine Oma auch immer von den Kartoffelfeuern erzählt hat. Da war ein Schweizer im Spiel, wir müssen Camille und Urs, die in der Schweiz leben, fragen. Horst klärt mich darüber auf, dass Schweizer eine alte Berufsbezeichnung für eine Person ist, die Viehzucht und Molkerei nach Schweizerart zu betreiben versteht. Langsam entpuppt sich Horst als wandelndes Lexikon. Er meint, die Atmosphäre auf dem Bauernhof seiner Oma mit der quietschenden Treppenstufe und den kleinen Kammern unter dem Dach über dem Stall sei ihm gut bekannt. Die Schreiberin sei eine Magd oder Küchenhelferin. Jetzt ist er traurig, das Anschlussblatt nicht zu finden. Wir lesen weiter.

… konnte nicht mehr weiter, die Müdigkeit war zu groß. Martín legte mich auf das Laub unter einen Felsvorsprung. Doch meine dünne Decke reichte nicht, ich hatte Schüttelfrost. Auch Martíns Decke, die er mir zusätzlich über legte, wärmte mich nicht. Martín legte seine Hand auf meine Stirn und stellte fest, dass ich Fieber hatte. Doch so konnten wir nicht

weiter. Der Abend brach herein. Hier unter dem Felsen konnten wir die Nacht abwarten. Ich musste versuchen, still in ein Tuch zu husten, weil der Husten uns verraten konnte. Bestimmt hatte ich mich am Wasser der Viehtränke angesteckt. Als es dunkel wurde, zog Martín aus seinem Rucksack ein Stück Käse und einen Kanten Brot hervor, eine karge Mahlzeit, die ich ihm überließ, weil mir nicht nach Essen zumute war. Ein Feuer durften wir nicht anzünden, eine Patrouille hätte uns entdecken können, wir wussten nicht, wie weit die Grenze entfernt war. Als ich aufwachte, machte Martín ein Zeichen und zeigte nach oben über den Felsvorsprung, unter dem wir uns eingerichtet hatten. Er wollte dort oben Wache halten. Ich nickte, er streichelte mir über die Wange und verschwand. Ich dämmerte in meinem Fieber dahin.

Ich weiß nicht, wie lange ich alleine dort gelegen habe, als ein Schuss die Ruhe der Nacht zerriss, der vielfach von den Wänden des Tals als Echo widerhallte. Erschrocken stand ich aufrecht. Dann rollte ein Körper von oben herunter, fiel über den Felsvorsprung in das Laub unterhalb. Martín! Ich unterdrückte einen Schrei. Eilig stieg ich hinab zu ihm. Er lag auf dem Rücken, hatte die Augen geschlossen, Blut lief ihm über die Stirn. Hastig sprach ich ihn an, schüttelte ihn. Nach einer Weile öffnete er langsam die Augen, hob die rechte Hand, die zu einer Faust geballt war, in der er eine zerdrückte Zigarettenpackung krampfhaft umklammerte. Die Zigarette, sagte er nur. Der Schein des Streichholzes wurde wohl vom gegenüberliegenden Hang gesehen, als er eine Zigarette anzünden wollte. Scharfschützen! Noch einmal öffnete er die Augen. Du musst weg, sagte er schwach. Dann kippte sein Kopf zur Seite.

Ich konnte es nicht fassen. Er war tot! Martín, mit dem ich die vielen Wochen glücklich war, obwohl es eine Zeit der Flucht und Entbehrung gewesen war. Tot durch die Glut einer Zigarette. Doch jetzt hatte ich keine Zeit zu trauern. Trotz meines Fiebers, blind vor Tränen, schleppte ich mich die paar Meter zurück unter den Felsvorsprung. Man durfte mich hier nicht finden, sonst drohte mir das gleiche Schicksal wie Martín. Hastig nahm ich meine Decke und meinen Rucksack und kroch am Hang entlang. Die Patrouille würde mit Sicherheit nachsehen, sobald es hell würde. Nur sehr langsam arbeitete ich mich von einem Baum zum anderen vor, musste oft pausieren, keuchend mich an einen Baum lehnen.

Als die ersten Vögel anfingen zu zwitschern, wusste ich, dass der Morgen nahte. Jetzt musste ich besonders vorsichtig sein, denn bei Helligkeit konnte man mich noch leichter entdecken. Irgendwo musste ich für den Tag einen Unterschlupf finden. Ich konnte ohnehin nicht weiter. Der Wald lichtete sich etwas und ein kleiner Bach, nicht breiter als eine Armlänge, rauschte den Hang in wilden Strudeln hinunter. Ich schaute mich um, ging näher heran, kniete nieder und kühlte mir die Stirn mit dem kalten, klaren Wasser und trank, trank, als hätte ich tagelang nichts zu trinken bekommen. Ich musste husten, schlug mir aber schnell wieder mein Tuch vor den Mund, weil der Husten mich verraten konnte. Ich atmete tief durch. Wie gut dieses Wasser tat. Dann blickte ich mich um. Im Grau des Morgens erkannte ich oberhalb ein Gebüsch. Vielleicht konnte ich mich dort verkriechen und etwas ausruhen. Ächzend stand ich wieder auf und versuchte umständlich, meinen Rucksack zu schultern.

Plötzlich wurde ich gepackt. Der Mann stand wie aus dem

Nichts direkt hinter mir und hielt mir den Mund zu. Mit der anderen Hand drehte er mir den rechten Arm auf den Rücken, während der Rucksack zu Boden fiel. Ich stand stocksteif, zu Tode erschrocken …

Horst und ich tauschen die Seiten und lesen weiter.

… zurücklassen würde. Aber ich hatte keine Wahl. Sein eigenes Kind nicht sehen und mitnehmen zu dürfen, ist wohl das Schrecklichste, was man einer Mutter antun kann. Jahre habe ich meine Pflicht erfüllt und auf mein Kind verzichtet. Ich hätte schon längst merken müssen, wie erpresserisch dieses Regime ist. Doch ich würde ihn holen, wenn alles vorbei und ich im Stande wäre, für ihn zu sorgen. Zunächst war er hier gut aufgehoben. Bis hierher hatte ich es geschafft, mich aus der Abhängigkeit befreit, es muss weitergehen. Ich hatte einen kleinen Sohn, mit einem sanften Wesen, ich war mir sicher, er würde nicht die Wesenszüge seines Vaters haben. Eines Tages ist Paul groß und beschützt seine Mutter. Doch jetzt musste ich einen Neuanfang machen, auch wenn mir die Trennung das Herz zerreißt. Solche Überlegungen hatte ich damals schon sorgfältig angestellt, bevor ich handelte. Es würde ja auch nur für kurze Zeit sein, bis ich ihn abholen könnte, bis ich mich in der neuen Stelle eingerichtet hätte. Es war ja alles geregelt. Glücklich, es so gut getroffen zu haben, zog ich los. Der Bahnhof war voller Menschen, die sich auf dem Bahnsteig drängelten. Jeder Zug, der einlief, wurde, kaum dass die Fahrgäste aussteigen konnten, von ungeduldig drängelnden Leuten besetzt, die zum Teil schon viele Stunden auf dem Bahnsteig kampiert hatten. Koffer wurden durch die

Fenster hineingereicht. Ich wurde im Strom der Menschen mitgeschoben und hielt mein kleines Köfferchen krampfhaft fest. Alle Plätze waren bereits belegt, auch der Gang entlang der Abteile war voller Menschen. Inzwischen dämmerte es. Die wegen der Verdunkelung schwachen Glühbirnen ließen alles schemenhaft und gespenstisch wirken. Ich stand eingepfercht zwischen anderen Menschen auf der Plattform hinter den Türen. Später, als der Zug endlich abfuhr, konnte ich mich ein wenig auf meinem hochkant gestellten Koffer abstützen. Wegen der Verdunkelung waren die Fenster verhängt und wir wussten nicht, wo wir waren, denn der Zug hielt unregelmäßig auf freier Strecke an. Manchmal dauerte es nur wenige Minuten, öfter auch eine halbe Stunde, bis er weiterfuhr. An Bahnhöfen hielten wir nur, um Wasser und Kohlen für die Lok zu bunkern, einmal wurde auch die Lok gewechselt. Bei einem dieser Halte, der im Morgengrauen stattfand, rief jemand auf dem Bahnsteig ›Dresden brennt‹. Ich drängte mich durch dösende Menschen zum Fenster und sah hinaus. Wer hatte das gerufen? Auch an den anderen Fenstern steckten Menschen die Köpfe hinaus. Sie riefen Fragen. Was ist mit Dresden? Was ist passiert? Wir sind doch abgefahren, als alles friedlich war! Einige versuchten auszusteigen, doch den Soldaten, die den Bahnsteig bewachten, wurden von einem schneidigen Offizier an die Waggontüren befohlen, um zu verhindern, dass Leute ausstiegen. Auch ich wollte hinaus, zurück nach Dresden, zu Paul. Ich muss ihn doch abholen. Er ist doch noch so klein, so hilflos. Ich muss mich doch um ihn kümmern. Wann geht der nächste Zug zurück? Panisch schrie ich, trommelte gegen die Fensterscheibe des Waggons. Ein verletzter Soldat auf Heimaturlaub, der neben mir im Waggon gekauert hatte, hielt mich fest. Dann brach ich zusammen und weinte an seiner Brust, während der Zug sich wieder in Bewegung setzte – Richtung Westen, immer weiter weg von Dresden. Mein Kind Paul, ich musste zurück …

Horst sieht auf die Uhr, macht auf das Abendessen aufmerksam. Durch das, was ich gelesen habe, bin ich in eine andere Welt eingetaucht und muss mich erst sammeln. Schweigsam raffe ich die Seiten zusammen und zwängte den Blätterstapel wieder in den Zuckersack. Horst sieht mich nur an und nickt. Auch er hatte Dinge gelesen, die nicht so recht zu unserer Pilgerreise passen. Langsam bekomme ich Zweifel, ob es gut ist, sich mit dem Manuskript auf dem Jakobsweg weiter zu beschäftigen.

Als wir im Speisesaal unser Pilgermenü beginnen, fragt mich Camille, ob ich gesehen habe, wer auch hier im Speisesaal sitzt. Ich drehe mich um, sehe einige Tische weiter Marcel und Maurice, die beiden Zwillinge, die es sich synchron schmecken lassen. Die werden nicht meinetwegen aus der Herberge ausziehen, denke ich. Nach der Lektüre des Textes über die Bahnreise unter Zurücklassung ihres Kindes und das brennende Dresden stehe ich unter einer gewissen Anspannung. Ich versuche, meine Gefühlslage zu formulieren, und erzähle, was ich gelesen habe, wie bedrückt ich an die vielen Menschen denke, die bei dem Bombenangriff auf Dresden umgekommen sind. Ich weiß nicht viel darüber, aber was ein Krieg anrichtet, ist grausam.

Urs meint, der Angriff auf Dresden sei inzwischen sehr umstritten, da er hauptsächlich die Zivilbevölkerung traf.

Meiner Meinung gibt es in keinem Krieg Sieger und Besiegte, sondern nur Opfer, Leid und Tod.

Weitere Pilger setzen sich an unseren Tisch, es kommen lebhafte Gespräche auf. Die Diskussionen lenken mich wieder in die Gegenwart und auf den Jakobsweg. Das Manuskript tritt in den Hintergrund.

Als das Mahl an den drei großen Tischen beendet ist, mischen sich die Gruppen zum weiteren Gedankenaustausch. Camille wechselt den Tisch und nach einer Weile sehe ich sie mit den Zwillingen sprechen. Horst fragt mich, wie ich mit dem Manuskript weiter verfahren will. Offensichtlich haben auch ihn die wenigen Textstellen, die er gelesen hat, beeindruckt. Urs meint, ich hätte ein Vermächtnis gefunden. Doch ich entgegne, es sei nicht für mich bestimmt. Wir wissen nicht, ob die Seiten bewusst oder in Unkenntnis weggeworfen wurden. Noch habe ich die ganze Geschichte nicht gelesen. Zwar lassen die Bruchstücke auf einen bewegten Lebenslauf schließen, doch es fehlen viele Zusammenhänge. Und die Frage ist, welchen weiteren Verlauf die Geschichte nimmt.

Die Nacht verlief für mich unruhig. Im Halbschlaf verspürte ich einen Schmerz im Knie, ohne davon richtig aufzuwachen. Als ich aufstehen will, kann ich nur unter Schmerzen laufen. Horst hat mir das Knie mit einer Schmerzsalbe eingerieben und bandagiert, die mir mein Arzt vor Reisebeginn für solche Situationen empfohlen hat. Doch ich kann kaum laufen und schleppe mich mühselig und unter Schmerzen in den Speisesaal zum Frühstück. Camille kommt, als sie mich sieht, auf mich zu und stützt mich. Als ich am Tisch sitze, muss ich mein

Bein auf einem Stuhl neben mir hochlegen. Wir beratschlagen, was zu tun ist. Urs will mich zu einem Arzt bringen, aber hier im Dorf gibt es keinen. Der Alberguero, den wir fragen, sagt, er habe öfter solche Fälle. Ich solle mir einen oder zwei Tage Ruhe gönnen. Es ist besser als eine entzündete Wunde durch eine Blase. Notfalls bringe er mich zu einem Arzt in der nächsten Stadt. Einstweilen könne ich hier in der Herberge bleiben. Camille meint, es sei richtig, jetzt nicht zu versuchen, mit dem schweren Rucksack zu laufen. Hier kann ich im Pool auch ohne Belastung des Knies Bewegungsübungen machen. Alle drei sind unentschlossen, ob sie weitergehen oder bei mir bleiben sollen. Vielleicht ist es ja schon morgen besser und wir können gemeinsam weiter. Doch der Urlaub der drei ist begrenzt und sie haben nur ein kleines Zeitfenster für die Ankunft in Santiago. Darum bitte ich sie, keine Rücksicht auf mich zu nehmen und ihren Weg fortzusetzen. Ich brauche meine ganze Überredungskunst, sie zum Weitergehen zu bewegen. Schweren Herzens verabschieden wir uns, mit dem Versprechen, uns telefonisch auf dem Laufenden zu halten. Wir zerdrücken einige Tränen, als sie unter vielen *Buen Caminos* und Winken die Herberge verlassen. Dann bin ich alleine. Als ich auf dem Bett liege, denke ich über den zurückgelegten Weg und die Erlebnisse nach. Ist mein Jakobsweg, meine Pilgerreise hier jetzt zu Ende?

Langsam erwache ich aus einem dämmrigen Schlaf. Wie lange liege ich schon hier auf dem Bett? Ich höre Geräusche auf dem Flur, wahrscheinlich werden die anderen Zimmer gereinigt. Mein Knie fühlt sich heiß an. Der Verband spannt. Ich wickele ihn ab. Vielleicht ist es gut, Camilles Ratschlag zu folgen und einige Bewegungsübungen im Pool zu machen. Wassergymnastik belastet die Gelenke nicht so stark. Unter Schmerzen hinke ich durch die Flure bis zum Swimmingpool. Und wer liegt dort auf den Liegen? Meine beiden Zwillingsbrüder Maurice und Marcel! Ich grüße zu ihnen hinüber, sie nicken sparsam. Ich sehe, wie sie offensichtlich über mich sprechen, denn sie blicken dabei immer wieder zu mir herüber. Ich hinke zum Pool und lasse mich langsam in das erfrischende Wasser gleiten. Als ich bei meiner Schwimmrunde nahe an den Zwillingen vorbeischwimme, rufen die beiden mir ein Guten Morgen von ihren Liegen zu. Auf Deutsch! Etwas verblüfft grüße ich mit einem Lächeln zurück. Beim Schwimmen ist der Schmerz im Knie deutlich geringer als beim Laufen. So drehe ich noch vorsichtig einige Runden und steige dann wieder aus dem Pool, um unter Schmerzen zu meiner Liege zu hinken.

Als ich mich abgetrocknet, gründlich mit Sonnenschutz eingekremt habe und es mir gerade auf meiner Sonnenliege gemütlich machen will, stehen Maurice und Marcel im Respektabstand neben mir.

»Wir möchten nicht stören«, sagt der eine »... nicht stören«, echot der andere. Ich kann sie immer noch nicht auseinanderhalten.

»Sie sind verletzt und wir möchten Ihnen unsere Hilfe anbieten.« Wieder das Echo »... Hilfe anbieten.«

Verwundert blicke ich zu ihnen hoch und erkläre, dass ich nur etwas Ruhe brauche und eine gute Salbe habe. Dabei zeige ich die Tube, die mir mein Arzt für diese Zwecke verschrieben hat.

»Wir sind aber Heilpraktiker und Masseure und können

vielleicht einen Teil unseres Ruhetages opfern, um Ihnen Erleichterung zu verschaffen.«

Wie erwartet kommt das Echo »... Erleichterung zu verschaffen.«

Ich bedanke mich und freue mich über das Glück, kompetente Hilfe angeboten zu bekommen. Die beiden sprechen Deutsch, wenn auch in einer etwas umständlichen Art, mit einem kleinen französischen Akzent. Dann beugen beide sich über mein Knie, betasten es abwechselnd, stellen sich wieder auf, raunen sich einige Worte zu, beugen sich wieder zu meinem Knie herunter. Einer drückt mit dem Daumen an einer bestimmten Stelle, ein Schmerz durchzuckt mich, beide schauen sich an und nicken. Dann wird mein Knie gestreckt und gebeugt, was wieder Schmerzen bereitet. Dann massieren ihre Hände unter Einsatz eines Massageöls beide Oberschenkel, der eine rechts, der andere links. Man bedeutet mir, mich auf den Bauch zu legen. Und dann wird wieder massiert, gebeugt, gestreckt. Nach etwa zwanzig Minuten haben beide, neben meiner Sonnenliege kniend, ihr Werk vollendet.

Ich soll zunächst ruhig liegen bleiben. Aus einer Flasche kommt eine kühlende Flüssigkeit auf mein Knie. Erst nach einer halben Stunde darf ich aufstehen, werde ich in gewohnt doppelter Ausführung ermahnt. Dann könne ich wieder schwimmen. Ich bedanke mich in der herzlichsten Form, die mir bäuchlings liegend möglich ist und bitte sie, auf den Stühlen, die in der Nähe stehen, Platz zu nehmen. Sie schauen sich an, nicken synchron und holen sich jeder einen Stuhl. Zunächst stelle ich mich vor, woher ich komme und bedanke mich nochmals mit der Frage, ob sie der Meinung sind, dass ich meinen Weg überhaupt fortsetzen kann. Beide nicken und versichern, dass es mir schon morgen besser gehen würde, es sei nur eine Überbeanspruchung der Bänder und Sehnen, die etwas Zeit brauche. Etwas Geduld sei erforderlich, sogar wichtig, sonst könnte es schlimmer werden und dann ...

Ich verspreche, ihre Ermahnungen ernst zu nehmen, denn ich möchte den Weg erst in Santiago und nicht vorzeitig beenden. Ich frage nach ihren guten Deutschkenntnissen, denn in unserer kurzen Begegnung hatte ich sie nur französisch sprechend erlebt.

Das sei eine lange Geschichte, antworteten sie, und liege weit zurück. Ich entschuldige mich und versichere, nicht indiskret sein zu wollen. Ausweichend bieten sie mir an, mich in den Nachmittagsstunden noch einmal zu behandeln, aber dann etwas weniger stark, um das Knie nicht zu reizen. Dann stehen sie im absoluten Gleichtakt auf und begeben sie auf die andere Seite des Pools zu ihren Sonnenliegen.

Ich ziehe das Manuskript aus dem mitgebrachten Zuckersack, blättere darin und lese weiter:

... blickte der Bulle aus blutunterlaufenen Augen zu mir herüber. Eine dreckige deutsche Schlampe. Ich konnte spüren, wie sein ganzer Hass auf die Deutschen erwachte und sich jetzt bei mir entladen würde. Langsam kam er auf mich zu, Schritt für Schritt. Mit gesenktem Kopf wie ein rasender Stier. Mich verhasst anblickend und dabei mit tiefer Stimme einen Monolog sprechend, den ich nicht verstand, von dem ich aber ahnte, dass er damit die ganze Feindseligkeit ausschüttete, der ihn so verbitterte. Er öffnete seinen Gürtel, zog

ihn aus den Schlaufen der Hose und wickelte die Enden um seine Hände. Dabei zog er den Mittelteil stramm. Er würde mich erwürgen! Ich war zurückgewichen, Schritt für Schritt, war auf die Küchenbank gehüpft. Er setzte zu einem Sprung an, ich erhob flehend die Hände und stieß einen Schrei aus.

Da flog die Tür auf und François stand mit einem Arm voll Feuerholz im Türrahmen. Der Bulle drehte sich um, schrie François etwas zu, und wollte sich wieder mir zuwenden. Polternd ließ François das Feuerholz fallen, fasste aber blitzschnell einen der schweren Scheite und ging auf ihn zu, brüllte ihn an, von mir abzulassen. Es entstand ein heftiger Streit, der Bulle ließ mich dabei nicht aus den Augen, rückte den Tisch beiseite um mich auf der Küchenbank ergreifen zu können. Dabei stieß er die Lampe über dem Tisch an, die ins Pendeln kam. François stürzte sich auf ihn, die Lampe trudelte noch stärker und verlöschte. Die Glühbirne war zerstört. In Todesangst sprang ich von der Bank und tastete mich zur Küchentür, während die Männer sich im Kampf auf dem Boden wälzten. Das rot glühende Herdfeuer beleuchtete schemenhaft die beiden Gestalten. Ich konnte keine Einzelheiten erkennen. Nur mit den Wollsocken an den Füßen lief ich aus der Hoftür zur Scheune, wo ich mich irgendwo verstecken wollte. Noch immer hörte ich den Tumult in der Küche, doch als ich durch die Scheunentür war, wurde es still.

Ich kletterte die Leiter hoch und verkroch mich im Stroh, umklammerte den Griff der Heugabel, die immer an einen der Dachbalken gelehnt war. Eine Weile war es still, langsam beruhigte sich mein Atem. Außer dem Rascheln der Mäuse im Stroh war nichts zu hören. Doch dann quietschte das Scheunentor. Ich traute mich nicht, zu atmen, kauerte ganz *still hinter dem Stroh, hörte, wie jemand langsam die Leiter hochstieg. War es François oder der Bulle? In der Dunkelheit konnte ich nichts erkennen, hörte nur ein schweres Atmen. Stufe für Stufe, die er höher stieg, stieg meine Angst. Dann war er oben und ich erkannte schwach die Silhouette. – Der Bulle! Wie einen Speer schleuderte ich die Heugabel in seine Richtung. Dann hörte ich einen lauten Schlag. Ich hatte getroffen und er war vom Heuboden hinunter auf den Boden der Scheune gefallen. Hastig robbte ich zu der Kante des Heubodens, wo die Leiter stand. Das Mondlicht, das durch die halboffene Scheunentür fiel, konnte nur schemenhaft eine am Boden liegende Person beleuchten, die sich nicht zu rühren schien. Schnell stieg ich die Leiter hinunter und machte einen großen Bogen um den massigen Körper, blickte noch einmal zurück. Da erkannte ich, wie ich mit der Heugabel getroffen hatte. Ich schrie auf, einer der Zinken hatte sein rechtes Auge durchbohrt. Ich rief nach François. Doch es war alles still. Ich rannte zum Haus, durch die offenstehende Tür und in die Küche, in der es dunkel war. Noch einmal lief ich in den Flur, schaltete das Licht ein. Das Flurlicht leuchtete nur schwach in die Küche. Ich sah ihn sofort in einer großen Blutlache liegen. Sein Kopf war blutüberströmt, seine Augen blickten starr ins Nichts. Die Blutlache …*

Betroffen lasse ich die Blätter sinken. Im Schatten des Sonnenschirms schließe ich die Augen. Das Schicksal der Schreiberin, deren Namen ich nicht kenne, erschüttert mich sehr. Ist das, was ich hier lese, wirklich passiert? Was hat diese Frau durchgestanden! Inzwischen hat sich bei mir ein Bild der Schreiberin geformt. Ich überlege, ob ich ihr, nur für mich, einen Namen geben soll. Doch die Namen, die mir einfallen, erscheinen mir alle unpassend. So bleibe ich liegen und denke über die Geschichte nach.

Der Klingelton meines Handys reißt mich aus dem Schlummer. Mona will wissen, wie weit ich heute schon gekommen bin. Als ich ihr von meinem Knieproblem berichte, wird sie ganz hektisch, will, dass ich einen Arzt finde, redet sogar davon, mich nach Hause bringen zu lassen. Ich beruhige sie, denn bei so langen Fußmärschen können Knieprobleme oder Blasen zu einem oder zwei Ruhetagen zwingen. Bis jetzt ist es noch kein Grund zur Besorgnis. Mona sieht das ganz anders. Ich versichere ihr, ich befinde mich in guter Obhut und Betreuung, erzähle von meinen Zwillingstherapeuten und von dem Pool, an dem ich unter einem Sonnenschirm liege. Ihr Ton wird daraufhin milder. Doch schwingt der unausgesprochene Vorwurf mit, warum ich mir das antue und warum ich am Pool liege und sie sich in der Firma bis zum Umfallen abarbeitet. Seit sie in der Schraubenfabrik ihres Vaters nach dessen Tod alleine das Zepter schwingt, ist sie nervös und ruhelos, was ich bis zu einem gewissen Maße verstehen kann. Der Tod ihres Vaters kam überraschend, schon in die Führung des Unternehmens eingebunden, lastete dann plötzlich alle Verantwortung auf ihren Schultern.

Nach zwei Stunden unter dem Sonnenschirm ziehe ich mich zunächst auf mein Zimmer zurück. Meine Zwillingstherapeuten sind schon eine Weile auf das Zimmer gegangen und haben mir über den Pool zugerufen, sie seien in den Nachmittagsstunden wieder da für meine Behandlung. Ich quäle mich die Treppe hinauf und werfe mich im Zimmer auf das Bett.

X

Das Knie ist mein erster Gedanke, als ich aufwache. Ich werfe die dünne Decke zurück und bewege es vorsichtig. Erstaunlicherweise ist nur noch ein leichter Schmerz beim Beugen zu spüren. Ich stehe auf und kann ohne Schmerzen laufen. Dankbar denke ich an Marcel und Maurice, die ganze Arbeit geleistet haben. Ein kleines Fläschchen ihrer geheimnisvollen Tinktur haben sie mir von ihrem Vorrat abgefüllt. Ich reibe das Knie damit ein und mache mich reisefertig. Nach kurzem Frühstück und den Ermahnungen der beiden im Ohr, öfter Pausen zu machen und lieber kürzere Distanzen zu laufen, marschiere ich langsam los. Die beiden sind längst über alle Berge, denn sie wollen ihren Geburtstag in Santiago feiern. Ich sehe sie vor meinem geistigen Auge leicht vornübergebeugt mit ihren schnellen Trippelschritten davonhasten.

Wir hatten gestern noch eine anregende Unterhaltung. Das Gespräch kam auf das Manuskript, als ich darin las. In groben Zügen erzählte ich, wie ich es gefunden habe, und über den Inhalt, den ich bisher kenne. Erstaunt sahen sich die beiden an und erzählten mir dann in der üblichen Echosprechweise, ihre Mutter sei Deutsche gewesen. Daher also die guten deutschen Sprachkenntnisse. Doch mehr Persönliches gaben sie nicht preis.

Mein Knie ist zwar durch den Rucksack belastet, der Weg verläuft aber sanft hinunter ins Tal und so kann ich es schonen. Im nächsten Ort geht es über eine lange Bruchsteinbrücke, die fast das ganze Flusstal überspannt. Der kleine, träge dahinfließende Fluss kann im Herbst und Frühling nach Regenfällen und Schneeschmelze zum reißenden Gewässer werden. Ein Pilger-Restaurant mit schattigen Plätzen in der Gasse ist ein willkommener Mittagsrastplatz, an dem ich auch mein Bein zur Schonung auf einen Stuhl legen kann. Nur wenige Pilger sitzen bei ihrem ›menú del peregrino‹, das es in den Herbergen erst am Abend gibt. Ich habe vor, hier etwas länger sitzen zu bleiben, und lasse mich in dieser Zeit verwöhnen. Neue Pilger kommen und werfen mitleidige, verständnisvolle Blicke für mein hochgelegtes Bein. Wie ich aus den einschlägigen Pilgerratgebern weiß, sind Gelenkprobleme und Blasen an den Füßen die Geißel des Pilgers, an dritter Stelle kommen Magen- und Darmprobleme. Ich muss mein Knie auf jeden Fall schonen, denn vor mir liegt die schwierigste Bergetappe des Jakobsweges. Aber bis dahin habe ich noch einige Tage Zeit. Auch wenn ich heute nur langsam vorankomme, es ist tröstlich, zu wissen, dass mein Knie mich trägt. Schon nach weiteren eineinhalb Stunden erreiche ich die nächste Stadt. Allerdings muss ich auch hier etwas tiefer in die Tasche greifen, da die *Albergue Municipal* bereits belegt ist. Doch ich bekomme Quartier in einer sehr gut ausgestatteten und sauberen Herberge in einem Vierbettzimmer. Da ich heute nicht mehr laufen möchte, fällt die Besichtigung von Altstadt und der Templerburg aus. Das mitgebrachte Abendessen verspeise ich in dem dafür vorgesehenen Gemeinschaftsraum. Dabei tausche ich mit einigen Pilgern Reisehinweise aus. Es ist noch heller Tag, als ich im Bett liege und mein lädiertes Kniegelenk mit der Zwillings-Zaubertinktur behandele.

Ein Anruf bei Mona löst bei ihr Beruhigung aus, es bleiben aber Zweifel bei ihr zurück. Meine Beschwichtigungen nimmt sie skeptisch hin. Sie hat wenig Zeit, darum ist unser

Telefonat nur kurz und ich widme mich wieder dem Manuskript. Ein weiteres Blatt, eng mit sauberer, wenn auch etwas altertümlicher Schrift beschrieben. Sauber auf die vorgedruckten Zeilen gesetzt, keine gestrichenen Worte, keine Verbesserungen, wie man es sonst aus handschriftlichen Aufzeichnungen erwarten könnte. Ist dieser Text die Reinschrift eines früheren Entwurfes? Wieder denke ich über die Schreiberin und ihr Schicksal nach und lese:

... konnte er nicht bezahlen. Die Einnahmen reichten gerade zum Leben und für neues Mehl. Unsere beiden Buben wuchsen halb im Laden und halb in unserer Küche auf, ich sorgte aber dafür, dass ihnen nichts fehlte. Sie waren für mich das Wichtigste, ich würde mich nie von ihnen trennen. Noch einmal ein Kind zu verlieren würde ich nicht verkraften. Alejandro kannten die Kinder nur schwitzend in der Backstube, eingehüllt in eine Wolke von Mehlstaub. Er arbeitete sieben Tage in der Woche, nur sonntags nach dem Kirchgang, zu dem ich ihn wegen der Kleinen nicht begleitete, nahm er sich ein paar Stunden Zeit. Ich war froh, eine Ausrede zu haben, denn mein Elternhaus war nicht besonders christlich geprägt dazu noch protestantisch, was im Dorf undenkbar war und darum niemand wissen durfte. Doch der Pfarrer hatte schon mehrfach Andeutungen zu Alejandro gemacht, da ich auch nicht zur Beichte kam. Doch Alejandro nahm mich stets in Schutz. Als dann unsere Aphrodita zur Welt kam, bestand er darauf, bei der Taufe den Namen Maria voranzustellen. Wir haben darüber zwei Abende diskutiert. Für mich war dieses kleine Wesen das größte Glück und die Erfüllung. Schon als Neugeborene hatte sie klare, ebenmäßige Gesichts-

züge und feingliedrige Hände. Sie war das schönste Kind. Zart, fast durchsichtig wie die griechische Göttin Aphrodite, die Schaumgeborene. Doch Alejandro befürchtete, die Leute im Ort, durchweg konservative in der Kirche verortete Menschen, würden Anstoß an dem Namen nehmen. Der Name Aphrodite könnte auch als Verführerin interpretiert werden. Unter Tränen gab ich schließlich nach. Alejandro hoffte im Stillen, dass unsere Kleine nur Maria genannt, und der, für seinen Geschmack sündige Name Aphrodite mit der Zeit vergessen würde. Ich habe sie bis heute konsequent Aphrodita genannt. Die Taufe haben wir ohne große Zeremonie schon drei Tage nach der Geburt vom Pfarrer in der Frühmesse, mit nur wenigen Anwesenden vornehmen lassen. Ich war so stolz auf meine Kleine und unsere beiden Jungs. So ungestüm sie waren, sie haben sich immer als Beschützer ihrer kleinen Schwester bewiesen. Diese kleine Familie war nach all den schrecklichen Erlebnissen mein ganzes Glück. Ein Glück, das ich mit allem, was mir heilig war, verteidigt hätte, um es zu bewahren. Drei gesunde Kinder, die nicht erfahren würden, dass sie eigentlich zwei weitere Geschwister hatten. Paul, der verschollen ist, und den kleinen François, der nur wenige Tage gelebt hat. Mein Alejandro, der niemals die wahre Geschichte meines Vorlebens erfahren durfte, und in seiner Backstube alles tat, um uns ein ordentliches, aber bescheidenes Leben zu ermöglichen. Er hätte die Wahrheit nie verstanden. Einmal waren wir sonntags …

Ich lege das Blatt beiseite. Zum ersten Mal konkrete Fingerzeige auf eine Bäckerei und Namen. Vielleicht würde das Manuskript doch noch Hinweise liefern. Oder hatte ich schon welche übersehen? Selbst wenn ich noch mehr Hinweise bekomme, kann und soll ich dann versuchen, die Schreiberin zu ermitteln? Ich merke, wie mich das Manuskript von meiner Reise ablenkt. Gestartet war ich ohne spezielle Erwartungen an den Jakobsweg, hatte mich auf die Landschaft, die Ruhe und den Abstand von meiner bisherigen Arbeitsstelle gefreut. Ich wollte die Zeit nutzen, den Kopf frei bekommen. Doch nun beginnt das Manuskript meine Gedanken zu beherrschen, obwohl ich es spannend finde, darin zu lesen. In diese Überlegungen vibriert mein Handy einen unmissverständlichen Rhythmus. Mona, wie ich auf dem Display sehe. Sie sagt, dass sie bei meinem letzten Anruf kurz vor einer wichtigen Besprechung stand und nicht viel Zeit hatte. Jetzt hat sie noch einmal nachgedacht. Sie könnte sich für drei Tage freimachen und mich abholen. Die Gesundheit müsse mir wichtiger sein, als in Santiago anzukommen. Schon morgen früh könne sie losfahren.

Meinen Weg werde ich fortsetzen, erkläre ich ihr unmissverständlich, auch wenn es jetzt etwas länger dauern wird. Sie möge daran bitte keinen Gedanken mehr verschwenden. Mona hat offenbar immer noch nicht verstanden, was ich hier mache. Ein kurzes, heftiges Wortgefecht, dann ist unser Gespräch beendet. Ich fühle mich physisch und psychisch ausgelaugt. Das angeschlagene Knie, das Manuskript und jetzt wieder die Differenzen mit Mona. Ich lasse mich in das Kissen zurücksinken, starre auf die Unterseite des Bettes über mir, denn ich liege unten in einem Stockwerkbett. Als ich mich bewege, rutschen die neben mir liegenden Manuskriptblätter aus dem Bett und verteilen sich auf dem Fußboden. Ich muss hier raus. Die Gedanken fressen mich sonst auf. So dynamisch ich mit dem lädierten Knie kann, springe ich aus dem Bett, raffe die Blätter zusammen und zwänge sie in den den braunen Packpapiersack. Zusammen mit dem Zuckersack habe ich schnell meine Sachen in dem persönlichen Schließfach verstaut, das jedem Zimmerbewohner zusteht, und bin ausgehfertig. Als ich aus der Herberge trete, erwartet mich die Hitzekeule. In den Gassen der Stadt suche ich die Schattenseite. Für spanische Verhältnisse ist es noch zu früh für das Abendessen. Ohne Plan laufe ich langsam durch die Gassen. Dann weiten sich die Häuserfronten und vor mir liegt eine Burg mit massiven Mauern, Zinnen und Türmen. Über dem Eingangstor auf einer Fahne das Tatzenkreuz der Templer. Eine willkommene Ablenkung von meinen dunklen Gedanken. Die Ticketverkäuferin an der Kasse erklärt mir, dass man in einer Stunde schließe, ich also nicht die ganze Besichtigung schaffen könne. Ich kaufe trotzdem meine Eintrittskarte. Vom Innenhof der Burg geht es über verwinkelte Treppen, hinauf zum Wehrgang. Von dort habe ich einen phantastischen Blick über das Tal und die Stadt. Ich bin zu unruhig, um die Aussicht zu genießen. Mein Blick ist nach innen gerichtet. Dann betrete ich das Innere der Burg. Eine Ausstellung über die Templer, die diese Burg im 12. Jahrhundert errichtet haben. Eine interessante Geschichte, die in einer Katastrophe endet, denn der Templerorden wurde durch politische Ränke zwischen Philipp IV., »dem Schönen«, von Frankreich und dem damaligen Papst Clemens V. im Jahre 1307 unter dem Vorwurf der »Ketzerei« gejagt und ihr überreicher Besitz für die königliche Schatulle beschlagnahmt. Danach löste Papst Clemens V. auf französischen Druck den Orden auf. In einer Vitrine sehe ich das Faksimile der Prozessakten über den damaligen Templerprozess, das in nur 799 Exemplaren nachgedruckt wurde, nachdem es eine Archivarin 2007 im Geheimarchiv des Vatikans gefunden hat. Ehrfürchtig stehe ich hier vor diesem Dokument der Geschichte und verharre lange vor der Vitrine.

Eine weibliche Stimme höre ich hinter mir auf Englisch sagen, dass die Burg in einer Viertelstunde geschlossen wird. Ich drehe mich um. Eine zierliche blonde Frau mit leuchtenden Augen schaut mich zweifelnd an, ob ich verstanden habe. Ich nicke, zeige auf die Vitrine und bedeute ihr, wie interessant dieses Dokument ist. Zusammen gehen wir hinaus auf den Umgang auf der Burgmauer. Sie stammt aus Österreich und führt Besucher durch die Burg. Marie, so heißt meine Gesprächspartnerin, ist seit einigen Jahren in der Stadt, eine gewinnende Frau mit frechem Kurzhaarschnitt und spöttischem Zug um den Mund, der ich gerne zuhöre. Wir stehen auf der Burgmauer, vor uns die von Wäldern überzogene hügelige Landschaft. Mit ihrem österreichisch gefärbten Deutsch erzählt sie mir mehr über die Burg und die Templergeschichte. Wir unterhalten uns länger als es zwischen Besucher und Gästeführerin üblich ist. Sie beklagt, dass nur wenige Pilger sich die Zeit nehmen, die Burg zu besichtigen. Dann ruft jemand laut im Innenhof ihren Namen. Ich überlege, während sie einen Dialog mit dem unsichtbaren Kollegen hält, wie alt sie wohl sein mag. Sie schaut hinunter und dann auf die Uhr. Offensichtlich wartet der Kollege auf sie, weil er abschließen will. Vorsichtig, mein Knie schonend, folge ich ihr die Treppe hinab.

XI

Die Straße steigt leicht an und ich komme an Gärten mit üppigen Obstbäumen und Gemüsebeeten vorbei in denen geerntet, gearbeitet, gemäht wird. Dunkelrote Kirschen, dick, wie ich sie nie zuvor gesehen habe, ziehen die zum Brechen vollen Äste der Kirschbäume hinunter. Milde und klare Luft, die Temperatur erträglich nach der Hitze der letzten Tage. Als ich die Anhöhe erreicht habe, sehe ich den grünen Talkessel des Bierzo vor mir. Die Hänge hinauf ziehen sich Weingärten und nutzen die geschützte Lage für reichen Ertrag. Wassermangel, wie in anderen Landstrichen Spaniens, scheint man hier nicht zu kennen. Unten im Tal sehe ich die Türme der Stadt, von denen einer zu der Klosterkirche San Nicolas gehört. Dort möchte ich meine Mittagsrast einlegen. Leicht und beschwingt laufe ich die Straße hinunter durch den etwas verschlafenen Ort und stehe bald vor dem ehemaligen Kloster. Doch leider ist die Kirche geschlossen. In früheren Zeiten konnten die kranken Pilger, die den restlichen Weg nach Santiago nicht mehr schafften, die kleine Compostela bekommen, wenn sie durch die entsprechende Pforte der Kirche traten. Auch wenn ich vor ein paar Tagen wegen meines Knies noch in Sorge war, ob ich meine Pilgerwanderung abbrechen müsse, jetzt ist alles wieder in Ordnung. Offensichtlich brauchte mein Knie einfach nur etwas Ruhe – und natürlich die Zaubertinktur von Marcel und Maurice. Was letztendlich zur Genesung beigetragen hat, ist unwichtig, ich bin wieder fit und beschwerdefrei. Die Ablasspforte ist für mich also nicht mehr von Belang. Insofern kann ich es auch verschmerzen, dass die Kirche geschlossen ist. Einige

Straßen weiter befindet sich ein liebevoll gepflegter Park mit üppigen Blumenbeeten und vielen schattenspendenden Bäumen, unter denen Bänke stehen. Auf einer Bank nehme ich Platz, ein guter Platz für den Mittagsimbiss. Danach strecke ich mich auf der Bank aus.

Ich schrecke aus einem kurzen Schlummer hoch, als die Kirchenglocken läuten. Es ist Zeit, aufzubrechen. Ein gutes Stück Weg liegt noch vor mir. So schultere ich meinen Rucksack, fülle an einem Wasserhahn meine Trinkflasche und marschiere weiter. Doch schon nach wenigen Schritten stehe ich vor der nächsten Kirche, deren Pforte weit offen steht. In der Hoffnung auf einen Stempel für meinen Pilgerpass trete ich ein. Durch die Kühle der Kirche bekomme ich eine Gänsehaut. Die barocke Innenausstattung ist sicherlich sehenswert, doch ich nehme mir dafür nur wenig Zeit, zünde, bei kurzer Andacht, eine Kerze an und finde im Seitenschiff einen Tisch, auf dem der angekettete Stempel liegt. Schnell habe ich einen sauberen Abdruck in meinem inzwischen zu beachtlicher Länge angewachsenen Pilgerpass. Gut, dass ich schon zuhause ein weiteres Blatt mit Feldern angeklebt habe, ich möchte meine Reise möglichst lückenlos dokumentieren. Als ich die Kirche verlasse, kommt mir auf der Schwelle eine Frau mit einem großen Blumenstrauß entgegen. Sie fragt mich etwas auf Spanisch, von dem ich annehme, dass sie wissen will, ob ich Pilger sei. Ich nicke. Ein weiterer Wortschwall betrifft den Pilgerstempel, den sie mir geben will, doch ich halte meinen Pilgerpass hoch und gebe ihr zu verstehen, ich hätte mir bereits selbst geholfen. Mit einem Lächeln, begleitet von *Buen Camino* verabschiedet sie mich und betritt die Kirche, um sie mit dem Blumenschmuck herauszuputzen.

Die Brücke über den Fluss zeigt mir noch einmal, über welchen Wasserreichtum die Landschaft hier verfügt. Jetzt im Hochsommer rauscht das Wasser unter der Brücke hindurch. Dann führen mich die gelben Pfeile auf einen Weg, der die Schnellstraße durch eine hüfthohe, betonierte Mauer abtrennt. Neben mir brausen Autos, es ist staubig und laut. Doch schon bald kann ich abbiegen und es geht bergauf weiter durch schattige Eukalyptuswälder. In einem der kleinen Dörfer an einer Nebenstraße finde ich einen Platz in einem kleinen Albergue mit nur wenigen Betten. Die kettenrauchende Herbergsmutter serviert zum Abendessen ein reichhaltiges Mahl. Nach den üblichen Gesprächen der Pilger über ihre Erfahrungen auf der Reise ziehe ich mich zurück und sinke schnell in den tiefen Pilgerschlummer, Kraft für den nächsten Tag tankend.

Der Morgen ist noch jung und ungewöhnlich kühl, als ich aus der wohligen Wärme der Herberge trete. Der Himmel ist trüb und grau. Wird es Regen geben? Schon mehrfach habe ich gehört, wie schwierig die heutige Etappe zu bewältigen ist. Doch ich bin voller Tatendrang. Nach allem, was ich erlebt habe, kann mich auch diese Etappe, der *Camino Duro* wie er bei den Einheimischen genannt wird, der harte Weg, nicht schrecken. Zunächst geht es ein kleines Stück die Straße entlang bis zu einer niedrigen Kapelle, aus massiven Bruchsteinmauern. Unter dem Vordach sitzt eine alte Frau, die strickt und mich freundlich grüßt, ihr Strickzeug sinken lässt und mit einer Hand auf die Tür zur Kapelle deutet. Ich trete ein. Die Kapelle besteht aus einem quadratischen Raum mit unverputzten Mauern aus Bruchstein und einem niedrigen Dach in warmem, rötlichen Holz. Von außen dringt nur spärliches Licht durch die kleinen Rundbogenfenster. Der Altar, ebenfalls aus Bruchstein mit einer dicken Holzplatte, steht im schummrigen Licht, nur beleuchtet durch Kerzen. Während die Kirche in ihrer Schlichtheit eher modern wirkt, steht auf einem weiteren Altar an der seitlichen Stirnwand eine barocke Marienstatue, die durch das warme Kerzenlicht eine seltsame Lebendigkeit hat. Ich setze meinen Rucksack ab und verharre still vor dieser Figur. Die Augen Marias scheinen mich eindringlich anzusehen, ja der Mund formt stille Worte an mich. Auf dem Arm hält sie den kleinen Jesus, der in der linken Hand die Weltkugel hält. Die rechte Hand mit erhobenem Zeigefinger, scheint die stummen, an mich gerichteten Worte der Mutter wie mit einem Ausrufezeichen zu bekräftigen. In Gedanken versunken sitze ich da und versuche zu entschlüsseln, welche Botschaft da an mich ergeht. Ist es eine Mahnung? Ein Auftrag?

›Du läufst nicht nach Santiago, um eine Strecke hinter dich zu bringen, der Weg macht etwas mit dir. Lass dich auf den Weg ein, nimm an, was er dir vermittelt.‹

Ich denke wieder an das Manuskript, das mir nach dem Besuch einer Kapelle im Straßengraben vor den Füßen lag, und das ich nun schon so lange mit mir herumschleppe. Mutter mit Kind. Die unbekannte Schreiberin hatte auch Kinder, wobei eins verschollen ist. Ist das ein Auftrag für mich? Ich hatte beschlossen, mich während der Reise nicht mehr damit zu beschäftigen, weil es mich zu sehr ablenkt.

Hinter mir tritt eine Person in die Kapelle und ich höre

ein Geräusch, das mich aus meiner tranceähnlichen Nachdenklichkeit holt. Dann erklingt die kleine Glocke auf dem Dach mit einzelnen Schlägen. Ich schaue auf die Armbanduhr. Sieben Uhr – sieben Schläge. Langsam stehe ich auf, trete vor den Altar, nehme eine Kerze und entzünde sie. Noch einen Moment bleibe ich stehen, neige ich meinen Kopf wie zum Gruß.

Ich wende mich um, schultere meinen Rucksack und verlasse die Kirche. Nach wenigen Schritten ruft mir die strickende Frau, die offenbar auch stündlich den Glockenstrang zieht, etwas hinterher. Ich drehe mich um. Sie fuchtelt mit einem Stempel in der Luft herum. Das hätte ich fast vergessen. Der Stempel in den Pilgerpass! Ein guter Start für die Tagesetappe. Ich zücke meinen Pilgerpass, sie stempelt ihn mir ab, mit breitem Lachen aus dem Mund mit nur noch wenigen Zähnen, dabei übergießt sie mich mit einem spanischen Wortschwall, den ich nicht verstehe. Dann wünscht sie mir ein *Buen Camino* und ich setze meinen Weg entlang der gelben Pfeile fort. Bald verlässt der Camino die Straße nach links über eine kleine Steinbrücke und setzt den Weg auf der anderen Seite des Baches fort. Dabei steigt er an, verläuft durch Wald und Buschwerk. Zunächst ist er glatt und gut zu laufen. Das soll der *Duro*, der harte Weg sein? Doch nach einer Kehre am Hang ist plötzlich der glatte Weg nur noch ein Hohlweg mit Geröll. Beim Laufen rollen die Steine unter meinen Füßen weg und ich verliere mehrfach den Halt, muss meinen schweren Rucksack gut ausbalancieren, um nicht umzufallen. Ohne meinen Wanderstab wäre ich hier verloren. Ich bin dankbar für das ›dritte Bein‹, der Stock erleichtert den Aufstieg. Dann endet der schattenspendende

Laubwald. Die Sonne scheint diffus durch die trübe Wolkendecke. Schnell gerate ich ins Schwitzen, denn mit steigender Temperatur ist es schwül geworden. Jeder Schritt braucht meine volle Aufmerksamkeit. Bei Regen scheint sich dieser tief ausgewaschene, mit Geröll gefüllte Weg in einen reißenden Bachlauf zu verwandeln. Nach einer Wegstunde liegt ein Baumstamm quer auf dem Camino. Ich versuche, darüber zu klettern, bemerke zu spät, wie mich das Übergewicht des Rucksacks hinunter zieht und falle über den Stamm. Wie ein Käfer strampele ich mit den Beinen in der Luft. Nur mit Mühe befreie ich mich aus den Tragegurten meines Rucksacks, rolle zur Seite und stehe mühsam, mich auf allen vieren abstützend, auf. Ich klopfe mich ab, prüfe, ob mir nichts aus den Taschen gerutscht ist, Handy, Kamera, Portemonnaie. Dann atme ich tief durch. Das hätte schief gehen können. Mir ist nichts passiert, vielleicht ein paar blaue Flecken.

Ich ziehe meine Alu-Trinkflasche aus dem Seitenfach meines Rucksacks und stelle fest, dass sie bei dem Sturz eine Beule abbekommen hat. Wenn sonst nichts passiert ist, lässt sich das verschmerzen. Nun weiß ich, warum dieser Weg der *Camino Duro* genannt wird. Ich setze mich auf den Stamm, nehme einen tiefen Schluck. Dann gönne ich mir noch einen Schokoriegel. Das brauche ich jetzt! Ich schaue den weiter aufsteigenden Weg entlang und sehe wie er sich zwischen Sträuchern, Felsen und steppenartigem Gras verliert. Nach einigen Minuten stehe ich mühselig auf, setze meinen Rucksack auf den Baumstamm, damit ich ihn bequemer schultern kann. Mit dem Wanderstab abstützend, mache ich mich schwerfällig an den weiteren Aufstieg.

Mit zunehmender Höhe setzt sich die Sonne durch,

brennt unbarmherzig. Wie ein See liegt der Dunst unter mir im Tal. Schwärme bunt irisierender Fliegen begleiten mich schon eine geraume Zeit. Ich muss mir immer wieder mit der Hand durchs Gesicht fahren, um diese lästigen Wegbegleiter loszuwerden. Der Weg ist übersäht von Pferdeäpfeln, die willkommene Brutstätte der schillernden Plagegeister sind. Auch wenn mir jeder Schritt schwerfällt, setze ich einen Fuß vor den anderen, blicke dabei immer nur vor mir auf den Weg, um die nächsten Schritte setzen zu können, ohne zu stolpern. Alle paar Minuten bleibe ich kurz stehen und blicke zurück ins Tal. Es tut gut, die zurückgelegte Strecke, die schöne Landschaft zu betrachten. Besser, als über den schwierigen Aufstieg und den scheinbar nicht kürzer werdenden, vor mir liegenden Weg zu lamentieren.

Bei einem sehnsüchtigen Blick aufwärts, in der Hoffnung, die Steigung möge bald ein Ende nehmen, sehe ich eine Person in einiger Entfernung vor mir laufen. Das weckt neue Kräfte in mir. Es spornt mich an. Ich versuche, meinen Schritt zu beschleunigen. Es handelt sich um eine Frau, mit einem kleinen Tagesrucksack, sie hat mich noch nicht bemerkt. Ich stutze. Die Haare, die Frisur, die Haltung. Das sieht aus wie Mona! Das kann doch nicht sein. Ich versuche, zu ihr aufzuschließen, was mir alles abverlangt. Mona hier? Ich bin inzwischen sicher, sie ist es. Will sie mich überraschen? Näherkommend rufe ich ihren Namen. Sie reagiert nicht. Noch einmal rufe ich sie beim Namen, doch sie läuft weiter auf dem holprigen Weg. Mit meinem Gepäck ist es mühsam näher zu kommen, denn sie hat es leichter, sie trägt ja nur diesen kleinen Tagesrucksack. Doch dann bin ich nur wenige Meter hinter ihr, ohne Zweifel, es ist Mona. Ich will sie gerade ansprechen, da dreht sie sich um, weil sie mich bemerkt hat. Es ist eine Frau, die mindestens 20 Jahre älter ist als Mona. Sie nimmt die Stöpsel ihres Kopfhörers aus den Ohren und begrüßt mich mit freundlicher Miene. Außer Atem bleibe ich stehen, muss mich erst sammeln. Wie konnte ich denken, dass Mona hier plötzlich auftaucht? Tatsächlich hat sie die gleiche Haarfarbe und Frisur, auch ihre Statur und Größe sind die von Mona, doch das Gesicht ganz anders. Wir stellen uns vor, sie heißt Monika! Auch der Name ist nicht weit entfernt vom Original. Nur zwei Buchstaben mehr. Sie bemerkt meine Verwirrung. Ich erkläre ihr, ich hätte sie mit jemandem verwechselt. Sie lacht. Ich muss von der Verfolgungsjagd erst wieder zu Atem kommen. Monika erzählt mir von dem Service, der ihr unten im Tal angeboten wurde. Einheimische führen Pferde oder Esel mit dem Gepäck der Pilger gegen entsprechendes Entgelt die unwegsame Strecke hinauf. Die Pilger können so die holprige Strecke unbeschwerter bewältigen. Ich staune. Warum ist dieses Angebot an mir vorbeigegangen? Jetzt erklären sich auch die vielen Pferdeäpfel und damit die Fliegenschwärme auf dem Weg.

Monika schlägt eine Pause vor. Wir finden eine grasbewachsene Böschung, die wir wie eine Bank nutzen können. Hinter uns steht eine große schattenspendende Eiche und wir sehen von hier ins Tal hinunter. Ich werfe meinen Rucksack ab und lasse mich auf den Rücken ins Gras fallen, während Monika eine Banane und etwas Brot auspackt. Ein tiefer Schluck aus meiner inzwischen leicht gewordenen Aluflasche signalisiert mir, dass mein Wasservorrat langsam zur Neige geht. Auch ich hole meinen Mittagsimbiss aus dem

Rucksack. Wir erzählen uns unsere Erlebnisse vom Camino. Als sie fragt, mit wem ich sie verwechselt habe, spreche ich von Mona. Mit ein paar sehr gezielten Fragen überrumpelt sie mich und ich erzähle ihr mehr von Mona, unserer Beziehung und merke erst spät, wie vertraulich ich sie in meine Probleme einbeziehe. Sie hört geduldig zu.

Sie erzählt mir von ihrer gescheiterten Ehe und ihrer kranken Mutter, die sie zwölf Jahre gepflegt hat. Ihre Mutter war keine leichte Patientin, hat sie herumkommandiert und war alles andere als dankbar für die aufopferungsvolle Pflege, wegen der Monika jahrelang nur halbtags arbeiten konnte. Ihre Ehe ist daran zerbrochen. Im vergangenen Jahr ist die Tyrannin gestorben. Nun hat Monika sich eine Auszeit genommen, um den Jakobsweg zu gehen. Sie macht eine lange Pause, dann schaut sie mich an. Ich sehe Tränen in ihren Augen glitzern. »Und ob du es glaubst, oder nicht«, sagt sie dann leise, »sie fehlt mir.«

Schon viel zu lange dauert unsere Pause, doch unser Gespräch, in dem wir beide das Herz ausschütten konnten, hat gut getan. Bemerkenswert ist für mich die Vertraulichkeit, die man einem Menschen auf dem Jakobsweg entgegenbringt, obwohl man ihn gerade erst kennengelernt hat. Mit nahestehenden Menschen gelingt das oft nicht. So bleiben drückende Lasten in der Nacht des Herzens verborgen. Sie brennen sich langsam in die Seele, belasten eine Beziehung, bis sie kippt wie ein Eisberg, und die positiven Werte unwiederbringlich versunken sind.

Wir müssen weiter. Ich strecke mich noch einmal und erhebe mich mühsam. Dann greife ich die Schulterriemen meines Rucksacks und wuchte ihn auf meinen Rücken. Monika steht schon bereit. Ich beneide sie um ihr kleines Gepäck. Plaudernd gehen wir weiter, so ist es leichter, den steinigen Weg zu gehen. Irgendwann hören wir Rufe, Hufgetrappel. Schon kurz darauf kommt uns ein Mann mit zwei Maultieren und einem Esel entgegen. Die Tiere tragen hölzerne Tragegestelle, auf denen beim Aufstieg Rucksäcke von Pilgern befestigt waren. Auch Monika hat sich auf diese Weise den Aufstieg auf 1300 Höhenmeter erleichtert. Der Mann grüßt und mit einem gemurmelten Gruß, macht mit den gespreizten Fingern eine Geste, die wir als zwanzig Minuten interpretieren und ist dann an uns vorbei, die Tiere folgen ihm den Weg hinunter, den sie im Schlaf kennen. Dann, etwa zehn Minuten später, hören wir den Motor eines Autos, welches oberhalb vorbeifährt. Dort muss die Straße sein.

Kurz darauf kommt die Spitze eines Kirchturms in Sicht, der Weg erreicht den Gipfel des Höhenzuges und wir sehen das uralte Bergdorf. Schon vor Urzeiten haben hier die Menschen in sogenannten *Pallozas* gewohnt, steinerne, fensterlose Rundbauten aus Bruchstein mit tief heruntergezogenen Dächern aus Stroh. Durch den Eingang zwängten sich Mensch und Vieh, um gemeinsam am Herd zu nächtigen und sich bei dem rauhen Gebirgsklima gegenseitig zu wärmen. Hier haben sich die Pallozas erhalten. Wir fragen uns zu der Pilgerherberge durch, die am Ortsende in einem Gebäude untergebracht ist, das wie eine Schule aus den 70ern aussieht. Doch leider ist die Herberge ausgebucht. Ratlos stehen wir da, die Dame an der Rezeption verweist uns auf die Wiese hinter der Kirche, auf der man kampieren könne. Monika lässt sich ihren Rucksack aushändigen, der in der Herberge angeliefert wurde.

Was sollen wir tun? Eine Pension oder private Herberge gibt es hier in diesem kleinen Ort nicht. Mangels einer Alternative gehen wir zur Kirche und schauen uns die Wiese an. Sie wurde frisch gemäht, es duftet nach Heu. Zwei große Zelte, die von Pilgergruppen als Massenquartier genutzt werden. Niemand ist zu sehen. Es gibt keine sanitären Einrichtungen. Mir fällt die leichte Plane ein, die ich seit Wochen in den Tiefen des Rucksacks mit mir rumschleppe. Für solche Gelegenheiten hatte ich sie mitgenommen. Monika ist einverstanden. Da wir unsere Rucksäcke aber hier nicht unbewacht stehen lassen können, gehen wir damit zunächst in die Kirche, um einen Blick hineinzuwerfen und unsere Pilgerpässe zu stempeln.

Ein warmes Licht empfängt uns. Kerzen erhellen den Altar. Wir setzen uns in eine Bank und genießen die Stille. In einer Mauernische hinter einer Glaswand steht ein eigenartiger Kelch, der golden schimmert. Monika versinkt neben mir tief ins Gebet. Damit ich sie nicht bei ihrer Andacht störe, stehe ich leise auf, lasse meinen Rucksack bei ihr stehen. Dankbar für den Weg, den ich bis hierher gesund zurücklegen konnte, entzünde ich eine Kerze. Als mein Knie mir für ein paar Tage Probleme bereitete, hätte ich nicht gedacht, die heutige Etappe zu schaffen, musste schon den Gedanken ans Aufgeben an mich heranlassen. Heute war das anstrengendste Teilstück des bisherigen Jakobsweges. Auf dem ganzen Weg habe ich Menschen kennengelernt, die meine Eindrücke nachhaltig geprägt haben. Ich bitte darum, dass sie alle gut in Santiago ankommen und sicher wieder nach Hause kommen mögen. Meine Gedanken gehen zu Mona und den Menschen, die mir wichtig sind. Hinter mir höre ich Füße scharren. Eine Gruppe betritt die Kapelle. Tagestouristen, Buspilger. Dafür habe ich inzwischen einen Blick. Ich schaue zu Monika und sehe, wie ihre Tränen fließen. Sie erwidert meinen Blick und versucht ein Lächeln, das ihr nur schief gelingt, wobei sie sich die Tränen abwischt. Dann steht sie auf. Ich umarme sie tröstend, wir nehmen unsere Rucksäcke. In einer dunklen Ecke, nahe dem Eingang, entdecke ich einen kleinen Tisch mit Stempel und Stempelkissen. Der Abdruck des Stempels zeigt wieder den Kelch, der hier in der Vitrine steht. Der Reiseleiter hat inzwischen die Gruppe der Buspilger um sich geschart und spricht leise über die Sehenswürdigkeiten in der Kapelle. Dabei höre ich auch den Begriff ›galicischer Gral‹. Das also ist der schimmernde Kelch hinter Glas! Ich muss mehr darüber lesen.

In einem *Palloza* ist ein rustikales Restaurant untergebracht. Wir steigen die Stufen hinunter und lassen uns an einem der Tische nieder. Auch andere Pilger sitzen schon hier, mit denen wir schnell von Tisch zu Tisch ins Gespräch kommen. Hauptthema ist natürlich die heute zurückgelegte Etappe, die nicht nur uns als die anstrengendste des ganzen Weges erschien. Wir erzählen von dem Pech, keinen Platz mehr in der Herberge gefunden zu haben und jetzt auf der Wiese hinter der Kirche kampieren. Einige bieten an, uns in die Herberge einzuschleusen, damit wir dort wenigstens duschen können. Das Angebot nehmen Monika und ich gerne an.

Nach dem Essen gehen wir gemeinsam zur Herberge, zwei unserer Pilger verwickeln die Dame an der Rezeption in ein intensives Gespräch und wir gehen mit einer Gruppe vorbei. Wir werden direkt in die Waschräume gelotst. Wie gut eine heiße Dusche den strapazierten Muskeln tut und die Haut – nach den Strömen von Schweiß – wieder atmen kann. Erfrischt und belebt, mit frischer Kleidung, meine Tageswäsche habe ich, wie jeden Tag, gleich mitgewaschen und vorübergehend in einen Plastikbeutel gestopft. Dann laufen wir zurück zur Kirche. An der Rezeption schaut uns die Dame zweifelnd hinterher, denn um diese Uhrzeit verlassen üblicherweise keine Pilger mit Rucksack die Herberge. Doch bevor ihr eine Erkenntnis dämmert, sind wir außer Rufweite.

Auf der Kirchenwiese hat sich inzwischen eine lärmende Jugendgruppe eingefunden und die beiden Zelte in Beschlag genommen. Wir spannen zwischen einem Baum und der Umfriedungsmauer mit Hilfe unserer Wanderstöcke meine Plane zu einem improvisierten schrägen Zeltdach auf, unter dem wir unsere Schlafsäcke ausrollen. Dann setzen wir uns auf die nahe Mauer und schauen hinunter in das in der Dunkelheit versinkende Tal. Irgendwo dort unten sind wir heute früh gestartet.

Der Pilger weiß am Morgen nie, was ihn auf dem Weg erwartet. Jeder Tag bringt neue Überraschungen, Anstrengungen und Enttäuschungen. Doch am Abend, wenn er angekommen ist, sind die Mühen und Anstrengungen des Tages nur noch eine Episode, und der Stolz überwiegt, wieder die Tagesetappe geschafft zu haben.

Wir drehen uns um und sehen zu, wie auf der anderen Seite der Bergkette die Sonne hinter den Bergen versinkt. Ein Sonnenuntergang, der sogar den lärmenden Jugendlichen, die sich – wie durch ein stummes Signal – nach und nach an der Mauer aufgestellt haben, einige Schweigeminuten abringt. Monika zieht ein kleines Notizbuch hervor und kritzelt mit einem kurzen Bleistift hinein. Sie führt Tagebuch und ich beneide sie dafür, denn inzwischen wünsche ich mir, meine Erlebnisse ebenfalls täglich frisch aus dem Tagesgeschehen festzuhalten.

Leise verlasse ich Monika und gehe zu unserer provisorischen Zeltherberge, die im Dämmerlicht ganz gemütlich aussieht. Mein Handy hat hier keinen Empfang, also kann ich Mona nicht von meinem Tag berichten. Sie wird mir sicher wieder Vorhaltungen über meine sparsamen Nachrichten machen. Zumindest werde ich die heutige Übernachtungssituation mit Monika nicht ausführlich schildern. In den Schlafsack eingemummelt, merke ich, bereits in den Halbschlaf sinkend, wie Monika sich neben mir in ihren Schlafsack einrollt. Dann gebe ich mich meinen Träumen hin.

Vogelgezwitscher durchbricht meinen Schlaf. Ich spüre die morgendliche Kälte auf dem Gesicht, ziehe den Schlafsack über Mund und Nase. Schon lange habe ich nicht mehr so gut geschlafen. Immer mehr Vögel stimmen in das Frühkonzert ein. Als ich mich umdrehe, merke ich, dass Monikas Arm mich auf dem Schlafsack umschlungen hält. Vorsichtig nehme ich ihren Arm und stecke ihn unter Ihren halb offenen Schlafsack. Dabei dreht sie sich ein Stück und kuschelt sich tief ein. Nach einer Weile schäle ich mich aus der wärmenden Hülle und ziehe einen Fleecepulli aus dem Rucksack, krieche unter der taufeuchten Plane hervor und schaue über die Begrenzungsmauer. Es ist ganz still, nur die Vögel singen ihr Morgenlied. Am östlichen Horizont erscheint ein kurzer, orangeroter Streifen, der schnell länger wird und sich zum Rund der Sonnenscheibe entwickelt. In den Tälern hängen

Nebelbänke. Ergriffen beobachte ich das Naturschauspiel. Bei diesem Sonnenaufgang, auf der höchsten Erhebung weit und breit, fühle ich mich dem Himmel und dem Wunder der Schöpfung nahe. Ich bin dankbar, diesen Augenblick in der ungestörten Stille des Morgens zu erleben. Schnell durchbricht die Sonne den Dunst am Horizont. Der Himmel wird heller und die Sonne erscheint als orangeroter Ball. Schon bald wirft sie die ersten wärmenden Strahlen in mein Gesicht. Hinter mir, in den großen Zelten, ertönen die ersten Stimmen. Der morgendliche Zauber weicht dem lebendigen Tag.

An der Mauer entdecke ich einen Wasserhahn, fülle meine Wasserflasche auf und putze mir die Zähne. Mit eiskaltem Gebirgswasser wasche ich mir das Gesicht. Inzwischen stehen auch einige der erwachten Jugendlichen hinter mir und warten geduldig, bis ich mit meiner Morgentoilette fertig bin. Monika hat sich, als ich zum Nachtlager zurückkomme, aus dem Schlafsack geschält und streckt sich gähnend. Tatsächlich sieht sie von hinten Mona zum Verwechseln ähnlich. Dabei fällt mir wieder ein, dass ich schon seit zwei Tagen keinen Kontakt mehr zu Mona hatte. Wir wünschen uns einen guten Morgen. Auch Monika bestätigt mir, dass die frische Gebirgsluft einen deutlich besseren Schlaf beschert.

Am Abend haben wir nicht über unsere Pläne für die heutige Tagesetappe gesprochen. Monika und ich beschließen, bis auf Weiteres gemeinsam zu gehen. Wir haben gerade unsere Sachen zusammengepackt, die Plane sorgfältig im Rucksack verstaut, als die Kirchenglocken in dem offenen Glockenturm anfangen zu läuten. Frühmesse! Monika und ich brauchen nur einen kurzen Blick, um uns einig zu sein. Mit unseren Rucksäcken betreten wir die Kirche, gefolgt von einer Schar jugendlicher Pilger, die sich diszipliniert vor der Kirchentür aufgestellt hatten und jetzt einige Reihen der Kirchenbänke füllen. Einige Pilger sitzen schon in den vorderen Reihen.

Bei gedämpftem Licht eröffnet ein Priester die Messe. Die Kühle der Kapelle, die ich sonst als erfrischend empfinde, zwingt mich jetzt, mich tiefer in meinen Fleecepulli zu kuscheln. Andächtig verfolgen wir die Liturgie, lauschen der spanischen Predigt des Priesters, ohne sie zu verstehen. Gestern hat einer der Pilger im Restaurant vom *Hostienwunder* erzählt, bei dem sich vor Urzeiten ein Bauer bei Sturm hier herauf gekämpft hat, um die *Eucharistiefeier* mitzuerleben, und von einem zweifelnden Priester dafür verspottet wurde. Während der *Eucharistie* verwandelte sich hier in dieser Kapelle Wein und Brot in Blut und Fleisch Christi und der spöttelnde und ungläubige Priester ward bekehrt. Der Kelch in der Vitrine, den ich gestern schon bewunderte! Der *Heilige Gral Galiciens* der im galicischen Landeswappen abgebildet ist. Die stimmungsvolle Messe endet in der *Eucharistie* und der Priester erteilt den Pilgersegen, eine Übersetzung in mehreren Sprachen finden wir auf der Bank. In dem Pilgersegen kristallisiert das Ethos des Jakobswegs, und die Bedeutung, die das Pilgern auch heute noch bei vielen Menschen hat. Aus tiefem Glauben haben Heerscharen von Pilgern, unter großen Beschwernissen und Entbehrungen, den Weg auf sich genommen. Heute bekommen wir den Pilgersegen für die vor uns liegende Etappe.

Pilgersegen

O Gott, der du deinen Diener Abraham aus der Stadt Ur der Chaldäer herausgeholt und ihn während aller seiner Pilgerreisen geschützt hast, der du Führer des hebräischen Volkes durch die Wüste warst, der du mit einem Stern die Weisen aus dem Morgenland zu Christus, dem Herrn der Welt, geleitet hast, wir bitten dich, dass du gnädig deinen Diener schützen mögest, der aus Liebe zu deinem Namen heute auf Pilgerfahrt geht.

Sei ihm Begleiter auf dem Weg, ein ständiger Wegweiser, Kraftspender in der Müdigkeit, Helfer in der Gefahr, Unterkunft auf der Reise, Schatten in der Hitze, Licht in der Dunkelheit, Trost in der Schwachheit und Stärkung in seinem Vorhaben, damit er unter deiner Leitung heil am Ziel seines Weges anlangt und, mit Gnaden und Tugenden bereichert, wohlbehalten in sein Zuhause zurückkehren möge, dass jetzt unter seiner Abwesenheit leidet, erfüllt von wohltuender und andauernder Freude.

Andächtig verlassen wir die Kirche, mit einem prüfenden Griff an das Lederband um meinen Hals, ob die kleine Pilgermuschel von José, die mir inzwischen ein wichtiger Reisebegleiter geworden ist, noch da ist. Über die gepflasterte Dorfstraße folgen wir den gelben Pfeilen aus dem Ort. Wir sind wieder auf dem Weg nach Santiago de Compostela.

XII

Gruppen von Pilgern laufen vor uns auf dem Weg. Das Ziel Santiago ist in erreichbare Nähe gerückt. Immer wieder überlege ich, wie viele Tagesetappen es noch sind. Doch ich werde jetzt nicht anfangen, dem Ziel entgegen zu hetzen. Ich verfüge über einen Luxus, der Zeit heißt. In meinem Berufsleben ist die Zeit immer knapp und bestimmt den Tagesablauf. Mehr als eine Woche musste ich auf dem Jakobsweg verbringen, bis ich die Gedanken an meinen hektischen Arbeitsalltag loslassen konnte. Jetzt nur noch fünf Tage bis Santiago, sechs? Eine Woche, bis ich wieder zuhause bin? Mein Herz ist voll von Eindrücken. Menschen, Landschaften, Gespräche. Mich schreckt der Gedanke an das Ende meines Pilgerwegs. Einerseits die Freude, dem Ziel Santiago de Compostela nach all den Strapazen nahe zu sein, es geschafft zu haben. Andererseits der Gedanke an einen neuen Arbeitsplatz mit einem Schreibtisch aus Stahl und Glas mit mehreren Monitoren. Und dann ist da noch Mona, von der ich nicht weiß, ob sie sich über meine Rückkehr freut. Oder bin ich es, der über eine Heimkehr deutlich weniger Zweifel haben sollte? Und dann ist da noch das Manuskript aus dem Zuckersack. Ich beschließe, diese letzten Tage auf dem Weg bewusst zu genießen.

Das kurze Telefonat mit Mona ist wieder elektrisch geladen. Sie ruft mich an, erzählt mir aber, sie habe keine Zeit, weil sie wichtige Termine habe. Als ich den Vorschlag mache, sie soll es doch später versuchen, wenn sie weniger Zeitdruck habe, rastet sie aus. Ich würde ja nie anrufen und wäre auch nie erreichbar. Sie habe Besseres zu tun, als permanent hinter mir her zu telefonieren. Der Weg ermöglicht leider nicht so gute Verbindungen wie in einer Großstadt, was ihr aber seit Wochen bekannt ist. Davon will sie nichts wissen. Dann ist das Gespräch beendet.

Wir laufen weiter, Monika ist während des Telefonates im Respektabstand vor mir gelaufen, ich vermute aber, sie hat doch die schlechte Stimmung mitbekommen. Nach einer Weile fragt sie mich, warum ich so abwesend bin und ob es mir gut geht. Ich versuche, ihr meine Gedanken zu schildern. Dabei frage ich mich, was die Werte des Lebens sind. Ist es die Liebe, die wir Menschen uns einander entgegenbringen? Während dieser Pilgerreise habe ich gelernt, die materiellen Dinge meines Lebens nicht mehr so wichtig zu nehmen. Über Wochen nur mit dem Nötigsten auszukommen, lehrt Bescheidenheit.

Eine halbe Wegstunde später erreichen wir eine Herberge mit einem Café, direkt an der Passstraße. Dort frühstücken wir unter lebhaften Gesprächen mit anderen Pilgern. Wir sind noch auf der Reise, aber mit der Gewissheit, die schlimmsten Passagen überstanden zu haben. Der höchste Punkt unseres Weges ist überschritten. Jeder Pilger hat seine eigenen Geschichten und Erlebnisse. Erfahrungen werden ausgetauscht. Auch wenn wir hier nun schon routinierte Jakobspilger sind, gibt es doch immer noch Tipps auszutauschen, die uns den Weg erleichtern. Einige geben Hinweise für Santiago, denn sie laufen den Weg nicht zum ersten Mal. Unter interessanten Gesprächen dehnt sich das späte Frühstück.

Irgendwann, nach dem dritten Kaffee stößt mich die neben mir sitzende Monika mit dem Ellbogen an und mahnt leise zum Aufbruch. Erschrocken schaue ich auf die Uhr. Wir sitzen schon wieder viel zu lange hier.

Es geht hinunter ins Tal. Eben sind wir noch im Sonnenschein gelaufen, jetzt tauchen wir in das wattige Wolkenmeer, das die Täler füllt. Feuchtigkeit umfängt uns. Auf den Gläsern unserer Sonnenbrillen, die wir vergessen haben abzusetzen, kondensieren feine Wassertröpfchen. Die Kleidung liegt klamm am Körper. Durch den grauen Dunst stolpernd, folgen wir den gelben Pfeilen mit den Pilgermuscheln ins Tal. Ich lasse Monika vor mir auf dem schmalen Pfad laufen und habe die Illusion, Mona wäre mit mir unterwegs. Einige Pilger, die hinter uns laufen, hören wir merkwürdig dumpf in der feuchten Wolkenmasse. Dann lichtet sich die graue Suppe, wir haben die niedrig hängenden Wolken durchstoßen. Die Luft wird wärmer. Unsere Kleidung trocknet. Der Pfad verläuft durch Wald und Strauchwerk. Bald begleitet uns ein Bach, der aus einem Seitental heran plätschert. Obwohl wir heute unsere Frühstückspause ausgedehnt haben, sind wir gut vorangekommen. Bergab geht es flotter.

Monika ist eine unkomplizierte Wanderpartnerin. Sie arbeitet mit großer Zufriedenheit bei einer Organisation, die sich mit fairem Handel beschäftigt. Interessiert erfahre ich viel über den Idealismus und das Engagement der Gründer. Ziel ist es, Bauern und Erzeugern von Lebensmitteln – seien es Kaffeebauern in Nicaragua, Kakaobauern in Westafrika oder Gemüsebauern in Mecklenburg-Vorpommern – einen fairen Preis unter weitgehender Ausschaltung von Groß- und Zwischenhändlern zu zahlen. Darüber habe ich mir bisher kaum Gedanken gemacht.

Monika fragt mich nach meinem Beruf, ich erzähle von meinem Ökonomie-Studium, das ich zum Leidwesen meiner Eltern nach vier Semestern, damals noch heimlich, abgebrochen habe und mich der Informatik zuwandte. Meine Eltern wollten für mich etwas »Sicheres«. Noch heute erzählt mein Vater abwertend, dass »der Junge was mit Computern mache«. Das werde ich meinen Eltern, speziell meinem Vater als Verwaltungsbeamten alter Schule, nie erklären können. Am liebsten hätten sie mich in einer Behörde hinter einem Schreibtisch auf die »schöne Pension« warten sehen. Als meine Eltern dahinter kamen, dass ich auf ein Informatikstudium gewechselt hatte, erwog mein Vater, mich zu enterben.

Auch wenn ich meinem Vater beruhigend die Höhe meines Gehaltes darzulegen versuchte, blieb er doch stets skeptisch. Im Gegensatz zu meinem Bruder, den er voller Stolz als Finanzinspektor mit Pensionsberechtigung, Frau und zwei Kindern anpreist. Meine Mutter war beruflich Hausfrau und Mutter, sie erlaubte sich nie eine eigene Meinung.

Unser Familienleben verlief unterkühlt. Gefühle zu zeigen, bedeutete Schwäche. Es hat lange gedauert, bis ich während des Studiums gelernt habe, ein eigenständiger Mensch zu sein, der für sich allein Entscheidungen treffen kann. In meinem Elternhaus lief alles nach einem festgelegten Tages-, Wochen-, Monatsplan ab. Haushalt, Mahlzeiten, Ausflüge. Alles hatte seinen Zeitplan. Mein Vater zieht, dem Klimawandel zum trotz, ab dem 1. Oktober lange Unterhosen an. Für ihn fängt dann der Winter an, egal was das Thermometer anzeigt. Oft haben sie von der Flucht und Vertreibung mit den Großeltern aus ihrer Heimat Schlesien gesprochen, was mir als Kind und Jugendlichem immer als nostalgisch verbrämt und übertrieben erschien. Nachdem ich die Seiten aus dem Manuskript des Zuckersacks, und von den Wagnissen und Entbehrungen der Schreiberin gelesen habe, fange ich an, über die Nöte und Entbehrungen meiner Eltern nachzudenken. Sie mussten mit ihren Eltern und Großeltern unvorbereitet, mit ungewissem Ziel, die Heimat verlassen. Während es mir und meiner Schwester an nichts mangelte, konnte ich die Erzählungen von Hunger, Not und Vertreibung nicht auf mich und die Familie beziehen. Sparsamkeit und Achtsamkeit sind Ergebnisse dieser Erfahrungen, die auch meine Eltern, wie so viele andere, geprägt haben. Auf dem Jakobsweg habe ich gelernt, mit dem auszukommen, was ich mit mir tragen kann.

Während ich erzähle, merke ich, wie klar und analytisch ich meine persönliche Geschichte zusammenfasse, die ich mir selbst in all den Jahren nicht eingestanden habe. Ich öffne mich einer Frau, die ich erst so kurz kenne. Nach einer Pause fragt Monika nach meiner Beziehung. Ich erzähle ihr von Mona und wie sehr sie sich äußerlich ähneln.

Als ich Mona kennenlernte, kam ich mir bei Besuchen in ihrem Elternhaus wie in einer Tiefkühltruhe vor. Jeder ging seine eigenen Wege. Monas Vater ging in seiner Firma auf, ihre Mutter fand Erfüllung bei Bridge und Shopping. Pflichtschuldigst saß man Weihnachten oder zu Geburtstagen für zwei Stunden zusammen, ansonsten hatte man repräsentative Verpflichtungen. Emotionen wurden durch großzügige Geschenke zum Ausdruck gebracht. Auch wenn Mona mit mir eine harmonische Beziehung führte, verfiel sie gerne in das erlernte Muster ihrer Eltern, sobald wir nicht zu zweit waren. Als ihr Vater plötzlich starb, hatte sie die Verantwortung für die Firma und kopierte seinen patriarchischen Führungsstil, der sich längst überlebt hatte. Wir diskutierten nächtelang über Strategien, bei denen meine Vorschläge wirkungslos blieben. Irgendwann wollte ich nicht mehr der Prellbock sein. Die abendlichen Berichte über Umsätze und Reklamationen, Personal und Qualitätsmanagement wurden mir zu viel, zumal mich mein Beruf hinreichend in Anspruch nahm. Beiläufig erzählte ich ihr von meiner Kündigung und der sofortigen Freistellung. Sie hatte nichts geahnt von meiner einsamen Entscheidung, mir eine neue berufliche Herausforderung zu suchen. Insgeheim hatte sie wohl gehofft, ich würde einmal in ihr Familienunternehmen eintreten. Aber die Rolle als Mitregent von Monas Gnaden gefällt mir nicht, zumal wir von Unternehmensführung unterschiedliche Auffassungen haben. Drei Monate Zeit bis zum Antritt an der neuen Stelle! Den Entschluss, den Jakobsweg zu gehen, habe ich spontan gefasst und sehr schnell umgesetzt.

Jetzt, gegen Ende des Jakobsweges und vor Beginn eines beruflichen Neustarts, kommen mir Zweifel. Ist der Wechsel der Arbeitsstelle nicht nur neuer Wein in alten Schläuchen, die gleiche Tretmühle, auch wenn sie mit besserem Gehalt verbunden ist? Hier auf dem Jakobsweg habe ich in den vergangenen Wochen gelernt, den Menschen zuzuhören und materielle Dinge nicht mehr so wichtig zu nehmen.

Wieder denke ich an das Manuskript aus dem Zuckersack. Als ich Monika davon erzähle, merke ich an ihren Reaktionen, wie sehr sie sich berührt fühlt. Sie erzählt mir, dass ihre Mutter vielleicht so verbittert war, weil sie als Kind mit ihrer Mutter in den letzten Kriegswirren mit einem Flüchtlingstreck die Heimat mit nicht viel mehr, als sie auf dem Körper trug, verlassen musste. Monika möchte das Manuskript sehen. Ich vertröste sie auf den Abend.

Im Tal, der Pilgerweg schlängelt sich auf einem separaten Weg neben der Straße, reißt der Himmel auf, und die Sonne traut sich hervor. Zwischen den hohen Bäumen laufen wir meistens im Schatten. Wir sind nicht die einzigen Pilger auf dem Weg, bleiben aber zu zweit und erzählen uns Geschichten aus unserem Leben. Ein Ort kommt in Sicht. Die Straße macht einen abenteuerlichen scharfen Knick nach links um ein großes Gebäude und wir stehen vor einem Kloster mit einer großen Kirche. Monika weiß mehr über das Benediktinerkloster und führt mich in die Kirche. Eine barocke Hallenkirche mit Tonnengewölbe empfängt uns. Barocke Kirchen mit ihrer opulenten Ausstattung sind nicht meine Leidenschaft. Ich bin merkwürdig angespannt und fühle mich nicht wohl in dem Gotteshaus, in dem die Luft stickig ist. Der Besuch ist kurz, wir drücken den Stempel in unsere Pilgerpässe und sind bald wieder draußen, raus aus der dumpfen Atmosphäre.

Von einem anderen Pilger hat Monika einen Tipp, sie möchte gerne mit mir die kleine Ursprungskirche des Klosters suchen, die hier irgendwo im Wald versteckt ist. Obwohl der Nachmittag sich gegen Abend neigt und wir noch kein Quartier für die Nacht haben, stimme ich zu, denn wann komme ich wieder hierher, um so einem Geheimtipp nachzugehen? Wir stapfen also durch den Wald und suchen fast eine halbe Stunde. Inzwischen haben wir Zweifel, ob Monika die Hinweise des Tippgebers richtig interpretiert hat. Es ist niemand da den wir fragen könnten. Doch da schimmert eine Wand durch die Bäume. Ist das die Kapelle? Und dann stehen wir vor der kleinen Kirche, die gemütlich vom Wald umarmt wird.

Ein traumhafter Ort. Ruhig und beschaulich, umfangen von der Natur, der ideale Platz für eine Rast. Die schlichte Kirche strahlt so viel Ruhe und Kraft aus. Die Mittagsrast haben wir heute ausfallen lassen, weil wir unsere Frühstückspause durch den Schwatz mit den anderen Pilgern ausgedehnt haben. Nur einen kurzen Stopp für einen Imbiss und zum Auffüllen unserer Wasserflaschen haben wir eingelegt. Jetzt sitzen wir in der grob verputzten und weiß getünchten Bruchsteinkirche und haben sie ganz für uns alleine. Ein schlichter Altar und solide gezimmerte Holzbänke. Auf dem Altar ein schlapper Blumenstrauß und ein Holzkreuz mit einem sehr lebensnah wirkenden Heiland. Das Weihwasserbecken am Eingang besteht aus einer großen exotischen Meeresmuschel, die sicher aus fernen Meeren von einem Seemann mitgebracht wurde. Neben dem Kreuz ist sie das einzige Schmuckstück in dem Kirchlein. Es ist kühl hier drinnen. Einen Moment stehen wir in Gedanken versunken. Als wir wieder im Freien sind, nehmen wir unsere Rucksäcke ab und setzen uns auf zwei dicke Steine, die nahe der Pforte liegen, und strecken die Beine von uns. Wir genießen die Stille auf der sonnenbeschienen Lichtung. Dem flüsternden Gebet der Baumwipfel lauschend, fühlen wir uns wie in der Klause eines Eremiten.

Monika erinnert mich leise an meine Zusage, ihr die Manuskriptseiten zu zeigen. Ich reiße mich aus der meditativen Stille, schaue auf die Uhr. Wir haben kein Nachtquartier und noch ein gutes Stück Weg vor uns. Sie schaut mich an, bittet mich, hierzubleiben und den Abend zu genießen. Meine Einwände auf fehlende Dusche und eine Pilgermahlzeit brechen schnell zusammen, denn letzte Nacht haben wir unter meiner schützenden Plane wunderbar geschlafen. Die Wasserflaschen sind gefüllt und aus einigen Lebensmitteln aus unserem Tagesvorrat können wir ein Überraschungsmenü zusammenstellen. Das Duschen vermissen wir nicht sonderlich, es war kein schweißtreibender Tag. Wir finden einen kleinen bemoosten Fleck seitlich der Kirche, wo wir meine Plane aufspannen und unsere Schlafsäcke ausrollen. Unser Nachtlager. Mit einigen Erklärungen ziehe ich den papiernen Zuckersack hervor und reiche Monika den Stapel Manuskriptblätter. Während unserer heutigen Wanderung habe ich ihr zusammenfassend aus dem Manuskript erzählt.

Schnell breitet sich der Schatten der Berge über das tief zwischen den Höhenzügen liegende Tal. Wir setzen uns an die warme Bruchsteinmauer der Kirche und genießen lesend das letzte Licht der Abendsonne. Niemand stört uns. Wir hätten ein paar Ausreden parat, warum wir hier nächtigen.

... hatte ich Ulla kennengelernt, die eine Arbeitsstelle bei der Partei hatte. Sie wollte mir helfen. Ich musste mich in der Parteizentrale vorstellen. Als der ruppige Herr Steden hörte, dass ich weder Schreibmaschine noch Steno konnte, fing er an rumzuschreien, wieso er mit mir seine Zeit verschwendete und wer mich empfohlen habe. Ich zitterte wie Espenlaub und brachte kaum ein Wort heraus. Dann fragte er nach Fremdsprachen. Als ich auch hier keine Antwort geben konnte, nahm er meinen Lebenslauf und blätterte darin. Was ich

gelernt habe, welche Noten ich in der Schule hatte, wollte er wissen. Wahrheitsgemäß stotterte ich ein paar Dinge, während er weiter in meinen Papieren und dem Fragebogen blätterte, der ausgefüllt vor ihm lag. Wieso meine Mutter Esmeralda heiße, wollte er wissen. Meine Mutter war in Spanien geboren und ist als Kind mit ihren Eltern nach Deutschland gekommen. Ob ich Spanisch könnte, wollte er wissen. Meine Mutter hat mit mir immer spanisch gesprochen. Wieso ich das nicht bei den Fremdsprachen angegeben habe schnauzte er mich an. Ich hatte das nicht als Fremdsprache eingestuft, denn ich hatte nie mit einem anderen Menschen außer meiner Mutter spanisch gesprochen. Mein Vater, als Deutscher, war immer der Meinung, ich solle deutsch sprechen. Herr Steden wurde ruhiger. Ich solle mir nicht alles aus der Nase ziehen lassen. Man brauche Leute mit solchen Fähigkeiten. Dann stand er auf und forderte mich auf zu warten, verließ das Zimmer und kam nach ein paar Minuten wieder mit einem weiteren Herrn herein, der mich gleich auf Spanisch begrüßte. Ich konnte flüssig antworten. Er stellte sich als Peter Machnow vor, ich könne aber Pedro zu ihm sagen. Wir sprachen eine Weile auf Spanisch miteinander, Herr Steden stand mit offenem Mund da. Nach ein paar Minuten Unterhaltung bat mich Pedro, am nächsten Tag wiederzukommen. Ich bekam einen Passierschein. Ulla meinte später, wenn die mit mir nichts anfangen könnten, dann hätten sie mich nicht für den nächsten Tag eingeladen.

Als ich am nächsten Tag wieder dort war, saßen drei Herren und Pedro an einem langen Tisch. Unser gesamtes Gespräch wurde in spanischer Sprache geführt. Zwar kannte ich einige Worte nicht, aber ich habe mich gut geschlagen.

Man fragte mich nach meinen Familienverhältnissen, ob ich verschwiegen sei, ob ich bereit sei, dazuzulernen und viele andere Dinge. Dann kam die Frage, ob ich mir vorstellen könne, auch eine Zeitlang im Ausland eine Tätigkeit aufzunehmen. Ich war sehr überrascht und sagte, dass ich darüber nachdenken müsse, schließlich habe ich ein Kind, um das ich mich kümmern müsse und ob es eine Arbeit sei, die das berücksichtige.

Die Herren sahen sich an, tuschelten leise. Dann musste ich auf dem Flur warten. Als ich wieder hereingerufen wurde, bot man mir an, mich als Auslandskorrespondentin für spanischsprachige Länder auszubilden. Das dauere etwa ein halbes Jahr. Dann könne ich im staatlichen Im- und Export arbeiten. Ob ich eine Betreuung für mein Kind habe. Da ich für den Jungen niemanden hatte, heute kümmerte sich meine Freundin Ulla um ihn, beruhigte man mich, es würde für alles gesorgt. Es müsse schnell gehen, der Aufbau Deutschlands habe allerhöchsten Stellenwert. Damals ahnte ich noch nicht, was alles auf mich zukommen würde.

Ich malte mir die Zukunft rosig aus. Freudig sagte ich zu, denn nach all den Demütigungen auf dem Gutshof und den einfachen Arbeiten dort war ich froh, endlich wieder etwas Sinnvolles zu tun. Nach dem plötzlichen Unfalltod meiner Eltern und der Schließung des Geschäftes meines Vaters war ich plötzlich vom Wohlstand in die Armut gefallen. Jetzt war die Möglichkeit etwas zu leisten, und meinem Kind eine Zukunft zu geben. Am nächsten Tag schon sollte ich zu einer Adresse in Dahlem kommen und meinen Jungen mitbringen, man kümmere sich um alles. Ich konnte es kaum glauben.

Am Morgen stand ich mit Kinderwagen vor einer pom-

pösen Villa, traute mich kaum, den Klingelknopf zu drücken. Mir öffnete eine hagere Frau Schneider mit Hornbrille, stramm zurückgekämmter Frisur und Haarknoten. Nach einem kurzen Wink erschien eine in Krankenschwesterntracht gekleidete Frau, die mir half, den Kinderwagen hineinzubringen. Sie nahm dann sofort den Jungen auf den Arm. Ohne zu fragen, verschwand sie mit ihm hinter einer der vielen geschnitzten Türen. Frau Schneider wies mich mit knappen Worten an, meinen Mantel aufzuhängen und ihr zu folgen. In der ersten Etage traten wir durch eine Doppeltür in einen herrschaftlichen Raum, der mit Tischen und Stühlen wie in einer Schulklasse ausgestattet war. Drei Tische waren von Frauen in meinem Alter besetzt, Frau Schneider setzte sich vor uns an ein Pult und verkündete in knappem Ton …

Wieder offenbart sich auf einer Doppelseite ein Puzzleteil in der Lebensgeschichte der unbekannten Frau. Doch eigentlich ist sie mir nicht mehr unbekannt, denn mit dem Manuskript enthüllt sie wichtige Ereignisse aus ihrem Leben.

… ahnte ich nicht, als wir landeten. Sofort wurden wir in eine separate Baracke geführt und mussten dort einige Stunden warten. Wie rätselten darüber, wo wir waren und wie es weitergehen würde. Unablässig landeten Ju 52-Flugzeuge und wurden entladen. Was die großen Kisten enthielten, darüber konnten wir nur spekulieren. Am Nachmittag kamen zwei Autos angefahren, in die wir einsteigen mussten. Nach einigen Stunden Fahrt, die teils über Straßen, auf denen Militärkonvois rollten, teils über Feldwege gingen, kamen wir

an einem Gutshof an, dessen Herrenhaus sich imposant von den Stall- und Wirtschaftsgebäuden abhob. Wir bekamen verstaubte Zimmer zugewiesen, deren plüschige Vorhänge schon bessere Zeiten gesehen hatten. Auf einer Waschkommode standen Waschschüssel und Wasserkrug. Mein kleines Köfferchen war schnell ausgepackt. Ich wollte mich gerade auf das Bett legen und nach der langen Reise etwas ausruhen, als es klopfte. Eine streng aussehende Spanierin bat mich, in einer Viertelstunde in den Salon zu kommen. Als wir dort alle versammelt waren, hielt unser Vorgesetzter Max Behrend eine kurze Ansprache und erklärte, dass wir unseren vorläufigen Einsatzort erreicht hätten. Er öffnete einen braunen, versiegelten Umschlag und zog einige Papiere hervor. Unsere Aufgabe sei es, so der Inhalt der Unterlagen, die Wirtschaftsbeziehungen zwischen Spanien und Deutschland zu verbessern und auszubauen und die Wege für einen geordneten Warenaustausch zu ebnen. In dieser Eigenschaft seien wir Angestellte der HISMA, der Sociedad Hispano-Marroquí de Transportes, und hätten unsere Arbeit unverzüglich aufzunehmen. Der Umschlag enthielt noch einen weiteren Umschlag für Max, den er zunächst einsteckte. Wie er uns erläuterte, sollten Rohstoffe in das Deutsche Reich exportiert werden. Einige Stunden nach uns wurden die Kisten und Koffer mit Büromaterial und persönlichen Dingen angeliefert. Ich musste Max helfen, die Vollständigkeit der Packstücke und unserer Koffer auf Listen abzuhaken. Wie er mir erklärte, durfte nichts in falsche Hände gelangen. Warum alles über eine spanisch-marokkanische Firma abgewickelt wurde, war uns in diesem Moment noch nicht klar. Erst später, mit Kriegsbeginn 1939, waren wir sicher, dass es schon *zu den Kriegsvorbereitungen gehörte. Deutschland ließ sich die Waffenlieferungen an General Franco mit Rohstoffen wie Eisen, Kupfer, Wolfram, Zinn und Zink, die in spanischen Gruben reichlich gefördert wurden, bezahlen. Wir waren eine Tarnfirma, die mit der Legion Condor ins Land gekommen war. So begannen wir am nächsten Tag unsere Arbeit, zunächst mit Einrichtung unserer Büros, die in den Salons eingerichtet wurden. Es dauerte einige Tage, bis Leitungen für das Telefon angeschlossen waren.*

Legion Condor. Den Namen habe ich vor langer Zeit schon einmal gehört. Ich krame ganz tief in meinen Erinnerungen, aber es will mir nicht gelingen, den Nebel aufzulösen. Es fällt mir nicht ein. War es ein Reisebericht aus dem Fernsehen, der sich mit den majestätischen Raubvögeln der Anden beschäftigte? Doch mein Gefühl sagt mir, dass es etwas anderes, Persönlicheres ist. War es in meiner Kindheit? Doch wie sollte meine Kindheit mit dieser Truppe in Verbindung stehen? Gedanken wälzend starre ich auf das Papier, dann lese ich weiter.

Vor unserem Quartier patrouillierten einige zivil gekleidete Herren, die ihrerseits wieder von Soldaten der spanischen Franco-Armee überwacht wurden, die sich in einigem Abstand zum Haus verschanzt hatten. Jeder unserer Schritte stand unter Beobachtung. Mein Aktionsradius war auf wenige Meter vor dem Haus beschränkt. Sobald ich mich etwas zu weit entfernte, hoben die Soldaten die Köpfe, und unsere zivilen Bewacher, die nahe am Haus standen, ließen einen scharfen Pfiff ertönen.

Es mangelte uns an nichts. Auch, wenn sich einige erst an die spanische Küche gewöhnen mussten, wurden wir gut versorgt. Wir bekamen sogar Brandy und Zigaretten, doch Max achtete sorgfältig darauf, dass wir nur zum Essen etwas Rotwein bekamen. Den Brandy hielt er unter Verschluss. Auch Max stand unter Beobachtung durch einen verschlossenen Herrn Rastenberg, wahrscheinlich auch das ein Deckname. Herr Rastenberg beobachtete nicht nur ihn, sondern uns alle. Max hatte offensichtlich die Order, sich ihm zu fügen. Wir gingen davon aus, dass er von der Partei war. Darum waren wir, wenn wir uns privat unterhielten, vorsichtig, wenn er in der Nähe war.

Nach zwei Tagen waren wir einsatzbereit und unsere Arbeit begann. Transporte mussten geplant, Güterzugladungen von den Minen zu den Häfen und weiter nach Deutschland organisiert werden. Geheime Ladungen, als Ersatzteile deklariert, die über Marokko nach Spanien eingeflogen, wurden mehrfach an andere Bestimmungsorte umgeleitet. Nach zwei Wochen, als wir langsam Routine in unsere Arbeit gebracht hatten, wurden wir kurz nach Mitternacht geweckt. Man wies uns an, sofort unsere Sachen zusammenzupacken und die Büros zu räumen. Gut, dass die Kisten noch da waren. Schon im Morgengrauen wurde alles wieder auf LKWs verladen und wir mit Autos abgeholt. Als die Sonne aufging, fuhren wir völlig übermüded auf der Landstraße zu einem neuen Bestimmungsort. Diese Odyssee wiederholte sich noch einige Male. In den nächsten zwei Jahren waren wir manchmal monatelang, manchmal auch nur wenige Wochen an einem Ort, dessen Namen wir nicht einmal kannten. Das ging so bis 1939 im April, mit …

Ich sehe zu Monika hinüber, die offensichtlich auch eine Manuskriptseite beendet hat und ins Leere starrt. Dann bemerkt sie meinen Blick. Sie stellt mir die Fragen, die ich mir selbst schon mehrfach gestellt habe. Auch der Versuch, die Geschichte wegen fehlender Seitenzahlen in eine chronologische Reihenfolge zu bringen, ist mir bisher nicht gelungen. Das ist aber auch hier auf dem Jakobsweg nur schwer möglich. Inzwischen vermute ich, dass das Manuskript nicht vollständig ist und etliche Blätter wohl verloren gegangen sind. Über unsere Diskussion ist es dunkel geworden. Ich stehe auf und ziehe meine Stirnlampe aus dem Rucksack. Die gedrungenen Kirchenfenster werden von einem schwach flackernden Licht aus dem Inneren beleuchtet. Noch einmal betreten wir die Kirche durch das quietschende Portal. Links neben dem Altar hängt eine golden schimmernde Ampel mit rötlichen Scheiben, in der die ewige Lampe brennt, die wir vorhin nicht bemerkt haben. Mich fröstelt, doch wir setzen uns in die vorderste Kirchenbank. Monika wispert leise ein Gebet und bekreuzigt sich. Ich sitze still neben ihr. Auf dem Jakobsweg habe ich diese stillen Momente, die uns in der hektischen Alltagswelt fehlen, schätzen gelernt. Monika fasst meine Hand und lehnt sich an mich. Ich lege den Arm um ihre Schulter. Schweigend verharren wir im schummrigen Dämmerlicht der ewigen Lampe. Monika merkt, wie ich in der Kirche friere. Sie befreit sich aus meinem Arm und wir stehen auf, um wieder nach draußen zu gehen.

Als wir vor die Tür treten, raschelt etwas zwischen den Bäumen. Ich greife nach meiner Stirnlampe, die ich noch in der Hosentasche trage und leuchte in die Richtung, aus der das Geräusch kam. Zwei Lichtpunkte reflektieren den Lichtstrahl. Die Augen eines Fuchses? Einer Katze? Dann raschelt es wieder und die Augen sind fort.

Wir gehen durch die Finsternis zu unserem kleinen Unterstand. Nach kurzem Zähneputzen kuscheln wir uns in die Schlafsäcke. Im Schein unserer Stirnlampen lesen wir noch eine Weile in den Manuskriptblättern.

… lernte mit großer Begeisterung. Endlich wurde ich ernstgenommen. Meine Mitschüler waren nette Menschen. Frau Schneider war eine unnachgiebige Direktorin, streng und emotionslos, bei der wir aber nur wenige Unterrichtsstunden Steno hatten. Alle anderen Lehrer und Lehrerinnen behandelten uns wie Erwachsene. Auch wenn es ständig ›Heil Hitler‹ hieß, habe ich viel gelernt, nahm das gerne für gute Bezahlung und die Versorgung meines Kindes während des Unterrichts in Kauf. Vor der Villa wehte seit ein paar Wochen die Hakenkreuzfahne. Natürlich spekulierten wir alle, wo wir ›für Deutschland und den Führer‹ zum Einsatz kommen sollten, wie uns immer gesagt wurde. Jede Nachfrage wurde ausweichend beantwortet. Inzwischen hatte ich die anderen Schüler und Schülerinnen näher kennengelernt und bemerkt, dass es uns allen ähnlich ging. Wir wussten nicht, wie wichtig unsere Funktionen sein würden. Der Unterricht war für alle gleich, nur die Sprachkurse waren unterschiedlich. Einmal waren zwei Herren in Zivil und ein Offizier bei uns, die uns in Einzelgesprächen nochmals unsere persönlichen Beweggründe hinterfragten. Doch ich verstand nichts von Politik.

Was später kam, war für mich unvorstellbar. Nach fünf Monaten kamen der Offizier und die Herren wieder und tra-

ten mit Frau Schneider vor die Klasse. Drei Namen wurden aufgerufen, auch meiner. Wir wurden aus dem Klassenzimmer geführt. Ein kalter Schauer lief mir über den Rücken. War man mit mir unzufrieden? Hatte ich etwas falsch gemacht? Voller Angst musste ich in einem separaten Zimmer warten. Dann standen sie vor mir, erklärten mir, dass ich in ein paar Tagen abreisen würde. Über meinen Zielort könne man mir jetzt noch keine Angaben machen, es sei von höchster Bedeutung für Deutschland und ich hätte meinen Eid zu leisten, strengstes Stillschweigen darüber zu bewahren. Meine Frage, ob ich mein Kind mitnehmen könne, wurde nur knapp geantwortet, es sei für alles gesorgt, mein Kind stehe jetzt in der Obhut des Deutschen Reiches. Ich wusste nicht, was das bedeutete, doch diese Worte werde ich nie vergessen. Weitere Fragen wurden nicht beantwortet. Voller Angst ging ich mit meinem kleinen Paul nach Hause. Worauf sollte ich mich vorbereiten?

Als ich am nächsten Tag in die Villa kam, stand schon ein Auto bereit, das mich in einen Stadtteil fuhr, in dem ich noch nie gewesen war. In einem düsteren Gebäude bekam ich Kleidung und einen Koffer. Für mich wurde eine Kiste mit Büromaterialien und einer Schreibmaschine, Lexika und weitere Utensilien gepackt. Die Menschen, die mit mir sprachen, waren sehr sachlich und wirkten wie Maschinen, die ihre Arbeit verrichteten. Es gab keine persönlichen Äußerungen. Ich musste einige Papiere unterschreiben, hatte keine Zeit, sie vorher durchzulesen. Dann leistete ich einen Eid auf Führer und Vaterland, der mich zu absolutem Stillschweigen verpflichtete. Mein Koffer und die Kiste wurden beschriftet und weggeschafft. Dann wurde ich wieder in die Villa gefahren *und durfte mit Paul nach Hause, mit der Auflage, mich am nächsten Morgen wieder einzufinden.*

Als ich am nächsten Morgen eintraf, stand vor der Tür ein Bus. Kinderschwester Klara, die sehr liebevoll mit Paul umging, übernahm ihn, wie jeden Morgen. Ich wurde sofort mit den beiden anderen Mitschülern zu Frau Schneider geführt, die uns noch einmal über die Bedeutung unseres Auftrages instruierte. Da wir noch immer nicht wussten, was auf uns zukam, hatten wir Fragen, die aber ausweichend beantwortet wurden. Dann sollten wir mit dem Bus zu unserem Einsatz gefahren werden. Frau Schneider nahm mich beiseite. Sie forderte von mir, mich von meinem Sohn zu verabschieden. In einer Viertelstunde ginge es los. Panisch machte ich ihr Vorhaltungen, man habe gesagt, es sei dafür gesorgt, dass ich ihn mitnehmen könne. Das sei so nicht gesagt worden. Man sorge für mein Kind, es würde ihm an nichts fehlen und jetzt dränge die Zeit, der Bus könne nicht warten. Tränenüberströmt ging ich in den Raum, in dem mein kleiner Paul mit der Kinderschwester saß und schloss ihn in die Arme. Paul freute sich und lachte. Er hatte einen starken Bewegungsdrang und würde bald anfangen zu laufen. Schwester Klara meinte, ich sollte mich auf einen längeren Aufenthalt einrichten. Verzweifelt nahm ich das kleine Kettchen mit dem Anhänger meiner Mutter, das ich immer um den Hals trug, ab und legte es Paul um. Draußen hupte der Bus, Frau Schneider stürmte herein, wies mich barsch an, endlich zu kommen und einzusteigen. Klara flüsterte mir zu, sie würde mir versuchen, Nachrichten zukommen zu lassen, wie es Paul gehe. Damals ahnte ich nicht, dass ich Paul nie wiedersehen sollte. Blind vor Tränen saß ich mit den beiden ande-

ren und einem Offizier im Bus. Während der Fahrt erhielten wir jeweils einen braunen Umschlag in dem ein Reisepass, ein Lebenslauf, und fremdländische Geldscheine steckten. Der Reisepass hatte mein Foto, war aber auf den Namen Regina Klatt ausgestellt. Der mitfahrende Offizier wies uns an, den Lebenslauf auswendig zu lernen. Dann mussten wir unsere bisherigen Papiere und Schmuck in große Umschläge stecken, unseren Namen darauf schreiben und abgeben.

Auf dem Tempelhofer Feld stand ein Ju 52 Flugzeug bereit. Der Bus fuhr bis heran und wir stiegen sofort ein. Einige weitere Personen saßen schon drin. Ich startete mit sehr gemischten Gefühlen zum ersten Flug meines Lebens. Nach etwa zwei Stunden – meine Armbanduhr hatte ich abgeben müssen – landete das Flugzeug auf einem …

Wechselweise gähnen wir, es ist spät geworden. Doch an Schlaf ist nicht zu denken. Wir sprechen noch lange über das Gelesene. Monika ist von den Schilderungen sehr berührt. Immer wieder kreist das Gespräche um die Verfasserin des geheimnisvollen Manuskriptes, warum es im Straßengraben lag und was letztendlich damit geschehen soll. Darüber können wir nur spekulieren und haben keine Antworten. Irgendwann wird unser Gespräch ruhiger und bald höre ich gleichmäßige Atemzüge. Monika ist eingeschlafen. Ich höre noch eine Weile dem Wind in den Bäumen zu.

Steil geht es bergauf. Meine Beine sind wie Blei, so sehr ich mich auch bemühe, ich kann mich nur im Zeitlupentempo bewegen, komme aber nicht voran. Alle Anstrengungen sind vergeblich. Jetzt rollen auch noch Steine über meine Füße. Ich will schneller laufen, aber meine Beine gehorchen mir nicht. Die Waden schmerzen unter der Anstrengung. Meine Schritte kann ich nur mit Mühe wie durch zähen Morast voreinander setzen. Wieder ist etwas an meinen Füßen. - Langsam gleite ich aus meinem Traum hinaus und merke eine Bewegung am Fußende meines Schlafsacks. Ich schrecke hoch und sehe ein schwarzes Gewand. Jemand hat mit seinem Fuß an meinen Schlafsack gestoßen. Ich bin noch etwas durcheinander, setze mich im Schlafsack auf.

Es ist bereits hell. Durch die aufgespannte Plane kann ich den Kopf der Person mit dem schwarzen Gewand nicht sehen. Doch jetzt beugt sie sich hinunter und ich sehe in ein glattes Gesicht mit fast kahlem Kopf, das kritisch zu uns herunterschaut. Schnell bin ich aus dem Schlafsack, dabei rüttele ich Monika wach. Soweit ich das aufgeregte Gestikulieren des Mönchs, wahrscheinlich aus dem nahen Kloster, deute, gibt er uns zunächst auf Spanisch, dann auf Französisch zu verstehen, dass hier kein Campingplatz ist. Ich biete den Morgengruß und stelle mich vor. Er merkt, dass ich die beiden Sprachen nicht beherrsche, dreht sich um und geht mit einem Korb, den er bei sich trägt, auf das Portal der Kapelle zu. Monika ist noch dabei, sich aus dem Schlafsack zu schälen. Im Laufe meiner Reise habe ich einige Sätze Spanisch auswendig gelernt. Ich radebreche, wir seien Pilger auf dem Jakobsweg und ob es hier eine Morgenmesse gäbe. Er bleibt, mit der Klinke in der Hand, an der Tür stehen und wirft mir einen langen, kritischen Blick zu. Monika steht hilflos neben mir. Dann hellt sich die Miene des Paters auf und er hebt die Hand und streckt alle fünf Finger aus, was wohl bedeutet, dass es in fünf Minuten losgehe. Dann ist er in der Kirche verschwunden. Wir schauen uns an, nicken in stillem Einverständnis, richten schnell Kleidung und Haare, schütteln noch kurz die Schlafsäcke auf und betreten die Kirche. Der Mönch ist gerade dabei, frische Blumen in der Vase auf dem Altar zu arrangieren. Er nimmt keine Notiz von uns und fährt fort, aus einer Flasche Wasser in die Vase zu gießen. Dann zieht er aus seinem Korb eine weitere Flasche, geht damit an die Wand zu einer dort befestigten dünnen Kette und lässt die Ampel mit der ewigen Lampe herunter. Mit einem kleinen Trichter füllt er Lampenöl in den Tank, schraubt ihn wieder zu und zieht die Lampe hoch.

Als er alles im Korb verstaut hat, streicht er seinen Talar über Brust und Bauch glatt, verneigt sich vor dem Altar und schlägt das Kreuz. Er dreht sich zu uns, bittet uns vor den Altar und lässt uns nebeneinander niederknien. Dann legt er uns seine Hände auf den Kopf. Langsam spricht er spanische Worte, von denen ich vermute, dass es sich um den Pilgersegen handelt, nimmt dann die Hände von unseren Köpfen und schlägt bei den Worten ›In nomine Patris, et Filii, et Spiritus Sancti. Amen‹ gefühlsbetont das Kreuz über uns. Dann macht er ein Zeichen, wir können uns erheben. Stumm wendet er sich wieder seinem Korb zu. Wir sind entlassen. Erstaunt schauen wir uns an, erheben uns und verlassen die Kirche. Als wir draußen sind, fragt Monika »Hat der uns jetzt getraut?«. Lachend prusten wir los. Es hat sich beinahe so angefühlt.

Immer wieder müssen wir das Abbauen und Zusammenpacken unseres Nachtlagers vor Lachen unterbrechen. Wir malen uns aus, welche Auswirkungen dieses Missverständnis mit einer tatsächlichen Trauung mit amtlicher Wirkung gehabt hätte. Als der Pater aus der Kapelle tritt, winken wir mit ernstem Gesicht und rufen noch einen Dank hinüber. Mit dem Korb über dem Arm und einem *Buen Camino* verschwindet er zwischen den Bäumen. Pilgern ist eine ernste Angelegenheit, aber Lachen ist nicht verboten. Wieder spüre ich die kleine Pilgermuschel auf meiner Brust und denke an José und seinen Ratschlag.

›Der Weg macht etwas mit dir. Lass dich auf den Weg ein, nimm an, was er dir vermittelt.‹

Als wir den neben der Straße verlaufenden Pilgerweg erreichen, sind schon weitere Pilger unterwegs. Im Sichtabstand sehen wir Paare, Gruppen und einzelne Wanderer. Immer wieder erstaunt es mich, wie viele Nationen die hier wandernden Menschen repräsentieren. Schnell kommen wir mit einer Frau und zwei Männern ins Gespräch, spanische Pilger, mit denen wir uns auf Englisch unterhalten. Wir erzählen unsere Erlebnisse, insbesondere den Pilgersegen am frühen Morgen und freuen uns auf ein gemeinsames Frühstück. An einem Pilgerdenkmal mit Wasserstelle in einem kleinen Ort füllen wir unsere Wasserflaschen. Noch einige kleine Serpentinen und wir sind wieder auf einer Anhöhe von der wir die ersten Häuser der nächsten Stadt sehen, in der wir Rast einlegen wollen. Entlang der Hauptstraße wandern wir ins Zentrum. Wir ignorieren ein Schild, das uns zu einem historischen Pilgergefängnis locken will. Scherze über Gefängnisstrafen für nicht vollzogene Pilgerehen drängen sich auf.

Wir finden ein Café und besetzen den letzten freien Tisch. Andere Pilger haben bereits die übrigen belegt und ihre Rucksäcke zu eindrucksvollen Stapeln zusammengestellt. Wir verfahren ebenso. Unsere spanischen Begleiter bestellen für uns mit. Das Frühstück in einer Pilgerherberge, wenn es denn eins gibt, ist eher frugal. Eine Tasse Kaffee, ein Marmeladenbrot oder etwas Müsli. Darum nehmen Pilger gerne die Gelegenheiten zur Nahrungsaufnahme in Cafés am Weg wahr. Schon bald stehen üppig gefüllte Frühstücksteller mit Rührei und Schinken sowie weitere Leckereien vor uns. Auf dem Jakobsweg weiß man um den Kalorienbedarf der Pilger. Am Nebentisch sitzt ein koreanisches Paar zusammen mit anderen Pilgern. Er nimmt seine Gitarre und singt ein sehr stimmungsvolles Lied. Wir hören, dass die beiden auf ihrer Hochzeitsreise sind. Unsere spanischen Mitpilger erzählen daraufhin unser morgendliches Erlebnis mit dem Pilgersegen, der sich wie eine Trauung anfühlte. Wir haben reichlich Spötter und Gratulanten um uns. Monika und ich haben hinreichend Humor und können mitlachen.

Nach dem ausgiebigen Frühstück durchqueren wir die Stadt und sind bald auf dem Pilgerweg mit den gelben Pfeilen, die uns den Weg weisen. Der führt auch hier parallel zur Straße. In regelmäßigen Abständen stehen Wegsteine mit Pilgermuschel samt Kilometerangaben bis Santiago. Mit Monika habe ich nicht darüber gesprochen, aber wir wandern wie selbstverständlich weiter gemeinsam, so, als ob wir den Jakobsweg gemeinsam begonnen hätten. Der Takt unserer Schritte passt gut zusammen, sie trägt ihren schweren Rucksack ohne Mühen.

Die drei Spanier, die uns weiter begleiten, plappern pausenlos und oftmals gleichzeitig. Ich verstehe, da sie anscheinend für den Weltrekord im Schnellsprechen üben, nicht einmal Bruchstücke. Zwischendurch haben wir aber Gelegenheit, Englisch mit ihnen zu sprechen. Da ist ihr Sprechtempo deutlich reduziert. Sie kommen aus Barcelona und sind stolz darauf, Katalanen zu sein. Maria Dolores, so heißt die mitlaufende Pilgerin, hat ein Krebsleiden überstanden und gelobt, nach der Genesung nach Santiago zu pilgern. Ihr Mann Lorenzo und ihr Bruder Federico begleiten sie. Wie Monika und ich auch sind sie an der französisch-spanischen Grenze gestartet, sind aber, da Maria Dolores noch nicht so belastbar ist, am Anfang etwas langsamer gegangen. Doch mit dem täglichen Lauftraining hat sich bei ihr eine Steigerung der Kondition eingestellt. Allerdings trägt sie auch nur einen kleinen Rucksack, die Caballeros haben ihr einen Teil des Gewichtes abgenommen. Monika und Maria Dolores laufen nach einer Weile hinter uns – Frauengespräche.

Wir wandern durch Wälder und Dörfer. In einem größeren Ort bleiben unsere Spanier vor einem Restaurant mit dem Schild ›Pulperia‹ stehen. Sie diskutieren heftig, dann wendet sich Lorenzo an uns mit der Bitte, sie zu begleiten und die Spezialität der Region zu probieren. Hier gibt es Pulpo, Krake. Monika und ich sehen uns kurz an, denn wir haben beide noch nie diesen etwas unheimlich wirkenden Kopffüßler mit seinen acht saufnapfbehafteten Armen gegessen. Wir stimmen zu, gehen hinein und nehmen an einer langen, rustikalen Tafel Platz. Das Restaurant ist gut besucht und es geht laut zu. Lorenzo bestellt für uns alle. Kurz danach stehen mit Rotwein gefüllte Keramikbecher vor uns. Unsere Spanier reiben sich erwartungsvoll die Hände. Nach spannungsvoller Wartezeit – Monika und ich haben an den Nebentischen bereits misstrauisch die vollen Teller taxiert – stehen Holzteller gehäuft mit gekochten und in Ringe geschnittenen Krakenarmen vor uns. Gerne habe ich auf Reisen die Köstlichkeiten der regionalen Küche kennengelernt. Doch dieser Berg mit Saugnäpfen sieht nicht besonders appetitlich aus. Ich schiele zu Monika, die ebenso meinen Blick sucht und zunächst zu einem Stück Brot aus dem Brotkorb greift. Etwas zögerlich greife ich zur Gabel und probiere vorsichtig ein erstes Stück, was mich Überwindung kostet. Doch auch wenn der erste Biss noch etwas Gummiartiges hat, so merke ich bald, wie köstlich es schmeckt, esse nun zügig und genussvoll. Unsere spanischen Pilgerfreunde amüsieren sich über unsere verhaltene Reaktion, Lorenzo prostet uns mit seinem Becher zu. Auch Monika hat inzwischen ihren Widerstand aufgegeben und kaut tapfer an den Ringen. Es schmeckt wirklich delikat und bald kommt mir der Anblick der ›racion‹, wie der Spanier eine Portion nennt, nicht mehr so negativ vor. Schon bald bleibt auf den Tellern nur noch der Saft übrig und wir wischen uns die Münder. Lorenzo ist glücklich, dass es uns geschmeckt hat.

Wir prosten uns ein letztes Mal zu, doch als ich bezahlen will, hat Lorenzo schon die komplette Rechnung übernommen. In Spanien ist man gastfreundlich. Es ist uns etwas peinlich, denn das haben wir nicht erwartet und bedanken uns überschwänglich. Als wir das Lokal verlassen, entdecke ich neben der Kasse eine Kühltruhe mit verschiedenen Eissorten. Ich lade alle ein, sich als Nachtisch ein Eis auszusuchen. Beschwingt vom Rotwein und eisschleckend setzen wir unseren Weg fort. Da heute die Temperatur erträglich ist, vertrage ich den Rotwein in der Mittagszeit ohne Nachwirkungen.

Lorenzo spricht gutes Englisch. Darum kann ich mich mit ihm ausgezeichnet verständigen. Als ich ihm vom Fund des Zuckersacks und dem rätselhaften Manuskript erzähle, hört er aufmerksam zu. Wie sich herausstellt, ist Lorenzo Professor für Philosophie und Geschichte an der Universität von Barcelona. Meine Schilderung elektrisiert ihn, weil er aus der Zusammenfassung entnimmt, dass der Inhalt in die Zeit des spanischen Bürgerkriegs fällt, ein Thema, das in Spanien noch längst nicht in allen Einzelheiten aufgearbeitet ist. Lorenzo ist brennend daran interessiert, das Manuskript zu lesen. Da das Manuskript in deutscher Sprache abgefasst ist, muss er sich gedulden und nach einer Übersetzungsmöglichkeit suchen. Meine Geschichtskenntnis über den spanischen Bürgerkrieg ist bruchstückhaft. Als Historiker hat Lorenzo ein hohes Interesse an der Aufarbeitung dieser Epoche. Außerdem beleben Berichte von Zeitzeugen seine Seminare und Vorlesungen. Er bittet mich, ihm eine Kopie der Seiten zu überlassen. So vergeht der Nachmittag wie im Flug.

Die Tafel ›Albergue S. Jacobo‹ an einem behaglich wirkenden Haus lädt zum Übernachten ein. Wir beschließen, hier nach Quartier zu fragen. Dazu schicken wir, schon wegen der Sprachkenntnisse, Maria Dolores vor, um die Herberge zu inspizieren. Kurz darauf steht sie wieder in der Tür und winkt uns herein. Ein kleines Zimmer, zugestellt mit vier Stockwerkbetten, haben wir diese Nacht für uns. Die überzähligen Schlafplätze belegen wir mit Rucksäcken. Ich freue mich über die Dusche, auf die ich gestern verzichten musste.

Unsere Wäsche hängt zum Trocknen an dem im rückwärtigen Garten bereitstehenden Wäscheständer. Mit frischer Kleidung, an den Füßen die Flip-Flops und ohne Rucksack sieht das Leben gleich anders aus. Bei einem Bier auf der Gartenbank bittet mich Lorenzo, ihm das Manuskript zu zeigen. Ich gehe zurück ins Zimmer, wo die Damen eben ihre Schönheitspflege beendet haben, nehme den inzwischen arg strapazierten Zuckersack und gehe wieder hinunter in den Garten. Gebannt schaut Lorenzo auf die Manuskriptseiten. Dann nimmt er den Stapel Papier und lässt die Seiten an seinem Daumen entlangrauschen, staunt über die Menge der Blätter, die saubere, regelmäßige Schrift, blättert, weist auf einzelne Worte, die ihm auffallen. Er stellt Fragen, die mir bisher alle, denen ich von dem Manuskript erzählte, gestellt haben, die ich nur mit persönlichen Spekulationen beantworten kann. Ich bin dankbar für das professionelle Interesse von Lorenzo.

Die Alberguera läutet die Glocke, die neben dem Eingang zum Aufenthaltsraum hängt, der auch gleichzeitig Speisesaal ist. Wir fünf und einige andere Pilger streben zum Essen. Monika hat sich inzwischen mit Maria Dolores angefreundet und sie sitzen beim Essen nebeneinander. Frederico ist ein stiller Zeitgenosse, beteiligt sich wenig an Gesprächen, hört aber aufmerksam zu. Das Pilgermenü oder *menú de peregrino* besteht aus einer Kohlsuppe mit weißen Bohnen, einem Steak mit Pommes frites und Salat, als Nachtisch gibt es das zweite Eis des Tages. Den Rest des halben Liters Rotwein, der pro Person zum Pilgermenü gehört, trinken wir im Garten und erzählen. Maria Dolores trinkt keinen Alkohol und Monika hält sich zurück. So teilen wir den Wein unter uns Männern auf. Hoffentlich haben die Damen heute Nacht nicht unter dem zu leiden, was mir die Pilgerherbergen mit ihren Schlafsälen so verleidet: dem Schnarchen.

Lorenzo wird nicht müde, mich über das Manuskript auszufragen. Fragen, die mit der Bürgerkriegsgeschichte Spaniens zusammenhängen, kann ich nicht beantworten, da ich das Manuskript noch nicht vollständig gelesen habe.

Am Morgen wache ich frisch und ausgeschlafen auf. Der Wein hat keine Nachwirkungen gezeigt, was für dessen Qualität spricht. Wir holen unsere trockenen Wäschestücke vom Wäschetrockner im Garten und rollen sie zu einem Tagespäckchen. So ist die Wäsche schon für den nächsten Tag vorbereitet. Nach kurzem Frühstück sind wir wieder auf dem Weg, den uns die gelben Pfeile nach Santiago weisen. In den Wochen zuvor habe ich an manchen Tagen nur eine Handvoll Pilger gesehen. Jetzt sind immer mehr auf dem Pilgerweg unterwegs. Darum beschließen wir, uns heute, entgegen meiner sonstigen Gewohnheit, telefonisch in einer Herberge anzumelden, damit wir einen sicheren Übernachtungsplatz haben. Das erweist sich als richtig, denn während wir laufen, versucht es Lorenzo telefonisch bei einigen Herbergen, die am Ende unserer geplanten Tagesetappe liegen. Doch die auf unserer Liste verzeichneten Herbergen sind alle bereits ausgebucht. Wir überlegen, uns als Gruppe wieder zu trennen, da Einzelpersonen und Paare eher die Chance haben, restliche Plätze zu bekommen. Doch dann hat Lorenzo nach etlichen Anrufen Glück. Zwar ist die Herberge nicht eine der klassischen Etappenziele und es sind einige Kilometer zusätzlich zu laufen, doch wir sind guten Mutes und ausgeruht. Allerdings hat die Sonne heute deutlich mehr Kraft. Es wird also eine schweißtreibende Tagesetappe.

Der Pilgerweg schlängelt sich neben der Straße durch die hügelige Landschaft. Immer wenn die Straße über eine

Brücke ein Tal überspannt, führt der Pilgerweg ins Tal hinab und auf der anderen Seite wieder hinauf, während die Straße den bequemeren Weg über die Brücke nimmt. Irgendwann gehen Monika und Frederico, ins Gespräch vertieft, einfach geradeaus über die Brücke, auf der die Straße aber keinen Seitenstreifen hat. Lorenzo und Maria Dolores schauen mich an. Im stillen Einverständnis nicken wir uns zu und folgen ihnen, zumal gerade wenig Verkehr ist. Das spart uns bei der Hitze den mühevollen Aufstieg auf der anderen Seite des Tals. Der Verkehr donnert an uns vorbei, einige Autofahrer hupen, da sie uns zur Brückenmitte ausweichen müssen, doch die Fahrbahn ist breit genug. Bei den nächsten Brückengängen schauen wir uns vorher um, ob auch kein Lastwagen hinter uns kommt, denn zwischen Leitplanke und LKW wäre nur wenig Platz. Ein LKW-Fahrer nimmt mit seinem tonnenschweren Gefährt auf Pilgerbefindlichkeiten wenig Rücksicht. Wir wollen alle Santiago gesund und auf eigenen Füßen erreichen. Je nach Brückenlänge müssen wir einen kleinen Spurt einlegen, um vor dem nächsten LKW auf der anderen Seite anzukommen. Dann merken wir, dass andere Pilger unsere Methode kopieren und sich für die weniger anstrengende, dafür aber durchaus gefährlichere Variante entscheiden.

Um nicht weiter mit schlechtem Beispiel voranzugehen, beschließen wir, nachdem wir mehrere Brücken erfolgreich überquert haben, nach einem Platz für unsere Mittagsrast Ausschau zu halten. In einem Dorf folgen wir den gelben Pfeilen durch verwinkelte Gassen. Nach einigen Kursänderungen stehen wir vor einer Bar, in der schon Pilger unter schattigem Weinlaub Platz genommen haben. Der letzte freie Tisch ist unserer. Im Pilgerratgeber, der für viele Lebenslagen der Jakobspilger ein hilfreiches Nachschlagewerk ist, finden wir keinen Hinweis auf die Bar und den Umweg des Camino durch das Dorf. Offensichtlich hat der geschäftstüchtige Wirt hier mit Pinsel und gelber Farbe nachgeholfen um den Jakobspilger, welches Wunder, zufällig an seiner Bar vorbeizuführen. Gottlob sind die angebotenen Sandwiches lecker, die Suppe nahrhaft und der Kaffee gut. Unsere Wasserflaschen werden hier gerne aufgefüllt, wie üblich zu solchen Gelegenheiten. Dank unseres Brückentricks sind wir gut vorangekommen und Lorenzo erkundigt sich, wie weit es noch bis zur reservierten Herberge ist. Der Barbesitzer rät uns dringend ab, in dieser Albergue zu übernachten. *Cucarachas* ist das Wort, das uns hellhörig werden lässt und das ich auch ohne Spanischkenntnisse verstehe.

Bisher bin ich auf meiner Wanderung in den Herbergen von Flöhen, Wanzen und Kakerlaken verschont geblieben. Solche Plagegeister tragen Pilger von einer Herberge zur nächsten und machen damit alle Bemühungen der Herbergsleute um Hygiene zunichte. Eine Albergue, die nicht über abwaschbare Matratzen, Einweglaken und reinliche Fußböden verfügt, beherbergt dann schnell einen Zoo, der nachts aktiv wird. Ruhe im Schlaf wird der Pilger dann kaum finden und erwacht am Morgen zerstochen und zerbissen. Als wir weitergehen, beratschlagen wir, was zu tun ist und beschließen, da sie nun mal am Weg liegt, die Herberge sorgfältig anzuschauen, bevor wir uns dort niederlassen. Sollten Zweifel bestehen, werden wir weitergehen. Wie zum Hohn meldet sich Mona telefonisch von einem Wellness-Nachmittag, wo sie nach Sauna und Massage auf einer

Sonnenliege sich meiner erinnert und hören will, wie es dem eifrigen Pilger geht.

Nach zwei weiteren Wegstunden stehen wir am Rande eines Dorfes vor einem heruntergekommenen Haus mit blinden Fenstern. An den verschiedenfarbigen Wänden blättert die Farbe, das Dach ist mit Wellblechtafeln provisorisch ausgebessert und das Unkraut steht hüfthoch im Garten. Unsere ›Albergue Santiago‹, wie ein handgemaltes Schild auf einer verquollenen Holzplatte, die einmal Teil eines Schrankes gewesen sein muss, ausweist, die Lorenzo für uns reserviert hat. Da wir alle davon ausgehen, dass sich das äußere Erscheinungsbild im Inneren fortsetzt, sind wir uns schnell darüber einig, unseren Weg fortzusetzen und mit ausreichend Abstand zu diesem Haus einen Plan B zu entwickeln. Ich habe nicht vor, mich an den letzten Tagen meiner Reise noch durch Flöhe oder Wanzen malträtieren zu lassen.

Auf der Landkarte finde ich in weniger als drei Kilometern einen Campingplatz. Ich mache den Vorschlag, dorthin zu laufen. Maria Dolores ist skeptisch. Sie hat noch nie im Freien übernachtet. Doch ihre Begleiter sind einverstanden. So marschieren wir los, Maria Dolores läuft wortlos und offensichtlich schlecht gelaunt mit. Monika hat im Laufe des Tages Zugang zu dem wortkargen Frederico gefunden. Da er weniger englisch spricht, verständigen sie sich mit der üblichen Pilgersprache, die aus Brocken verschiedener Sprachen, garniert mit allerlei Gesten besteht. Anscheinend ist das Gespräch vertraulich, da sie sich etwas von unserer Gruppe abgesetzt haben und sie Lorenzo oder Maria Dolores nicht als Übersetzer hinzuziehen.

Nach einer weiteren halben Stunde sehen wir am Wegesrand ein Schild mit dem Hinweis ›Camping‹, ergänzt durch die Pilgermuschel. Wir folgen dem Weg ein Stück den Hügel hinauf, an dessen Hang sich ein Wald anschließt. Widerwillig läuft Maria Dolores neben uns und zieht misstrauisch die Augenbrauen zusammen, was tiefe senkrechte Falten von ihrer Nasenwurzel bis weit in die Stirn bildet. Camping scheint ihre Sache nicht zu sein. Im Wald erreichen wir den Hügelkamm und es öffnet sich ein kleines Tal mit schattenspendenden Sträuchern eingefasste Parzellen für Zelte und Wohnwagen. Einige Holzhütten für die sanitären Anlagen, eine Grillhütte mit rustikalen Tischen und Bänken. Lorenzo verschwindet in einer der Holzhütten, die ein Schild als Rezeption ausweist. Maria Dolores murmelt spanisch vor sich hin, etwas abseits steht Frederico, eifrig mit Monika im Pilgersprech mit Händen diskutierend. Schnell erscheint Lorenzo wieder in der Tür und winkt uns hinein. Zwei Holzhütten mit jeweils vier Betten sind frei. Das ist besser, als wir, insbesondere Maria Dolores, erwartet haben. Da wir fünf Personen sind, entschließen wir uns, beide Hütten zu nehmen.

Ich schlage vor, Lorenzo und Maria Dolores eine der Hütten zu überlassen und Monika, Frederico und ich übernehmen die zweite Hütte. Doch bevor wir zusagen, wollen wir einen Blick hinein werfen, um keine unliebsamen Überraschungen zu erleben. Der stark hinkende Besitzer des Campingplatzes kommt mit einem Boxerhund hinter seinem Tresen hervor und schließt uns eine der Hütten auf. Wärme schlägt uns entgegen, doch die Luft riecht nicht muffig, sondern angenehm nach Holz. Er schiebt sofort die geschlossenen Vorhänge beiseite und öffnet die Fenster. Es sieht sauber und gemütlich aus. Die Matratzen und Kopfkissen sind schon mit Einweglaken aus papiernem Vliesstoff bezogen, alles macht einen sauberen und gepflegten Eindruck. Im Nachbarhaus befinden sich Duschen und Toiletten. Außer einer Lampe, einem Tisch und Stühlen, einem Regal mit Geschirr und Besteck, gibt es keinen weiteren Komfort. Zum Kochen ist die Grillhütte vorgesehen. Die Miene von Maria Dolores hat sich deutlich aufgehellt und ich bin sicher, dass nach einer ausgiebigen Dusche und einer Mahlzeit die Welt auch für sie wieder positiv aussieht. Gekühlte Getränke und einige Lebensmittel, vorwiegend aus der Dose, können wir an der Rezeption erstehen. Was braucht der Pilger mehr?

Als wir auf einem kleinen Gaskocher Wasser für eine Spaghettimahlzeit mit Thunfisch aus der Dose erhitzen, sehe ich, dass Frederico und Monika verstohlen Händchen halten. Wieder fällt mir José ein und ich taste nach dem Lederbändchen mit der kleinen Jakobsmuschel.

›Der Weg macht etwas mit dir. Lass dich auf den Weg ein, nimm an, was er dir vermittelt.‹

Nach dem Essen bittet mich Lorenzo, ihm noch einmal das Manuskript zu zeigen. Als ich aus der Hütte zurückkomme, um es auf dem Tisch auszubreiten, sind Frederico und Monika freiwillig zum Geschirrspülen verschwunden. Lorenzo, Maria Dolores und ich beschäftigen uns eingehend mit den Seiten, wobei ich viele deutsche Begriffe erklären, einzelne Begebenheiten zusammenfassend übersetzen muss. Das ist ziemlich anstrengend, nach etwa einer Stunde brauche ich eine Pause. Erst jetzt bemerken wir, dass Frederico und Monika immer noch nicht zurückgekehrt sind. Maria Dolores will aufstehen, um nach ihrem Bruder sehen, doch Lorenzo und ich halten sie augenzwinkernd davon ab. Sie ist entsetzt über ihren Bruder.

Der Abend ist schwülwarm. Am Himmel aufkommende dunkle Wolken beschleunigen die Dämmerung. Schon bald ziehen wir uns in unsere Hütten zurück. Monika und Frederico sind auch wieder aufgetaucht. Maria Dolores ist froh, mich in der Hütte der beiden Turteltauben zu wissen. Ich lache darüber, denn Frederico ist im besten Mannesalter und braucht sicher keine große Schwester mehr, die auf ihn aufpasst. Ich muss gerade eingeschlafen sein, da donnert es laut. Schlagartig sind wir wach. Regen rauscht, Blitze zucken. Das geht so mehr als eine Stunde, dann kehrt langsam Ruhe ein. Der Regen lässt nach, das gleichmäßige, monotone Tröpfeln vom Dach begleitet mich in den Schlaf.

Schon früh werde ich wach, stehe auf, öffne leise die Tür und spähe hinaus. Der Himmel ist grau; dicke, turmhohe Wolken ziehen langsam vorbei. Es hat sich durch den Regen deutlich abgekühlt. Unter dem Vordach der Hütte mache ich meine morgendlichen Lockerungsübungen und sauge begierig die frische Morgenluft ein. Auf der Bank unter dem Vordach sitzend genieße ich die Stille, bis irgendwann die Tür geöffnet wird und Monika, wie ich noch im Schlafdress, herauskommt. Sie setzt sich neben mich und will umständlich Erklärungen abgeben, wie sich das mit Frederico und ihr verhält. Doch ich mache deutlich, dass es ganz allein ihre Entscheidung ist und sie mir, nur weil wir seit drei Tagen zusammen den Camino laufen, keine Rechenschaft ablegen muss. Auch wenn sie mich mit Ihrer Gestalt an Mona erinnert, ist sie von Ihrem Wesen doch ganz anders. Für mich war es zunächst ein merkwürdiges Gefühl. Nachdem ich sie jetzt besser kenne, sehe ich nur noch manchmal Mona in ihr. Der Campingplatz erwacht langsam zum Leben. Nach einem ausgiebigen Frühstück präparieren wir uns für einen Wandertag im Regen.

XIII

Auf dem Camino leuchten die Pelerinen wie farbige Blütentupfer durch die regengraue Landschaft. Das Wasser rinnt in silbrigen Perlenketten von unserer Regenkleidung. Bis zu den Knien spritzen die Tropfen beim Laufen an unsere nackten Waden. Schwitzwasser bildet sich unter den Pelerinen und durchfeuchtet nach einigen Kilometern unsere Kleidung. Nur am Gesicht, das aus der Kapuze herausschaut, können wir uns unterscheiden. Wir sprechen wenig, unsere Wanderstöcke klappern auf dem geschotterten Weg, der durch eine Leitplanke von der Straße getrennt ist. Autos lassen große Fontänen aus den Pfützen am Straßenrand über die Leitplanke sprühen. Wenn wir hinter uns ein Auto kommen hören, weichen wir weit nach rechts auf den Weg aus. Mit ihren hohen Aufbauten spritzen LKWs schmutzige Gischtschleier in unsere Gesichter. Endlich biegt der Weg von der Straße ab und verläuft durch den Wald.

Der Regen hat aufgehört, die Vögel beginnen zu zwitschern, diffus erahnen wir den Sonnenball hinter hellgrauem Himmel. Noch tropft es von den Bäumen, Pfützen stehen auf dem Weg. Wir nehmen unsere Kapuzen ab, schauen uns an und lachen. Alle tragen wir eine schmutziggraue Maske. Monika versucht mit einem Papiertaschentuch das Gesicht zu reinigen, macht es nur noch schlimmer, denn sie verschmiert den Dreck zu dunklen Schlieren. Ich opfere etwas Wasser aus meiner Trinkflasche, um mir das Gesicht zu reinigen. Ich bin froh, die Pelerine loszuwerden. Noch ist der Himmel grau, doch wir hoffen, dass die Sonne sich durchsetzen kann. Weiter geht es durch die hügelige Landschaft.

Rinnsale glucksen, sammeln sich im Graben neben dem Weg. An einer Stelle hat sich das Wasser aufgestaut und eine Rinne in den Weg gespült. Einige Sturzbäche rauschen zu Tal. Lachend nehmen wir den kleinen ausgespülten Graben im Sprung. Seit der Regen aufgehört hat, ist die Stimmung deutlich besser geworden. Unsere drei Spanier, die das erste Mal im Norden ihres Landes sind, haben zu dieser Jahreszeit noch nie so viel Regen erlebt.

Tapfer marschieren wir durch die tropfenden Wälder. Trotz hoher Luftfeuchtigkeit, bei der uns die Kleidung am Körper klebt, ist es nicht schwül. So macht uns die hügelige Landschaft wenig Mühe. Vor und hinter uns laufen kleine Pilgergruppen, die sich inzwischen ebenso von ihren Pelerinen befreit haben. Doch die Sonne lässt auf sich warten, versucht, als heller Fleck durch die graue Wolkendecke zu stoßen. Am Waldrand, nach einem langgezogenen Abhang, sehen wir auf einem eingezäunten Wiesengelände einen Pilgerrastplatz. Zwei auf Pfählen stehende Überdachungen mit Bänken und Tischen, an denen schon Pilger Platz genommen haben. Als wir näher kommen, rücken sie etwas zusammen, damit auch wir noch Platz finden. Thema ist natürlich der anhaltende Regen der letzten Nacht.

Als ich mein Frühstück aus dem Rucksack auspacken will, fasst meine Hand in etwas Feuchtes. Trotz übergezogener Pelerine hat der Regen einen Weg in meinen Rucksack gefunden. Erschrocken ziehe ich einige Plastikbeutel heraus, in denen ich Kleidung und andere Utensilien handlich verpackt habe. Deren Inhalt ist trocken geblieben. Doch der Zuckersack und das darin befindliche Manuskript sind durchfeuchtet, haben eine schwammige Masse gebildet. Ich verwünsche den angeblich wasserdichten Rucksack und die Pelerine. Hier habe ich keine Möglichkeit etwas zu trocknen. Das Gras ist nass, die Strahlen der Sonne schaffen es nicht durch die Wolkendecke, die Luftfeuchtigkeit ist hoch. Lorenzo rät mir, das Manuskript in einen Plastiksack zu packen, bis ich eine Möglichkeit habe, die Blätter zu trocknen. Glücklicherweise ist das Manuskript mit Kugelschreiber geschrieben und die Zeilen sind nicht stark verlaufen. Ob ich die zusammengeklebte, pappige Masse wieder zum Trocknen trennen kann? Lorenzo reicht mir einen blauen Müllsack, den er für besondere Fälle eingepackt hat. Vorsichtig stecke ich das nasse Paket hinein und stecke es wieder in den Rucksack. Mehr kann ich im Moment nicht tun. Das Brot, das ich als Wegzehrung mitgenommen habe, ist ebenfalls durchweicht und eine klebrige Substanz, die zwischen meinen Fingern zerfällt. Aber ich brauche nicht zu hungern, bekomme von meinen Mitpilgern in christlicher Nächstenliebe etwas ab. In der nächsten Herberge werde ich meinen Rucksack komplett auspacken und alles trocknen müssen. Monika versucht, meine schlechte Laune aufzuheitern.

Unsere Pause dauert nicht lange, denn durch die klamme Kleidung am Körper frösteln wir. Als wir aufbrechen, sehen wir eine dunkle Wolkenwand auf uns zukommen. Bitte nicht schon wieder Regen! Vorsorglich halten wir unsere Pelerinen bereit. Maria Dolores gibt mir ihren blauen Plastiksack, den ich über meinen Rucksack stülpe, um einen weiteren Wassereinbruch zu verhindern. Kaum sind wir losmarschiert, fängt es auch schon an zu tröpfeln. Wir überlegen noch, ob wir zurückgehen sollen, um unter den Picknickdächern den Regenschauer abzuwarten, da rauscht der Regen auch schon kräftig herab.

Frederico hat auf seinem Handy die Wetterdaten abgerufen. Heute werden wird es weitere Regengüsse geben. Wenn wir weiterkommen wollen, müssen wir durch den Regen laufen. Der Jakobsweg ist keine Kaffeefahrt und wir haben ständig mit Wetterphänomenen zu kämpfen. Hitze, Kälte, Regen und brennende Sonne gehören zum Weg. Gerade bei diesen Herausforderungen beweist sich das Durchhaltevermögen des Pilgers. Wieder leuchten auf dem Camino die grellbunten Pelerinen. Das atlantische Tief kennt keine Gnade mit uns. Nach weiteren durchwanderten Regenstunden, in denen wir eine Pause für einen heißen Kaffee hatten und einige Bananen als Zwischenmahlzeit kaufen konnten, kommen wir an einen See. Im strömenden Regen können wir kaum das andere Ufer erkennen. Die Straße führt über eine hohe Brücke. Meinem Pilgerführer, der ebenfalls aufgequollene Seiten hat, entnehme ich, dass auf dem Grund des Sees ein alter Ort liegt, dessen Ruinen bei Niedrigwasser herausragen. Heute befindet sich die neu erbaute Stadt hoch oben auf dem Berg. Dort müssen wir hin, um einen Schlafplatz in einer Pilgerherberge zu finden. Das bedeutet einen letzten steilen Aufstieg. Als wir die Höhe zur Hälfte bezwungen haben, reißt der Himmel auf und die Sonne scheint uns wärmend ins Gesicht. Noch einmal werfen wir einen Blick zurück ins Tal. Ein riesiger doppelter Regenbogen leuchtet vor den abziehenden Regenwolken. Romantischer könnte unsere Tagesetappe nicht enden. Still betrachten wir die Himmelserscheinung. Auch andere Pilger, die uns gefolgt sind, werden durch unseren

Blick zurück aufmerksam und bleiben stehen. Nur durch Regen und Sonne kann ein Regenbogen entstehen. Durch beide Elemente, Wasser aus den Regenwolken und dem Licht der Sonne bildet sich diese mystische Erscheinung, die uns so sehr berührt. Dankbar nehme ich das Naturschauspiel in mich auf.

Deutlich mehr Pilger sind unterwegs, man merkt, wir kommen unserem Ziel immer näher. Ab hier sind nur noch einhundert Kilometer bis zu unserem Ziel zurückzulegen, der Kathedrale des heiligen Jakobus in Santiago de Compostela.

Nach der heißen Dusche in der Herberge mache ich mich, unter Mithilfe Monikas, daran, die durchweichten Manuskriptseiten aus dem Zuckersack vorsichtig voneinander zu trennen. Das Papier ist durchscheinend geworden und reißt leicht ein, der Text hat teils auf die nächste Seite abgefärbt. Wir müssen sehr sorgsam mit dem aufgeweichten Papier umgehen. Die Seiten zerfallen beim Trennen vom nassen Stapel. Doch nach einigen Blättern bekommen wir Übung. Monika erbittet vom Alberguero weitere Wäscheklammern und bald hängen die Blätter zum Trocknen zwischen den Wäschestücken der Pilger. Da wir nicht genug Klammern haben, hängen wir immer drei Blätter an eine Wäscheklammer, legen andere auf ein langes Brett, das Frederico aufgetrieben hat. Eigentlich bräuchten wir ein saugfähiges Papier, auf das wir die durchweichten Blätter legen können, damit es die Feuchtigkeit heraussaugt. Doch sowas ist hier nicht zu bekommen. Ich hoffe, wir können die Blätter retten. Lorenzo läuft unruhig an der Wäscheleine auf und ab, als wolle er den nassen Seiten gut zureden. Noch längst sind nicht alle

Seiten gelesen und sie bergen sicher weitere interessante Details eines ereignisreichen Lebens.

Meinen Rucksack entleere ich vollständig und wische ihn aus. Der Schaden ist geringer als gedacht. Nur Manuskript und Brot sind durchweicht, die anderen Utensilien in den Plastikbeuteln sind trocken. Auch mein Schlafsack ist nicht nass geworden. Wie der Regen den Weg in dieses Fach des Rucksacks gefunden hat, ist mir ein Rätsel. Der aus braunem, reißfestem Kraftpapier bestehende Zuckersack hat den Regen noch am besten überstanden und vielleicht das schlimmste verhindert, weil er die Feuchtigkeit vor dem Eindringen gebremst hat. Als ich nochmal hineinschaue, schimmert etwas Weißes aus dem Dunkel. Eine übersehene Seite? Mein Arm verschwindet bis zur Schulter in dem feuchten Papiersack und ich löse ein festes, zuckerverkrustetes Papier vom braunen Papierbehältnis. Ein von Zuckerkristallen klebriger, fleckig-weißer Briefumschlag kommt zum Vorschein, den ich unschlüssig in den Händen drehe. Ich staune nicht schlecht. Der Umschlag war tief im Inneren durch Zucker so festgeklebt und von mir unbemerkt geblieben. Mit klebrigen Fingern drehe ich ihn um. Die Klappe ist nicht zugeklebt, sondern nach innen eingesteckt. Vorsichtig ziehe ich sie heraus, wobei einige Teile des Randes abreißen. Zwei Blatt weißes Schreibpapier kommen zum Vorschein. Eng beschriebene Blätter mit einem spanischen Text. Es ist die gleiche regelmäßige Schrift, wie auf den Seiten des Manuskriptes, doch hier etwas ungelenk und zittriger. Ein deutlicher Hinweis auf Alter oder Krankheit?

Nachdenklich drehe ich die Blätter in meinen klebrigen Fingern. Ich brenne darauf, zu wissen, was die Schreiberin zu Papier gebracht hat. Sind diese Seiten die Antworten auf die vielen Fragen? Klärt sich jetzt das Geheimnis um die Schreiberin? Ich schaue den Umschlag an, auf dem vorne ein handschriftlicher Vermerk auf Spanisch steht, von anderer Hand geschrieben.

Ich suche Lorenzo und zeige ihm den Brief, den er mit großen Augen anschaut. Er übersetzt mir zunächst die Zeilen, die auf dem Umschlag stehen ins Englische dem ich im Geiste meine sinngemäße Version auf deutsch interpretiere: ›Sie war unsere Mutter und bleibt es so, wie wir sie kannten. Ich will es nicht wissen! Verbrenn' es!‹

Dann liest er den Brief, ohne ein Wort zu sagen. Maria-Dolores kommt dazu und liest, ihm über die Schulter schauend, ebenfalls.

Sie versuchen, mir den Text englisch zu interpretieren. Was sehr kompliziert wird. Ich verliere die Geduld, nehme Lorenzo den Brief aus der Hand. Einige Pilger stehen an den in der Sonne ausgebreiteten Seiten und lesen in den Blättern wie an einer Wandzeitung. Andere stehen dabei und lassen sich einzelne Passagen erklären. Eine junge Frau erklärt zwei daneben stehenden Männern auf Spanisch die gelesenen Texte. Ich frage sie, ob sie Deutsch und Spanisch gut beherrscht. Sie schaut mich fragend an. Ich erkläre ihr meinen Fund und zeige ihr den Brief. Sie bittet um einen Stift und Papier. An einem der Tische fängt Denise, so hat sie sich vorgestellt, an zu übersetzen. Flüssig bringt sie die Zeilen auf das Papier, streicht hier und da, formuliert neu und ist dann irgendwann mit der Übersetzung zufrieden. Dann lehnt sie sich erschöpft zurück. Der Text hat sie offensichtlich sehr bewegt. Sie schiebt mir den Schreibblock herüber.

Meine lieben Kinder,

Nun bin ich an der letzten Schwelle meiner Tage und danke Euch für die Zeit und die Fürsorge, die Ihr, die Sonne meines Lebens, mir habt zukommen lassen. Schon lange vor dem Tod Eures Vaters, habe ich große Unruhe im Herzen getragen. Es gibt Dinge im Leben, die unausgesprochen bleiben, weil sie den Partner, die Familie, belasten oder, in eine Krise mit unübersehbaren Folgen stürzen könnten. Doch wie so oft nagt das Unausgesprochene an den Eingeweiden und hängt immer wie ein Mühlstein am Herzen.

Euer Vater hätte es nicht verkraftet, zu hören, wie mein Leben, bevor ich ihn kennenlernte, verlaufen ist. Vielleicht hat er geahnt, dass es Dinge gibt, die er nicht wissen wollte, um das Bild seiner Liebe zu mir nicht zu zerstören. Er hat mich immer beschützt und nie nach meinem Vorleben gefragt. Vor Jahren wollte ich mit ihm darüber sprechen, aber er ist immer ausgewichen. So ist er ohne diese Erkenntnis gestorben. In stillen Stunden habe ich dann angefangen, mein Leben aufzuschreiben, in der Hoffnung, mir Erleichterung zu verschaffen und Euch die Wahrheit über die Frau, die Eure Mutter ist, zu hinterlassen. Vielleicht findet Ihr Verständnis und seht, das Eure Mutter als sie jung war, durch die Geschichte und Schicksalsschläge, in ein Räderwerk gezogen wurde, aus dem sie nur schwer entfliehen konnte. Bis ich Euren Vater kennenlernte, war ich eine Getriebene, die sich mit dem Schicksalsrad immer schneller drehte. Doch mit Eurem Papa war ich dann in einer anderen Welt. Eine neue, glückliche Zeit war angebrochen und die galt es zu bewahren. Nicht für mich, aber im Sinne der

Familie – für Euch! Ich hoffe, Ihr zürnt mir nicht, wenn ihr die Seiten lest.

Mir sind die Worte nur in meiner Muttersprache Deutsch flüssig gelungen. Eine Übersetzung werde ich nicht mehr schaffen.

Eure Mama und Oma Esmeralda.

Ich bedanke mich bei Denise und wechsele mit ihr noch ein paar Sätze. Auch Sie hat einige Fragen zu dem Manuskript.

Für mich ist die Schreiberin des Manuskriptes nicht mehr anonym wie eine Romanautorin, sondern sehr nahe. Eine Frau mit Gefühlen, die einen sehr tiefen Einblick in ihre Geheimnisse gibt. Umso mehr frage ich mich, was mit dem Manuskript geschehen soll. Es ist ein sehr privates Dokument, nicht für mich bestimmt.

Der Himmel ist aufgerissen und die letzten Strahlen der Abendsonne erwärmen den Innenhof. Der Wetterbericht verspricht eine regenfreie Nacht, so können wir hoffen, am Morgen halbwegs trockene Manuskriptseiten von der Leine nehmen zu können. Die Blätter auf der Wäscheleine veranlasst die Pilger, die in der Herberge Quartier gefunden haben, neugierige Fragen zu stellen. Wie in einer Galerie gehen sie an den Blättern entlang und lesen, sofern sie der deutschen Sprache mächtig sind, interessiert einzelne Textstellen. Der Ruf zum Abendessen unterbricht die erbauliche Szenerie. Beim Abendessen sind die Texte Gesprächsthema.

Noch 100 Kilometer bis Santiago. Ab hier muss der Pilger täglich zwei Stempel in seinen Pilgerpass drücken lassen, damit seine Pilgerfahrt in Santiago mit dem begehrten La

Compostela beurkundet wird. Inzwischen ist die Bitte nach dem Stempel im Pilgerpass zur Routine geworden.

Nach dem Abendessen sitzen die Pilger in kleinen Gruppen zusammen im Innenhof. Ich habe mich etwas abseits auf einer Bank niedergelassen und schreibe auf meinem Handy eine Nachricht an Mona. Dann lege ich das Handy beiseite und überlasse mich der Ruhe. Wie wird es weitergehen, wenn ich in Santiago angekommen bin? Der Weg hat mich verändert, das spüre ich. Der Regenbogen war für mich wie ein Fingerzeig, eine Aufforderung die positiven und negativen Seiten des Lebens neu zu betrachten. Sonne und Regen, nur durch beides entsteht ein Regenbogen.

›Der Weg macht etwas mit dir. Lass dich auf den Weg ein, nimm an, was er dir vermittelt.‹

Bedenken steigen in mir auf. Wie wird sich mein Leben weiterentwickeln? Es ist nicht nur der neue Job, den ich bald antrete, der Veränderungen mit sich bringt. Meine Beziehung zu Mona habe ich auf dieser Reise schon mehrfach hinterfragt. Es ist schwer, zwischen allen Emotionen eindeutige Erkenntnisse zu gewinnen. Wird sich die Richtung meines Lebenswegs ändern? Ich habe das Gefühl, an einem Scheideweg zu stehen, kann aber keine Wegweiser ausmachen. Still bitte ich um einen Hinweis.

Nach einer Weile setzt sich Monika neben mich und fragt, ob mit mir alles in Ordnung sei. Sie denkt, ich bin betrübt über den Zustand des nassen Manuskriptes. Ich spreche mit ihr über die Vorfreude, bald den Weg geschafft zu haben und in Santiago anzukommen. Auch sie ist in einer gefühlsbetonten Stimmung. Sie hat sich in Frederico verliebt. Sie ist voller Zweifel, ob das in ihrem Alter noch richtig ist, zumal Frederico in Spanien lebt. Ich greife in mein T-Shirt, hole das Lederbändchen mit dem kleinen Pilgermuschel-Anhänger hervor und erzähle ihr von José. Als ich seine Worte zitiere, die mich nun schon eine so lange Strecke immer wieder berühren, lächelt sie und drückt meine Hand. Wir gehen zu den anderen und setzen uns zu ihnen an den Tisch. Nachdem Monika Stift und Papier gefunden hat, notiert sie sich die weisen Worte, die mir José mitgegeben hat und mich nun schon ein gutes Stück meiner Wanderung begleiten.

›Du läufst nicht nach Santiago, um eine Strecke hinter dich zu bringen, der Weg macht etwas mit dir. Lass dich auf den Weg ein, nimm an, was er dir vermittelt. Den Weg ebnen, alles andere ist hier nicht wichtig. Konzentriere deine Kraft darauf, dann gibt er dir Kraft. Gestatte, was er mit dir macht.‹

Maria Dolores, Lorenzo und Frederico sind in guter Stimmung. Frederico hat nach dem Abendessen noch eine Flasche Wein beim Alberguero gekauft und füllt unsere Gläser. Dann hält er eine Ansprache in spanischer Sprache, die vor allem an Monika und seine beiden Begleiter gerichtet ist. Ich verstehe nur wenig, es scheint eine Liebesbekundung zu sein, denn als er fertig ist, küsst er Monika zärtlich. Sie spricht zwar auch nicht spanisch, aber Verliebte … Ich sehe in Monikas Augen Tränen glitzern. Lorenzo und Maria Dolores erheben freudig ihr Glas und wir stoßen an. Der neben mir sitzende Lorenzo stößt mich mit dem Ellenbogen an und blinzelt mir grinsend zu. Maria Dolores umarmt ihren Bruder, der, wie ich erfahre, mit Mitte vierzig unverheiratet ist und bisher jedem ihrer Verkupplungsversuche widerstanden hat. Dann nimmt sie Monika in den Arm.

›Der Weg macht etwas mit dir …‹

Die Flasche kreist, wir sind in ausgelassener Stimmung. Bevor wir uns gegen 22 Uhr in die Schlafsäle zurückziehen, schaue ich noch einmal nach den nassen Seiten auf der Leine und halte sie schon für etwas trockener. Hoffentlich ist das nicht nur Wunschdenken.

Sehr früh wache ich auf. Meine erste Sorge sind heute Morgen die Manuskriptseiten. Sind noch alle da und getrocknet? Dankbar sehe ich, dass die Sonne bereits ihre ersten wärmenden Strahlen über den Horizont schickt. Der Himmel ist blau und es verspricht ein warmer, sonniger Tag zu werden.

Besorgt befühle ich die Seiten, die jetzt nur noch klamm sind. Das Papier ist etwas fester als gestern und zerfällt nicht mehr so leicht. Wir beratschlagen, was wir tun sollen, entscheiden, weiterzulaufen und an einem sonnigen Platz nochmals die Seiten auszulegen und sie vollends zu trocknen. Nach dem Frühstück brechen wir auf und sind nur wenige Kilometer gelaufen, als wir einen Pilgerrastplatz sehen, der mit den üblichen zwei Tischen mit dicker Granitplatte ausgestattet ist. Da es noch früh am Morgen ist, rasten keine Pilger hier, obwohl schon einige Gruppen unterwegs sind. Die Sonne scheint auf die Tischplatten und hat sie bereits erwärmt. Sofort machen wir uns ans Werk und legen die Seiten auf die von der Sonne gewärmten Tische. Das Handtuch, in das ich sie eingeschlagen hatte, ist feucht. Da nicht alle Seiten auf die beiden Tische passen, legen wir die anderen ringsum ins hohe Gras. Ich bin dankbar, dass es windstill ist.

Nach zwanzig Minuten nehmen wir die Seiten trocken von den Tischen und können weitere dort platzieren. Die Schrift der trockenen Seiten ist etwas verwaschen und unscharf, zudem scheinen die Zeilen der Rückseite etwas durch. Einige Blätter haben stark gelitten, sind fleckig geworden oder eingerissen, doch man kann alles lesen.

… konnte ich nicht mehr. Wie sehr hatte ich mich darauf gefreut, mein Kind wieder in die Arme zu schließen. Und jetzt verweigerte man mir die Auskunft, wo ich Paul finden konnte. Nach drei Jahren endlich wieder in Deutschland, inzwischen waren wir im Krieg und mein Kind war in irgendeinem Heim. Der herablassende Mensch im Ministerium, ein aalglatter Typ, gab mir unmissverständlich zu verstehen, dass ich mein Kind erst wieder sehen würde, wenn ich meine Aufgaben in Spanien erfüllt hätte. Erfüllt! Wer definiert denn, wie die Erfüllung meiner Aufgabe aussieht? Als Antwort bekomme ich schwammige Ausreden, in denen von Kriegswichtigkeit und Endsieg die Rede ist. Als ich vor drei Jahren in einer Nacht- und Nebelaktion nach Spanien kam, war kein Krieg. Im Gegenteil, man hat mich gezwungen, indirekt an der Installation einer Diktatur mitzuwirken. Und jetzt werde ich erpresst, indem mein Kind festgehalten wird. Doch diese Gedanken behielt ich lieber für mich, sonst wäre es mir schlecht ergangen. Meine Mission in Berlin war erfüllt und die Tasche mit den Unterlagen abgeliefert. Noch hatte ich zwei Tage, bis ich nach Spanien zurückreisen musste.

Ich war entsetzt, wie sehr sich Deutschland in meiner Abwesenheit verändert hatte. Auch wenn ich nur ein winziges Rädchen in dem riesigen Räderwerk war, inzwischen war ich klüger und begriff, woran ich beteiligt war. Deutschland lieferte Waffen, Flugzeuge und anderes Kriegsgerät an General Franco, um ihn damit unter Mithilfe der Legion Condor zur Macht zu verhelfen. Spanien musste dafür mit Rohstoffen teuer bezahlen. Die HISMA, *in der ich arbeitete, war die Scheinfirma, über die alles abgewickelt wurde.*

Der Gedankenblitz trifft mich unvermittelt. Irgendwann hat mein Vater mal von meinem Opa gesprochen, der als junger Mann während seiner Militärdienstzeit in Spanien war. Aber das war vor dem Krieg. Ein altes Fotoalbum war damals der Auslöser für meine Frage. Auf einem der Fotos eine Gruppe junger Männer in Overalls, die in Reih´ und Glied vor drei Flugzeugen in der Sonne angetreten waren. Welcher Mann auf dem Foto mein Großvater war, darüber gab es keine Zweifel, denn ein kleines Kreuz über dem Kopf einer der Männer, mit einem Stift nachträglich angebracht, gab Auskunft. Die Gesichter der Soldaten waren nur undeutlich zu erkennen, weil der Fotograf zu weit von den Personen entfernt war, denn er wollte die Flugzeuge mit aufs Bild bekommen. Damals erklärte mein Vater, der Opa, selbst kein Pilot, sei zu Übungsflügen in Spanien gewesen. Es läuft mir eiskalt den Rücken herunter. War mein Großvater an den schrecklichen Bombardements der Legion Condor beteiligt? Wusste mein Vater davon? Verschämt lasse ich die Seiten sinken, die ich in der Hand halte. Dann schaue ich mich verstohlen um. Haben die anderen meine Reaktion bemerkt? Etwas abwesend, eigentlich mit den Gedanken bei meinem Großvater und seiner Vergangenheit lese ich den Rest der Seite:

Ich wollte nicht zurück, ohne Paul gesehen zu haben. Wenn ich mich jetzt weigerte, zurückzukehren, würde ich mein Kind vielleicht nie wiedersehen. In den nächsten zwei Tagen gelang es mir nicht, eine Spur von meinem kleinen Sohn zu finden. Überall stieß ich auf Ablehnung oder Desinteresse. So musste ich zurück nach Spanien, ohne mein Kind gesehen zu haben. Meine Kollegen, die sich dafür eingesetzt hatten, dass ich diesmal den Kurierdienst übernehmen sollte, versuchten, mich zu trösten. Vielleicht würde es ja beim nächsten Mal klappen. Max versprach mir, seine Kontakte spielen zu lassen. Doch inzwischen hatte ich begriffen, wie perfide das ganze System agierte. Ich, die ich früher völlig unpolitisch war, versuchte jetzt, die größeren Zusammenhänge zu verstehen. Umso deprimierter war ich. Deutschland hatte inzwischen Europa unterworfen und schob die Fronten immer weiter vor. Wo sollte das hinführen? Würde ich mich zu irgendeinem Zeitpunkt plötzlich ...

Ich muss mich von dem Text lösen und über die Assoziation, die ich unvermittelt über meinen Großvater dazu habe, nachdenken. Opa war für mich ein liebevoller Mensch und Ratgeber bis er vor über zehn Jahren starb. Sollte er wirklich in der Legion Condor gedient haben?

Mechanisch stapele ich die Seiten, wir müssen sorgsam damit umgehen. Das Papier ist etwas brüchig geworden. Ein Rucksack ist jetzt eigentlich nicht mehr der ideale Transportbehälter, doch es bleibt mir nichts anderes übrig, als alles wieder in mein inzwischen trockenes Handtuch zu schlagen und behutsam in den Rucksack zu schieben. Danke liebe Sonne! Maria Dolores hat 246 Blätter, alle doppelseitig beschrieben, gezählt. Lorenzo hat, während wir auf die Sonnentrocknung gewartet haben, eifrig und lautstark, wie es bei den Spaniern üblich ist, telefoniert. Als wir weiterlaufen, nimmt er mich beiseite. Er eröffnet mir, dass er mit einem Kollegen an der Universität in Santiago telefoniert hat, der sich das Manuskript ansehen möchte. Sofern ich einverstanden bin, nimmt er es in Verwahrung, bis die Seiten trocken sind, um es dann per Kurier zu ihm, Lorenzo, an die Universität Barcelona zu senden. Das Manuskript darf keine weiteren Beschädigungen erleiden. Grundsätzlich bin ich einverstanden, möchte mich aber erst in Santiago endgültig entscheiden. Wir müssen den Text retten, er enthält nicht nur die Lebensgeschichte einer Frau, er ist auch der Bericht einer Zeitzeugin aus einer geschichtsträchtigen Epoche.

Vielleicht geben die Seiten noch weiteren Aufschluss, die meinen Opa entlasten. Wieso entlasten? Gibt es einen Beweis für eine Schuld und Verstrickung meines Opas? In dem Manuskript? Der einzige Hinweis ist eine Jahre zurückliegende Erinnerung an ein Foto und die Aussage meines Vaters, dass Opa vor dem Krieg in Spanien war. Vielleicht habe ich das auch falsch in Erinnerung.

Doch ich bange eher noch Schlimmeres zu entdecken und male mir aus, was mein Vater mir erzählen könnte. Oder weiß er auch nicht die Wahrheit? Zuhause werde ich nach weiteren Hinweisen suchen und Papa befragen. Opa ist lange tot. Plötzlich hat das Manuskript einen ganz anderen Stellenwert für mich bekommen. Die Schreiberin hat sich ein Stück genähert. Meine Gedanken kreisen, ich bin etwas abwesend. Meine Erinnerung, Befürchtungen werde ich jetzt nicht mit den anderen teilen. Auch wenn es mich schier zerreißt, zunächst möchte ich mehr über die Vergangenheit von meinem Opa erfahren. Und dazu kann nur mein Vater beitragen.

So marschieren wir weiter durch die hügelige Landschaft, die mich zeitweise an deutsche Mittelgebirge erinnert. Wälder wechseln sich mit hügeligen Weiden ab, auf denen schwarzbunte Kühe stehen. Es ist fast wie zuhause, nur die Sonne brennt stärker.

In der Mittagszeit laufen wir in einer Kleinstadt entlang der Hauptstraße. Bevor die anderen noch etwas sagen können, stehen wir vor einer *Pulperia* und ich lade alle zu einer *racion* ein. *Pulpo* ist die Delikatesse der Region. Die Gelegenheit, sie noch einmal zu genießen, möchte ich mir nicht entgehen lassen. Es braucht keine Überredungskunst meinerseits, um begeisterte Zustimmung aller zu erhalten.

Als die Holzteller mit den dampfenden Krakenarmen vor uns stehen, stoßen wir mit unseren Rotweinbechern an und bitten die Kellnerin, ein Foto unserer Gruppe zu machen. Ich fotografiere die vor mir stehende Portion und sende das Foto mit herzlichen Grüßen per Handy an Mona. Dann gebe ich mich ganz dem Genuss hin.

Als das Telefon vibrierend auf dem Tisch tanzt, weiß ich, es kann nur Mona sein. Ich würde so etwas Ekelhaftes doch nicht etwa essen? Das sieht ja furchtbar aus. Ich antworte, dass ich mich beim ersten Mal auch überwinden musste, es dann aber ausgesprochen köstlich fand und den *Pulpo* jetzt wieder mit großem Genuss esse. Mona meint, ich hätte mich doch sehr verändert und sie würde mich nicht wiedererkennen. Dann beenden wir das Gespräch. Ich atme durch. Monika, die neben mir sitzt, merkt, dass meine Stimmung deutlich gesunken ist, und redet mir zu, mir den Appetit nicht verderben zu lassen, sondern das Essen zu genießen. Wir stoßen mit unseren Bechern an und zwinkern uns zu.

Je näher ich Santiago komme, umso öfter beschäftigt mich die Rückkehr nach Hause. Immer wenn ich daran denke, verdüstert sich meine Stimmung. Nach den Erfahrungen des Jakobsweges hinterfrage ich meinen bisherigen Lebensstil, der im Wesentlichen durch Urlaube, berufliche Hektik und Konsum bestimmt ist. Hier auf dem Camino habe ich gelernt, diese Dinge nicht mehr so wichtig zu nehmen. Ich habe Menschen mit ihren Sorgen und Befindlichkeiten kennengelernt und mir die Zeit genommen, zuzuhören. In mir wächst der Wunsch, mein Leben umzukrempeln. Denn – auch das eine Erfahrung aus meiner Wanderung nach Santiago – weniger ist mehr. Bei mir wachsen Zweifel, ob Mona mich verstehen wird, einen Wandel akzeptiert oder mitmacht.

Mit Brot saugen wir die delikate Soße von den Tellern, bis sie sauber abgewischt sind. Ich habe bezahlt und wir wollen aufbrechen. Wieder vibriert mein Telefon. Mit einer Nachricht werde ich von meinen Freunden aus der Mittwochsrunde gefragt, ob ich im kommenden Februar mit nach Kanada zum Skifahren komme. Man müsse jetzt buchen, um günstige Preise zu bekommen. Da versucht sich wieder eine andere Welt einzumischen. Ich ignoriere die Nachricht selbstbewusst.

Unsere Wasserflaschen sind gefüllt, die erhitzten Körper sind im klimatisierten Restaurant abgekühlt. Satt und zufrieden marschieren wir weiter. Noch gute zehn Kilometer haben wir zu laufen. Dann sind wir im nächsten Ort. Im

Verhältnis zum Pilgeraufkommen bieten sich hinreichend Herbergen für die Übernachtung an. Unsere Listen und Pilgerführer weisen in allen Orten bis Santiago genügend Unterkünfte aus. Der Weg verläuft weitgehend parallel zur Straße und ist gut ausgebaut. Der Strom der Pilger nimmt weiter zu. Inzwischen sind es einige Dutzend, die in unserem Sichtfeld alle dem gleichen Ziel zustreben. Nach zwei Stunden sind wir am Rand der nächsten Stadt. Lorenzo will nach einer Herberge suchen. Maria Dolores und Monika studieren die Karte. Dann kommt die Frage auf, ob wir noch zwei weiteren Stunden bis in die nächste Stadt laufen sollen, morgen Abend hätten wir so schon Santiago im Sichtfeld. Je kürzer die Distanz zu unserem Ziel wird, umso euphorischer werden wir und sind bereit weiterzulaufen, dem Ziel immer näher zu kommen. Unsere tägliche Distanz haben wir bereits erreicht, da der Weg aber gut zu laufen ist, beschließen wir, noch eine Etappe zuzulegen. An einem Brunnen füllen wir unsere Wasserflaschen auf. Dann geht es entlang der gelben Pfeile und der in regelmäßigen Abständen stehenden Wegsteine mit der Pilgermuschel und den kleinen Schildern mit den Kilometerangaben bis Santiago weiter.

Am Abend fallen wir in der Herberge nach der Dusche müde und ausgelaugt auf unsere Betten. Ich habe heute die größte Distanz auf der ganzen Pilgerreise zurückgelegt. Ich denke noch an die Probleme mit meinem Knie und die Befürchtung, meine Wanderung nicht zu Ende bringen zu können. Dank der Behandlung von Maurice und Marcel und ihrer Wunderessenz, die längst aufgebraucht ist, habe ich auch nach dieser Marathon-Etappe keine Beschwerden. Bevor ich meine Gedanken weiterspinnen kann bin ich eingeschlafen. Doch schon bald rüttelt mich jemand am Arm. Frederico bedeutet mir, dass es Zeit für das Abendessen ist. Mühsam erhebe ich mich und blicke auf das Display meines Handys, das neben mir an der nahen Steckdose lädt.

Mona schreibt, ich hätte dieses Zeugs ja wohl nicht gegessen. Sie meint den Teller mit Pulpo, von der ich Ihr ein Foto geschickt habe.

Ich antworte ihr, es sei sehr lecker, sie müsse das auch mal probieren.

Prompt kommt die Antwort, ich wüsste doch, – ihre Fischallergie.

Pulpo, also Krake sei aber kein Fisch.

Krake käme aber aus dem Meer, antwortet sie sofort.

Ich wisse nicht von ihrer Meeresallergie, schreibe ich zurück und setze eine Smilie dazu. Dann folge ich Frederico zum Essen.

Das Pilgermenü lässt zu wünschen übrig. Eine dünne Suppe, große Teller mit Nudeln und Tomatensoße, ein Becher Eis als Dessert. Dazu einen Wein, der als Salatsoße durchaus brauchbar gewesen wäre. Lieblos und ohne großen Arbeitsaufwand auf den Tisch gebracht. Es macht ja nichts, denn ein Jakobspilger wird kein Stammgast und morgen kommen neue Gäste. Massenabfertigung. Auch bei schmalem Budget kann man eine gute Mahlzeit auf den Tisch bringen, wie ich an zahlreichen Beispielen auf meiner Reise erfahren konnte. Ich bezahle gerne für gute Leistung. Doch das Thema ist nicht neu. Bereits Papst Calixt II. predigte im 12. Jahrhundert unter anderem über schlechte Herbergen und Gefahren, die Pilgern drohen. Doch die Medaille hat zwei Seiten. Es gibt Jakobspilger, die meinen, eine privat bewirtschaftete Herberge wäre eine karitative Einrichtung und müsse froh sein, sie gegen eine kleine Spende bewirten zu dürfen. Ich versuche, mich an den alten Pilgergrundsatz zu halten: *El turista exige, el peregrino agradece.* – Der Tourist fordert, der Pilger dankt.

Doch wir lassen uns die Stimmung nicht verderben. Ohnehin sind wir nach dem langen Wandertag müde und bald nach dem Pilgermahl ziehen wir uns in unsere Schlafsäcke zurück. Auch wenn die Schnarchsäle keinen guten Ruf haben, heute schlafe ich bis zum frühen Morgen ohne Störung. Ob ich in das Konzert der Schnarcher eingestimmt habe, ist nicht überliefert.

Schon als die Sonne aufgeht, sind wir wieder auf den Beinen. Unsere letzte Tagesetappe liegt vor uns, die wir guter Stimmung und ganz entspannt angehen. Was kann jetzt noch passieren? Auf dem Weg wird der Strom der Pilger inzwischen zum Gewimmel. Nach einigen Kilometern machen wir in einem kleinen Ort halt, um zu frühstücken. Nicht abgeräumte, klebrige Tische, Kaffee aus Einwegbechern, folienverschweißte Sandwiches. Der Strom der Pilger überfordert offensichtlich die Restaurantbesitzer – und uns. Wir nehmen ein kurzes Frühstück im Stehen ein und drücken uns einen abgenutzten, kaum noch lesbaren Pilgerstempel in unsere Pässe. Asiatische Pilger, mit großen Solarmodulen auf dem Rucksack und nicht auf den Weg, sondern auf ihr Handy starrend, geben mir den Rest.

Ich brauche etwas Abstand, halte mich abseits des Pilgerstroms und stehe unweit der Bar vor einer kleinen Kapelle, die von den meisten Wandernden unbeachtet bleibt. Ich gehe die wenigen Schritte zum Portal, drücke die Klinke der schweren Holztür herunter, die nicht verschlossen ist. Es öffnet sich der Blick in ein reich bemaltes Kirchenschiff. Ich winke den anderen, die an der Bar stehengebliebenen sind. Gemeinsam betreten wir die Kapelle und schauen uns andächtig die reichen Fresken an. Unsere Rucksäcke sind schnell auf den Bänken abgelegt. Die Kirche wird durch drei große bunt verglaste Fenster in der Apsis geheimnisvoll beleuchtet. Atemlos stehen wir da, die Köpfe in den Nacken gelegt, um die Szenen, die an der Gewölbedecke dargestellt sind, zu betrachten. Stürmisch kämpft St. Jakobus, der Maurentöter, vom Pferd gegen seine Feinde, die ringsum tödlich getroffen zu Boden sinken. Weitere biblische Heiligenszenen und das Auge Gottes, das aus einer Lücke zwischen den drohenden Wolkentürmen hoffnungsvoll hervorleuchtet. Monika steht am seitlichen Marienaltar und zündet eine Kerze an. Wir folgen ihrem Beispiel und stehen noch einige Zeit, still die Marienstatue betrachtend. Ich beobachte Frederico, der Monikas Hand hält. Zärtlich schauen sich die beiden an. Ich frage mich, wie es mit ihnen nach unserer Pilgerreise weitergehen wird. Als wir die beeindruckende Kapelle verlassen wollen, entdecke ich in einer Mauernische neben dem Opferstock einen angeketteten Stempel und ein Stempelkissen. Dankbar drücken wir einen sauberen Stempel in unsere Pilgerpässe und im Opferstock lassen wir es hoffnungsvoll klimpern.

Dieser Besuch in der kleinen Kapelle hat uns mit neuer Energie geladen. Die spirituelle Stimmung hat uns bewusst gemacht, wie sehr der Menschenrummel uns von den eigentlichen Werten ablenkt, die eine Pilgerreise ausmachen, denn es geht nicht um schnelles Ankommen oder beste Plätze.

XIV

In der Nacht weckt mich ein plötzlicher, stechender Schmerz in meiner linken Wade. Ich kann mein Bein nicht beherrschen und stöhne laut, wälze mich auf dem Bett. Niemand bemerkt es, niemand kann mir helfen, den Krampf zu lösen. Es dauert Minuten, bis sich der Krampf langsam lockert und der Schmerz nachlässt. Vorsichtig, um niemanden zu wecken, stehe ich auf und ziehe aus meinem Rucksack die wasserdichte Dose mit Medikamenten. Mein Hausarzt hatte mir für solche Fälle eine Salbe aufgeschrieben, die ich bisher unbenutzt mit mir herumgetragen habe. Nun trage ich sie, noch unter Schmerzen stöhnend, auf die Wade. Zusätzlich schlucke ich noch Magnesium. Lorenzo und Frederico sind jetzt wach und beobachten mich aus müden Augen. Um Unruhe im Schlafsaal zu vermeiden, lege ich den Zeigefinger vor die Lippen und mache eine beruhigende Geste. Sie sollen weiterschlafen. Die Medikamentenbox lasse ich neben meinem Kissen liegen und lege mich wieder hin. Ganz langsam verändert sich der stechende Schmerz zu einem Ziehen. Die Marathonstrecke am Vortag war wohl doch etwas zu viel, meldet mein Körper, den ich seit Wochen mehrfach an seine Grenzen gebracht habe. Mein Leistungsvermögen habe ich auf dem Camino neu einzuschätzen gelernt. Niemals vorher hätte ich gedacht, solche Reserven mobilisieren zu können. Mit diesen Gedanken falle ich nochmals in einen Halbschlaf, bis die ersten Pilger beginnen, ihre Habseligkeiten zusammenzukramen, um sich bei Sonnenaufgang auf den Weg zu machen. In meiner Wade spüre ich noch ein Ziehen. Nochmals reibe ich sie mit der Muskelsalbe ein und bleibe ausgestreckt noch etwas liegen, um sie wirken zu lassen. Dann stehe auch ich auf. Als sich unsere Gruppe im Vorraum der Herberge trifft, wo auch unsere Schuhe in Regalen abgestellt sind, bedeuten mir Lorenzo und Maria Dolores, mich auf die dort stehende Bank zu legen. Ohne viel zu fragen, schieben sie mein Hosenbein hoch und massieren meine Wade, was etwas schmerzt, aber letztendlich gut tut. Sie nehmen mir das Versprechen ab, mich sofort zu melden, wenn wieder Schmerzen auftreten. Dann stehe ich auf, wuchte meinen Rucksack auf den Rücken und mache vorsichtige erste Schritte hinaus. Bis auf ein schwaches Ziehen in der Wade geht es gut, allerdings mit etwas reduziertem Tempo. Alle beobachten mich scharf, um abzuschätzen, ob ich ohne Beschwerden laufen kann. Die Straße und der Camino schlängeln sich durch die hügelige Landschaft, in der sich kleine Wälder, Wiesen und Äcker abwechseln. In regelmäßigen Abständen stehen auch hier die Wegsteine mit Jakobsmuschel, doch zumeist sind die kleinen Plaketten mit den Kilometerangaben bis Santiago von Souvenirliebhabern entfernt worden. In den kleinen Dörfern, durch die wir kommen, weisen überall Schilder zu Herbergen und Restaurants. Der Camino ist hier ein echter Wirtschaftsfaktor. Weil wir in der Herberge nur ein sehr dürftiges Frühstück, bestehend aus Weißbrot, Marmelade und Kaffee oder Tee bekommen haben, machen wir nochmals in einem Dorf halt und legen eine weitere Frühstückspause ein. Allerdings habe ich den Verdacht, dass diese Pause eher mit Rücksicht auf meinen Wadenkrampf eingelegt wurde, denn wir trachten eigentlich alle danach, die letzten Kilometer bis Santiago hinter uns zu bringen. Nochmals bekomme ich von Maria Dolores eine Massage mit sorgfältigem Einmassieren der krampflösenden Salbe. Inzwischen ist der Schmerz verblasst.

Dann geht es weiter. Die schmelzende Kilometerzahl bis Santiago spornt uns an, unsere mobilisierten Kräfte lassen uns unsere Rucksäcke leichter nehmen. Heerscharen von Pilgern sind auf dem Camino unterwegs, unsere Gruppe bleibt zusammen. Monika und Frederico laufen zeitweise Hand in Hand und sprechen fast flüsternd miteinander. Was mag in ihnen vorgehen? Ist es eine Strohfeuer-Freundschaft, die mit der Ankunft in Santiago beendet ist, oder wird daraus eine Beziehung auf Distanz, oder noch mehr? Wahrscheinlich stellen sich alle aus unserer Gruppe ähnliche Fragen, einschließlich Monika und Frederico.

Unter einer vielbefahrenen Hauptstraße hat man für die Jakobspilger einen Tunnel angelegt. Wir marschieren hindurch und stellen nach einigen Metern fest, dass Monika und Frederico fehlen. Sofort will Maria Dolores zurückgehen und nachsehen, wird aber von Lorenzo mit unmissverständlicher Miene daran gehindert. Einen Moment stehen wir unschlüssig in Sichtweite des Tunnels, dann beschließen wir, die beiden Turteltauben nachkommen zu lassen, zumal wir alle das gleiche Ziel haben, und sie erwachsen sind. Vielleicht wollen sie auf dem Rest des Weges alleine sein? Zwar zetert Maria Dolores über ihren Bruder, aber das ist eher der Form halber, weil es sich so schickt. Lorenzo weist sie darauf hin, dass sie beide auch einmal verliebt waren. Entrüstet bleibt Maria Dolores stehen. Ob es heute zwischen ihnen etwa nicht mehr so wäre? Lorenzo beeilt sich, ihr romantische Komplimente zu machen und bemüht das Beispiel von gutem Wein, der mit den Jahren immer besser wird. Lachend, in ausgelassener Stimmung gehen wir weiter.

In nicht allzu weiter Ferne, hinter einem Waldstück landet ein Flugzeug. Das muss der Flughafen von Santiago sein. Bald stehen wir vor einem hohen Maschendrahtzaun, hinter dem die Startbahn verläuft. Der Camino umrundet den Flughafen, um an der gegenüberliegenden Seite der Stadt näher zu kommen. Zwischen dem hohen Zaun des Airports und der Autobahn, auf der der Verkehr rauscht, zieht sich die wenig einladende Strecke. Der Verkehrslärm holt uns zurück in die Zivilisation. In einem Dorf, jenseits des Flughafens, steht eine Kirche aus Bruchstein. Da Frederico und Monika noch nicht wieder aufgetaucht sind, beschließen wir, zu schauen, ob wir hier für unsere Sammlung einen Pilgerstempel bekommen.

Wir betreten die Kirche, die aus zwei hintereinander angelegten Kirchenschiffen besteht. Der Hauptraum mit den groben, unverputzten Bruchsteinmauern, den großen Rundbögen zu den Seitenschiffen und der dunklen Holzdecke, hat eine behagliche Atmosphäre. Die ganze Stirnseite des Chors mit seinen weißgetünchten Wänden und der Gewölbedecke nimmt ein goldschimmernder Altar ein. Wir sind überrascht und genießen nach dem Verkehrslärm draußen die Ruhe, die dieser Raum ausstrahlt. Schon bald entdecken wir im Seitenschiff den Stempel, einer der Letzten, den wir in unsere Pilgerpässe drücken. Nur einige wenige andere Pilger sitzen in den Bänken. Es ist ganz still. Wir legen die Rucksäcke ab und setzen uns ebenfalls für eine kurze Rast in eine Bank. Maria Dolores kniet, in ein Gebet versunken. Ich schließe die Augen, in dem Bewusstsein, dass meine Reise bald zu Ende sein wird. Als ich die Augen öffne, sehe ich Frederico und Monika an einem seitlichen Altar stehen und gemeinsam eine Kerze anzünden. Ich stoße mit dem Ellenbogen Lorenzo an und deute mit dem Kinn hinüber. Er hat sie schon gesehen. Die beiden kommen zu uns und setzen sich mit in die Kirchenbank. Lorenzo tuschelt Frederico etwas zu, was Maria Dolores hört, den Kopf hebt und ihr Gebet beendet. Sie lächelt Frederico zu. Ich mache Monika auf den Stempel aufmerksam, den sie sich, als wir die Kirche wieder verlassen, zusammen mit Frederico, ebenfalls in ihre Pilgerpässe drücken. Die Ruhe hat uns allen gutgetan. Noch wenige Kilometer und wir haben nicht nur unsere Tagesetappe geschafft, sondern sind in Santiago de Compostela, dem Ziel, dem wir seit Wochen zustreben. Bisher war das Ziel immer so weit entfernt, jede Tagesetappe nur ein kleiner Abschnitt auf den fast 800 Kilometern Distanz. Jetzt dem Ziel nahe zu sein, löst ein ganz merkwürdiges Gefühl in mir aus, das ich nicht beschreiben kann.

Der Weg verläuft noch einmal durch hügeliges, bewaldetes Gelände, unterbrochen von einigen Dörfern mit nur wenigen Häusern. Dann mündet der bisher glatt geschotterte Camino in eine Asphaltstraße ohne viel Verkehr. Als wir aus dem Wald herauskommen, sehen wir große Bürobauten mit hohen Antennenmasten. Beim Näherkommen stellen sich die Zweckbauten als die regionale Radio- und Fernsehstation heraus. Weiter geht es durch besiedeltes Gebiet mit schmucken Einfamilienhäusern. Für die Menschen, die hier wohnen, sind die vorbeiziehenden Jakobspilger ein alltäglicher Anblick. Wir brauchen keine Fragen mehr zum Weg stellen. Nur noch wenige gelbe Hinweispfeile sind zu finden, denn eines ist klar, der Strom der Pilger läuft automatisch in die richtige Richtung. Herdentrieb.

Und dann kommt der große Moment, als vor uns die Straße steil den Hang hinab läuft und wir durch die Bäume die Stadt in der Ferne sehen. Der Abend hält Einzug, die Sonne ist bereits hinter dem Horizont verschwunden, erste Lichter schimmern. Links vom Weg steht ein modernes Denkmal für den Jakobsweg, das an das heilige Jahr und den Weltjugendtag mit Papstbesuch erinnert und für meinen Geschmack etwas klobig ausgefallen ist. Von hier einen unverstellten Blick auf die Stadt und die Kathedrale zu werfen, die seit Wochen unser Ziel bestimmte, ist ein ergreifender Augenblick. Wir umarmen uns unter Freudentränen, fotografieren und plappern fröhlich durcheinander. Erleichtert stehen wir auf dem letzten Hügel unserer Wanderung, dem *Monte do Gozo* und sehen nur wenige Kilometer entfernt das Ziel unserer Wanderung. Zu Recht heißt dieser Berg übersetzt Berg der Freude, denn nach wochenlanger, bei einigen Pilgern monatelanger Reise, kann der Pilger hier voller Freude sein, wenn er das Ziel greifbar vor Augen hat.

Bereits gestern haben wir beschlossen, unsere Tagesetappe hier enden zu lassen, um frisch und ausgeruht in der Stadt anzukommen. Erst für morgen haben wir ein Quartier in einem kleinen Hotel in der Altstadt reservieren können.

Am Hang, unterhalb von uns, liegt die größte Herberge auf dem Weg, die anlässlich des heiligen Jahres 1992 erbaut wurde. Unsere Gruppe bekommt ein einfaches, aber zweckmäßiges Zimmer mit vier Stockwerkbetten, die wir nach Belieben belegen können. Glücklich und zufrieden nehmen wir uns Zeit zum Duschen. Die freundliche Alberguera hat uns ein Restaurant für das Abendessen empfohlen – das Restaurant auf dem Herbergsgelände ist leider geschlossen – und uns augenzwinkernd versichert, dass der ausgewiesene Beginn der Nachtruhe mit 21:30 Uhr nicht so ernst aufgefasst werden müsse. Uns würde geöffnet, unter der Bedingung, die anderen Pilger nicht zu stören. Also marschieren wir, ganz entspannt, noch einmal den Hügel hinauf und genießen in dem empfohlenen Restaurant unser Abendessen. Mehrfach stoßen wir auf unsere Leistung, unsere Ankunft und den heiligen Apostel Jakobus an. Zurück bei der Herberge stehen wir vor verschlossener Tür. Auf unser mehrfaches Klopfen tut sich nichts. Wir diskutieren, was zu tun sei. Ich finde mich schnell damit ab, eine letzte Nacht im Freien zu verbringen, diesmal allerdings ohne Schlafsack. Monika gerät in Panik, klopft verzweifelt an die Tür, lauter als wir es uns zuvor getraut haben. Ein junger Mann öffnet von innen. Erlöst treten wir ein und lachen über diese letzte Episode mit einer Pilgerherberge.

Tief und fest schlafen wir dem Morgen entgegen. Wir haben vereinbart, uns an diesem Tag nicht anzutreiben und den Wecker nicht zu stellen. Dennoch sind wir alle vor sieben Uhr wach. Unsere innere Uhr hat uns nicht ausschlafen lassen. Heute werden wir am Apostelgrab des St. Jakobus stehen. Da es in der Herberge keine Verpflegung gibt, starten wir sehr bald zu unserer letzten gemeinsamen Wanderung. Wanderung? Nein, diese letzten, wenigen Kilometer bis in die Altstadt wird für uns ein Spaziergang. Wir laufen den steilen Berg hinunter und lassen die Herberge hinter uns. Unten angekommen, beginnt die Großstadt sich unserer zu bemächtigen. Ein Kreisverkehr, eine Hauptstraße. Modernen Zweckbauten mit Wohnungen, Büros und einigen Geschäften. Glücklicherweise finden wir auch ein Café, in dem es belegte Brötchen und Kuchen gibt. Frühstück, nachdem wir nur 20 Minuten gelaufen sind. Bald erreichen wir die mittelalterlich geprägte, autofreie Altstadt. Noch sind wenige Menschen unterwegs. In den glatt gepflasterten Gassen geht es bergab, vorbei an Geschäften mit Souvenirs, an Restaurants.

Die Türme der Kathedrale weisen uns den Weg. Und dann öffnet sich vor uns der *Plaza de Obradoiro*, das Sternenfeld, dem die Kathedrale zugewandt ist. Wir sind angekommen!

Vor lauter Eindrücken komme ich gar nicht dazu, meine Freude und das Gefühl des Ankommens auszukosten. Unsere Rucksäcke liegen auf einem Haufen und wir lassen uns einzeln und in der Gruppe fotografieren. Wieder und wieder umarmen wir uns, versichern uns gegenseitig, wie schön es war, gemeinsam einen Teil des Weges zu gehen. Andere Pilger kommen dazu. Touristen stehen da, wollen wissen, wie lange wir unterwegs waren, aus welchem Land wir kommen und noch viele andere Dinge. Ich bestaune die Kathedrale, die sich selbstbewusst über den Platz erhebt, und bin überwältigt. Ich denke an die Menschen, die meinen Weg begleitet haben und diejenigen, die mir wichtige Ratschläge gegeben haben. Doch ich habe wenig Muße, mich meinen Gedanken hinzugeben. Das Glücksgefühl durchströmt mich. Ich falte meinen Pilgerpass auseinander und lasse mich damit fotografieren. Alle Anstrengungen und Mühen, die kleinen Katastrophen, die uns der Weg beschert, das fällt alles von mir ab und sind nur noch Episoden.

Im Überschwang der Gefühle wähle ich Monas Nummer und erzähle ihr euphorisch von meiner Ankunft. Ihre Reaktion ist verhalten, sie möchte nur wissen, wann ich wieder zuhause bin. Da ich noch keinen Rückflug gebucht habe, kann ich das nicht beantworten. Ob sie für mich buchen solle, fragt sie. Doch ich möchte mir noch etwas Zeit nehmen und selbst entscheiden, wann ich den Rückflug antrete, zumal ich noch unschlüssig bin, ob ich die 100 Kilometer bis zum *Kap Fisterra*, dem Ende der Welt, noch laufen soll. Einige Pilger, die diesen Weg noch gegangen sind, sagen: Erst wenn man das Meer sieht, ist die Reise wirklich zu Ende. Ich sende ihr noch einige Fotos vom Handy. Auch meine Reisebegleiter strapazieren ihre Handys, um Freunde und Familienmitglieder zu benachrichtigen. Das Gefühl der glücklichen Ankunft wollen wir mit möglichst vielen Menschen teilen.

Dann nehmen wir unsere Rucksäcke und setzen uns unter die schattenspendenden Arkaden, gegenüber der Kathedrale auf den Boden. Wir müssen unsere Ankunft erst sacken lassen und zur Ruhe kommen. Wir sind am Ziel und der Weg, der uns allen viel bedeutete, ist zu Ende. Wehmut mischt sich mit Freude. Was ist wichtiger? Der Weg oder das Ziel? Still genießen wir die Stimmung auf dem Platz und beobachten die Menschen. Ich höre jemanden auf einer Gitarre zupfen, eine wohltuende, musikalische Begleitung unserer Stimmung, suche nach dem Gitarristen.

Das ist doch – ja, das ist sie. Jennifer! Mit der ich eine halbe Stunde so vertraut gesprochen habe. Die ich dann so plötzlich beim Gewitter aus den Augen verloren habe. Wie vom Himmel gefallen, sitzt Sie einige Meter weiter, mit ihrem frechen Strohhütchen, ebenfalls unter der Arkade und spielt eine kleine Melodie. Ich gehe zu ihr. Sie schaut zu mir auf, lächelt mich an und sagt nur »Hi«. Ich kann es nicht glauben, sie hier zu sehen. Oft habe ich an sie gedacht und mir gewünscht, sie wiederzutreffen, mehr von ihr zu erfahren. Im Laufe der Wandertage verblasste ihr Bild, überlagert von anderen Ereignissen. Die Hoffnung, sie noch einmal zu sehen, hatte ich aufgegeben.

Jennifer hat mich mit ihren blauen Augen und ihrem Lächeln wieder in den Bann gezogen. Ich hocke mich neben sie und erzähle ihr, wie beunruhigt ich war und wie ich nach ihr gesucht habe. Auch Jennifer ist gerade erst angekommen. Wir sind also tagelang mit wenig Abstand den gleichen Weg gelaufen. Mit ihrer dunklen, melodischen Stimme erklärt sie mir, damals das Gewitter unter großer Angst am Rande eines Getreidefeldes in einer Senke abgewartet zu haben. Auch sie hat nach mir geforscht, immer in der Hoffnung, mich auf dem Weg zu finden, sich aber zunächst verlaufen. In den Herbergen auf dem Camino hat sie Einträge in die Gästebücher gemacht, in der Hoffnung, ich würde sie lesen. Auf diesen Gedanken bin ich nicht gekommen. Auch ich hätte ihr auf diese Weise eine Nachricht hinterlassen können. Unsere Blicke versinken ineinander. Alles um uns herum ist wie ausgeblendet, es gibt nur noch uns.

Lorenzo holt mich zurück in die Realität, als er kommt und erklärt, dass alle jetzt ins Pilgerbüro gehen möchten, um sich die berühmte *Compostela* ausstellen zu lassen. Ich stehe auf, stelle Jennifer den anderen vor. Bevor ich fragen kann, sagt Jennifer, sie ist mit dabei. Nachdem ich sie einmal in einem unachtsamen Moment verlor, möchte ich sie jetzt nicht mehr aus den Augen lassen. Ich habe das Gefühl, wir haben uns noch viel zu erzählen.

Auf dem Weg zum Pilgerbüro erkläre ich Monika und unseren spanischen Mitpilgern, die Geschichte mit Jennifer und unserem ersten Zusammentreffen. Monika erinnert sich, dass ich Jennifer einmal erwähnt habe. Im Pilgerbüro ist viel los. In der langen Schlange haben wir Gelegenheit, unseren Weg und die Erlebnisse noch einmal Revue passieren zu lassen. Pilger aus allen Ländern stehen mit uns in der Reihe, um die begehrte Compostela, die Bestätigung für die abgeschlossene Wallfahrt auf dem Jakobsweg zu bekommen. Wir alle sind glücklich und stolz, diesen Tag der Ankunft gemeinsam zu erleben. Das Warten in der Schlange hat keine Bedeutung, wir haben Zeit.

Ein junger Mann setzt mit schwungvollen Buchstaben meinen Namen auf das eindrucksvolle Zertifikat, nachdem er sich im Pilgerpass von meinen ordnungsgemäßen Tagesstempeln überzeugt hat. Für eine kleine Gebühr kaufe ich noch eine Papprolle dazu, damit das für mich kostbare Dokument auf der Rückreise keinen Schaden nimmt. Dabei muss ich wieder an das Manuskript denken und wie sehr es in Mitleidenschaft gezogen wurde. Ich habe noch längst nicht alle Seiten gelesen. Zufrieden und mit der Compostela in der Tasche, marschieren wir wieder Richtung Kathedrale. Einer der Souvenirshops bietet auch Gepäckaufbewahrung an. Das nehmen wir gerne in Anspruch, denn unsere schweren Rucksäcke wären beim Besuch der Kathedrale hinderlich. Auf dem Weg dorthin sehe ich an einer kleinen Pforte, die zu dem Luxushotel am Placa de Obradoiro gehört, ein Blatt angeheftet. Die ersten zehn Pilger, – so die Mitteilung – die heute in Santiago angekommen sind und sich an dieser Pforte melden, werden um 13 Uhr mit einer kostenlosen Pilgermahlzeit bewirtet. Gemeinsam beschließen wir, das Angebot wahrzunehmen. Damit wir um 13 Uhr unter den ersten zehn sind, nimmt Frederico verstohlen den Zettel an sich, damit keine weiteren Pilger darauf aufmerksam werden. Gerade wurde mit dem Ausstellen der Compostela unser Sündenkonto gelöscht, da fängt Frederico schon an, neue Sünden zu sammeln.

Ehrfürchtig, Jennifer dicht neben mir, steigen wir die Stufen der Doppeltreppe zum *Pórtico de la Gloria* hinauf. Das reich mit Statuen von Evangelisten und Aposteln ausgestattete Portal ist für sich schon ein einzigartiges Kunstwerk und wäre einer längeren Betrachtung wert. Doch jetzt betreten wir die Kathedrale durch das beeindruckende Portal. Wie viele Pilger sind hier schon über die Jahrhunderte hindurchgegangen? Seit mehr als 1000 Jahren ist der Jakobsweg einer der wichtigsten Wallfahrtswege. Und heute bin ich ein Teil dieses Menschenstromes.

Hinter der Pforte öffnet sich das weite Kirchenschiff. An der gegenüberliegenden Seite glänzt der goldene Hochaltar mit der überlebensgroßen Figur des heiligen Jakobus. Langsam gehen wir durch das Seitenschiff der Kirche und nähern uns dem Hochaltar. Seitlich davon finden wir den schmalen Gang mit der Treppe, die hinunter, unter den Altar und in die Krypta führt. Andächtig und schweigsam stehen wir vor dem silbernen Schrein, der die Gebeine des heiligen Jakobus enthält und der das Ziel aller Jakobspilger ist. Unsere Reise hat hier ihren Höhepunkt erreicht. Das Grab, der silberne Schrein des Apostels, der seit tausend Jahren Erlösung von Sünden und Nöten verspricht. Wir sind am Ziel!

Doch es bleibt nur kurze Zeit für eine Andacht, schon drängen andere Pilger nach, die ebenfalls dem Schrein einen Besuch abstatten wollen.

Eine Aufgabe habe ich mir noch vorgenommen, als ich bei der Reisevorbereitung darüber gelesen habe, und ich freue mich, Jennifer dabei zu haben. So steigen wir auf der anderen Seite der Krypta wieder hinauf und suchen die Treppe zu der kleinen Kammer hinter dem Hochaltar. Vorsichtig steigen wir durch den schmalen Gang aufwärts und haben die Rückseite des gewaltigen Kopfes und der Schultern der Jakobsstatue vor uns. Es ist bei den Pilgern üblich, die Statue von der Rückseite zu umarmen und dabei den Dank an den Apostel zu sprechen. Ich lasse Jennifer den Vortritt und sie umarmt die Statue, wie ich es ihr zeige. Dann mache ich es ebenso und spreche die Worte:

›Danke, lieber Freund und Bruder Jakobus, dass du mir geholfen hast, hier anzukommen. Danke für deine Person, für deine Begleitung, für dein Zeugnis, für dein Vermächtnis. ‹

Wieder ein bewegender Moment. Wir umarmen uns alle der Reihe nach. Ich sehe Tränen des Glücks und der Freude. Wir sind alle tief durchdrungen von dem Gefühl, dass die Mühe, die wir auf uns genommen haben, heute belohnt wurde. Ich fühle mich durch die Gegenwart Jennifers doppelt belohnt. Wie mir scheint, sind Frederico und Monika ebenso dankbar für ihr Aufeinandertreffen und umarmen sich mehrfach.

Auch hier stehen schon die nächsten Pilger in respektvollem Abstand in der kleinen Kammer. So steigen wir hinunter, zurück ins Kirchenschiff. Dort müssen wir feststellen, dass alle Plätze auf den Bänken von Gläubigen in Erwartung der Pilgermesse bereits besetzt sind. Ordner weisen bereits die durch Türen nachdrängenden Gläubige ab. So suchen wir uns einen Platz, an dem wir die Pilgermesse mit Sicht auf den Altar im Stehen verfolgen können. Es macht uns wenig aus, keinen Sitzplatz zu bekommen. Wer wochenlang mit Rucksack täglich dutzende Kilometer zurückgelegt hat, schafft es locker, eine Stunde stehend und ohne Rucksack dieser so bedeutenden Messe zu folgen. Inzwischen verstehe ich diejenigen, die den Weg aus voller religiöser Überzeugung gehen. Denn der Mensch sucht nach Orientierung. Bekenntnis ohne Fanatismus, der Glaube, egal welcher religiösen Anschauung, kann eine entscheidende Richtschnur im Leben sein.

Bevor die Messe beginnt, werden die Pilger aus aller Welt in ihren Landessprachen begrüßt. Jennifer aus Neuseeland hat wohl mit die weiteste Strecke hierher zurückgelegt.

Die feierliche Messe verfolge ich andächtig und halte Jennifers Hand. Mehrfach schaue ich meine treuen Begleiter an und wir lächeln uns zu.

Der Höhepunkt der Pilgermesse ist das Schwenken des über 50 Kilogramm schweren *Botafumeiro*. Wie an einer Rebe hängt eine Traube kräftiger Männer an dem Seil, um den schmauchenden Weihrauchkessel ruckartig in Schwung zu bringen. Sie schaffen es beinahe, den Kessel bis an die Gewölbedecke des Querschiffes zu schwenken. Sausend pendelt er durch den Mittelgang zwischen den Bänken und verteilt das olfaktorisch alles überdeckende Rauchopfer im gesamten Kirchenschiff. Dazu singt eine Nonne in glockenhellen Tönen. Diese Zeremonie wird schon seit Jahrhunderten praktiziert, denn die Pilger kannten in früheren Zeiten auf ihrer Wallfahrt noch keine tägliche Dusche. Damit es nicht zum Himmel stank, wenn sie in der Kathedrale ankamen, überdeckte man mit dem Duft aus dem überdimensionalen Weihrauchgefäß die schlechten Ausdünstungen der Angekommenen. Als der Pilgersegen gesprochen wird durchströmt mich ein großes Glücksgefühl.

Die Messe ist beendet, ich werfe noch einen Geldschein in einen Opferstock zur Erhaltung der Kathedrale, zünde eine Kerze an, als Dank für die gut verlaufene Reise.

Frederico erinnert uns an den Aushang des Hotels mit der Pilgerbewirtung. Nach Überquerung des Placa de Obradoiro erreichen wir die kleine Pforte unterhalb der imposanten Fassade des Luxushotels, das ehemals der Königspalast war. Drei Pilger stehen schon dort und warten auf Einlass. Somit sind wir acht. Also haben noch zwei weitere Pilger die Chance auf ein kostenloses Pilgermahl. Die stellen sich auch bald ein, und später Kommende drehen gleich wieder enttäuscht ab. Pünktlich um 13 Uhr öffnet sich die Tür und wir treten in einen dunklen Gang. Dort weisen wir unsere Compostela mit dem heutigen Datum vor. Von dem Hotelangestellten werden wir durch weitere Gänge in einen schmucklosen, gekachelten Raum geführt, der mit einfachen Tischen und Stühlen bestückt ist. Hier können wir essen, wird uns erklärt. Es geht weiter durch eine Tür, dort steht eine Theke, hinter der Köche herumwuseln. Wir nehmen uns Tabletts, Besteck und Teller und bilden eine Schlange. Wortlos bekommen wir Gemüse, Reis und Fisch auf den Teller gehäuft, eine Soßenkelle überschwemmt das Gericht. Als Dessert gibt es einen Apfel. Wir schauen uns an, unsere Blicke sprechen Bände. Wir gehen mit unseren Tabletts in das gekachelte Speisezimmer. Besonders unseren Spaniern Maria Dolores, Lorenzo und Frederico ist es peinlich. Nicht, dass ich erwartet hätte, wir würden wie die Gäste des fünfsternigen Hotelpalastes mit rotem Teppich empfangen und bewirtet, aber es ist ein erniedrigendes Gefühl, wir wären für die fürstlich ausgestatteten Etagen, die über uns liegen, nicht zumutbar. Qualitativ und geschmacklich ist gegen die Mahlzeit nichts einzuwenden, doch wie lieblos sie uns präsentiert wird, und wo wir sie einnehmen, ist diesem Hotel nicht würdig.

Schnell beenden wir die Mahlzeit, holen unsere Rucksäcke wieder ab und machen uns auf den Weg zu unserem Hotel. Jennifer, die noch kein Quartier hat, kommt mit uns, um vielleicht noch eine Chance auf ein freies Bett zu bekommen. Das kleine Hotel liegt nur wenige Straßen entfernt in der Altstadt. Wir hatten für fünf Personen gebucht, sind nun sechs. Der Inhaber hinter der Rezeption kratzt sich lange am Kopf und starrt auf dem Bildschirm seines Computers. Dann redet er mit unseren Spaniern so schnell, dass ich nichts verstehe. Man diskutiert einige Minuten, wieder wird unter Kopfkratzen der Bildschirm befragt. Dann nickt er und legt drei Schlüssel auf den Tresen. Lorenzo erklärt mir, es gäbe nur zwei Doppel- und ein Dreibettzimmer. Frederico und Monika tauschen verstohlen Blicke und stoßen sich mit den Ellenbogen an. Ich schaue zu Jennifer hinüber, die nur verschmitzt die Augen schließt. Ich fülle die Anmeldung aus und ziehe meine Kreditkarte durch. Dann steigen wir die schmale Stiege zu unseren Zimmern empor. Kaum haben Jennifer und ich die Zimmertür hinter uns geschlossen und die Rucksäcke abgelegt, umarme ich sie das erste Mal richtig. Sie schmiegt sich an mich. Leise sagt sie mir auf Englisch, dass sie die ganze Zeit gewusst hat, dass sie mich wiedersehen würde. Es käme ihr vor, als wäre ich vor ihr vom Himmel gefallen. Ich bestätige ihr dieses Gefühl, doch hatte ich die Hoffnung auf ein Wiedersehen aufgegeben. Eine Weile stehen wir fest umschlungen da, dann lösen wir uns voneinander und sortieren unsere Dinge aus dem Rucksack. Waschzeug, Zahnbürste. Jennifer möchte duschen, sie hat die letzte Nacht in einer sehr ungepflegten Herberge zugebracht und die schmuddeligen Duschen nicht betreten wollen. Während sie im Bad verschwindet, packe ich weiter aus. Dabei ziehe ich den Stapel Manuskriptseiten heraus. Auch wenn ich voll der Eindrücke vom heutigen Tag bin, bleibt mein Blick doch auf einer Seite hängen und ich lese:

... wurde es gefährlicher und komplizierter, nach Deutschland zu kommen. Als ich wieder die Aufgabe des Kuriers übernahm, hatte ich große Mühe mich bis Berlin durchzuschlagen, auch wenn ich Papiere hatte, die mir gewisse Sonderrechte einräumten. Der Weg über Marokko war versperrt, der Weg durch Frankreich war, wegen des Zusammenbruchs der Westfront, ebenfalls blockiert. Unter mehrfachem Wechsel der Schiffe konnte ich auf abenteuerlichen Wegen über Italien irgendwann Berlin erreichen. Mir war, nach allem, was ich gesehen hatte, klar, dass es für mich kein Zurück nach Spanien geben würde. Auch in Berlin herrschte großes Durcheinander. Teile des Ministeriums waren bereits irgendwohin ausgelagert. Die Tasche mit den Papieren wurde mir quittiert, interessierte aber eigentlich niemanden mehr.

Der wichtigste Grund mich um die Kurierfahrt nach Berlin zu bemühen, war die Suche nach Paul. Ich hatte selbst meine Eltern so plötzlich verloren und musst mich alleine, noch viel zu jung ins Leben kämpfen. Sollte Paul nun auch ohne seine Mutter aufwachsen? Damals hat man mich unter falschen Versprechungen überrumpelt und nach Spanien geschickt. Es war keine Zeit zum Nachdenken.

Jetzt in Berlin suchte ich die Adresse einer Verwaltungsmitarbeiterin auf, die angeblich Zugang zu einer Kartei von Kindern unter staatlicher Obhut hatte. Zunächst war sie sehr misstrauisch, taute aber auf, als ich ihr von meinem Schicksal erzählte. Doch ihre Behörde war ausgebombt und die Kartei unbrauchbar. Sie riet mir, möglichst schnell in Leipzig und Dresden zu suchen, und gab mir zwei Adressen. Ich musste ihr versprechen, sie nicht zu erwähnen, sonst wäre es um sie geschehen. Sofort machte ich mich auf den Weg, in der Hoffnung, meinen kleinen Paul doch noch zu finden. Doch an beiden Adressen erfuhr ich nur Ablehnung. In Leipzig hatte ich eine strenge Frau vor mir, die nicht bereit war, mir irgendwelche Auskünfte zu geben und mich mit gestanzten Propagandasprüchen überschüttete. – Während unsere Männer an den Fronten für den Endsieg kämpften, müssten wir jetzt zusammenstehen und könnten uns nicht um Einzelschicksale kümmern. – Ich verabschiedete mich, bevor sie auf die Idee kam, die Gestapo zu verständigen. Ähnlich in der Heimstätte in Dresden, wobei ich dort eher auf Verständnis stieß und die Leiterin nicht so ablehnend war. Doch auch hier lief ich gegen eine Mauer. Während ich mit ihr sprach, war für mich besonders berührend, nebenan die Kinder bei fröhlichem Spiel hören zu können. War mein Paul dabei? Das Spielzimmer war nur durch ein Fenster vom Büro getrennt, an dem aber der Vorhang zugezogen war. Was hätte ich darum gegeben ein-

mal hindurch schauen zu dürfen. Mein Kind hatten sie als Faustpfand, als Geisel genommen, bevor ...

Ich sehe von dem Blatt auf. Jennifer kommt aus dem Bad, das Badetuch fest um ihren Körper geschlungen. Lange schauen wir uns in die Augen. Ihr nasser, strohblonder Haarschopf und ihr Lächeln geben ihr auch ohne den Strohhut etwas Freches, Lausbubenartiges. Zärtlich umarmen und küssen wir uns. Dabei löste sich das Badetuch. Es kommt, wie es kommen muss.

»... gestatte, was er mit dir macht.«

XV

Mit Lorenzo begutachte ich die Seiten des Manuskriptes. Wir kommen zu dem Schluss, dass die ursprünglich geplante professionelle Trocknung an der Universität in Santiago nicht mehr notwendig ist, denn die Blätter sind jetzt trocken und ein Schimmelbefall ist nicht zu befürchten. Lorenzo wird morgen die Seiten nach Barcelona mitnehmen. Inzwischen hat er sich telefonisch mit Kollegen abgestimmt. Germanistik-Studenten werden den Text analysieren und die für den spanischen Bürgerkrieg relevanten Teile einordnen. Gerne gebe ich die Seiten in Hände, die daraus Nutzen ziehen können. Letztendlich waren die Blätter, als ich sie aufgesammelt habe, nicht für mich bestimmt. Vielleicht entschlüsseln die Seiten auch noch, für wen sie aufgeschrieben wurden und geben so das Geheimnis ihrer Bestimmung preis. Lorenzo hat mir versprochen, die Seiten an der Uni professionell scannen zu lassen und mir die Daten zur Verfügung zu stellen. Zu diesem Zeitpunkt sind sie, so hoffe ich, schon sortiert und ich kann den Bericht dann endlich in der richtigen Chronologie lesen und die vielen Puzzleteile der Geschichte werden zu einem Bild.

Es ist Abend geworden, wir sitzen in der Lobby des Hotels und warten auf unsere anderen Reisebegleiter. Ich bringe den Papierstapel hinauf ins Zimmer. Jennifer liegt auf dem Bett und starrt an die Decke. Sie hat einen Anflug sentimentaler Stimmung mit dem Wissen um den morgigen Abschied. Mit feuchten Augen steht sie auf und ist bereit, mitzukommen. Ich versuche ihr zu erklären, dass wir heute Abend unsere Ankunft feiern werden, auch wenn morgen unser Abschied kommt. Unser Abschied. Ebenso kommt der Abschied von Maria Dolores, Monika, Frederico und Lorenzo. Abschied von den Menschen des Pilgerwegs und auch der Abschied vom Camino. Dabei wird mir bewusst, dass alles vorbei ist. Vorbei der tägliche Rhythmus des Laufens, der Landschaft, den bei allen Unterschieden gleichgesinnten Pilgern auf der Wanderung und den kleinen Tagesereignissen, die alles so spannend machen. Für dieses Gefühl war heute noch kein Platz in meinem Herzen, es trifft auch mich mit Wucht. Unser Ziel ist erreicht und wird zur Erinnerung. Allein der Weg bleibt, auch wenn es jetzt ein Gefühl des Abschieds ist, er wird sich, auf welche Art auch immer, fortsetzen.

Ich versuche Jennifer etwas aufzumuntern und gehen hinunter zu den anderen. Diesen Tag werden wir nicht mit düsteren Gedanken beenden, sondern mit Freude und Dankbarkeit über eine gesund zurückgelegte Strecke ausklingen lassen. In einem der vielen Restaurants in der Altstadt haben wir einen Tisch reserviert. Im Verlaufe des Abends, bei dem Anekdoten erzählt und über die kleinen Tragödien gelacht wird, die jetzt nur noch heitere Zwischenfälle sind, drehen sich die Gedanken aller um den Übergang in das sogenannte normale Leben.

Sankt Jakobus hat uns ein Geschenk gemacht, indem er unsere Wege zusammengeführt hat. Er hat uns auch gelehrt, in Demut, Respekt und Liebe zu den Menschen und der Natur zu leben. Eine Erfahrung, die Leitlinie und Maßstab bei vielen Entscheidungen unseres Lebens sein wird.

Diese Gedanken begleiten uns auf dem Spaziergang durch die Altstadtgassen zurück zum Hotel. Die letzte Nacht unseres Reiseweges wird noch einmal alle unsere Leidenschaften offenlegen.

Als ich die Persianas der Fenster öffne, strahlt mir ein klarer Morgen entgegen. Jennifers Bus zum Flughafen wird am Mittag gehen, unsere spanischen Freunde sind bereits am frühen Morgen abgereist, im Gepäck das Manuskript. Monika wird ebenfalls mittags mit dem Transferbus zum Flughafen fahren. Mein Flug in die Heimat geht erst morgen. Jennifer bittet mich, sie nicht zum Flughafen zu begleiten, wie ich es eigentlich vorhatte, sie möchte dort keine Abschiedsszene.

Nach dem Frühstück laufe ich mit Jennifer noch einmal durch die Gassen der Altstadt. Insbesondere die Markthallen zeigen, welch reichhaltiges Angebot an frischem Gemüse, Obst, Fisch und Fleisch Galicien bietet. Wir kaufen in einem der Souvenirshops Ansichtskarten, einige Mitbringsel und Erinnerungsstücke, auch wenn uns bewusst ist, dass die schönsten Erinnerungen in unseren Herzen sind.

Im Hotelzimmer schenkt mir Jennifer eine kleine Pilgermuschel mit rotem Jakobskreuz. Ich drehe sie um und da steht, von ihr mit einem Filzschreiber geschrieben:

Gott wird eines Tages unser Leben wieder aufnehmen und es gibt einen anderen Weg, den wir zusammen gehen.

Bewegt nehme ich das Lederbändchen mit der kleinen bronzenen Pilgermuschel, die mir José schenkte, vom Hals und lege es ihr um. Tränen schimmern in ihren Augen und reißen mich mit in die Abschiedsstimmung. Eine Weile sitzen wir fest umschlungen auf der Bettkante, tauschen Küsse und reden wenig. Dann klopft es an der Tür. Monika ist fertig für die Abreise. Ich nehme Jennifers Rucksack und wir gehen zur Haltestelle des Flughafenbusses. Auch Monika ist in sentimentaler Gemütslage, sie musste sich heute früh schweren Herzens und viel zu schnell von Frederico verabschieden. Doch sie hat die Hoffnung, sich öfter im Jahr mit ihm treffen zu können. Auch wenn ich mit Jennifer verabredet habe, in Verbindung zu bleiben, könnte für uns die Distanz um den halben Erdball nicht größer sein. Vielleicht ist es ein Abschied für immer. Als die beiden in den Bus gestiegen sind, winken wir ein letztes Mal durch die Scheibe und werfen Handküsse. Der Bus ordnet sich in den Verkehr ein. Einen Moment stehe ich da, schaue über die Kreuzung in die Straße, wo der Bus zwischen den Häuserzeilen verschwunden ist.

Manchmal erkennt man erst am Ende eines Weges, warum man ihn gehen musste.

Die Inspiration lag im Straßengraben.

Die Idee für diesen Roman kam mir, als ich auf meiner Pilgerreise mit dem Fahrrad von Köln nach Santiago de Compostela in einem Straßengraben Manuskriptseiten und den erwähnten Zuckersack liegen sah. Ich bin weitergefahren, ohne mir die Seiten anzuschauen. Diese Entdeckung hat dann im Laufe der Reise meine Fantasie beflügelt.

Was hätte der Inhalt der beschriebenen Seiten sein können? Hätte ich anhalten und die Blätter einsammeln und lesen sollen?

Ich tröstete mich damit, dass es mit großer Wahrscheinlichkeit ein spanischer Text gewesen wäre, den ich, mangels Sprachkenntnis ohnehin nicht hätte verstehen können.

In mir reifte die Idee, diesen Zuckersack und die verstreuten Seiten an den Anfang eines Romans zu stellen. Nach und nach spann ich den Gedanken weiter und fing an, erste Ideenskizzen anzufertigen. In meinem Autorenkreis stellte ich nach meiner Rückkehr die Idee vor und sie fand begeisterten Zuspruch. Als ich zu schreiben begann, merkte ich schnell, dass ich mich auf ein kleines Abenteuer eingelassen hatte.

Die Geschichte beruht nicht auf Tatsachen! Handlung, Personen und Charaktere sind frei erfunden, darum wären Übereinstimmungen mit tatsächlich existierenden Personen rein zufällig, obwohl es ja, nach Meinung einiger Philosophen, keine Zufälle gibt.

Mein Anliegen war nicht, einen Reisebericht zu schreiben. Es gibt hinreichend Bücher, die den Jakobsweg weit besser und vor allem zuverlässiger beschreiben, als ich das in diesem Buch tue. Mir war es wichtig, etwas von dem zu vermitteln, was den Jakobsweg so interessant und prägend für diejenigen macht, die ihn auf sich genommen haben. Darum sollte der geneigte Jakobspilger auch nicht nach Details in den Orten und den Sehenswürdigkeiten suchen, die ich beschrieben habe. Gleichwohl habe ich die wichtigsten Glanzpunkte auf dem *Camino Frances* eingearbeitet, jedoch vorsichtshalber, ohne Ortsnamen zu nennen.

Besonders möchte ich auf diesem Weg die Historiker um Entschuldigung bitten. Bewusst bin ich bei dem aufgefundenen Manuskript mit historischen Fakten an der Oberfläche geblieben.

Genderbeflissene mögen mir verzeihen, wenn ich auf die inzwischen immer mehr um sich greifenden, gendergerechten Bezeichnungen verzichtet habe. Es ist allein dem Lesefluss geschuldet und keinesfalls abwertend zu verstehen. Veganer*innen und Vegetarier*innen müssen stark sein, es wird im Roman konventionell gegessen.

Ich freue mich über Ihr Interesse und auf Reaktionen.

Jo Hagen

An dieser Stelle ist es höchste Zeit, sich zu bedanken!

Da sind einige Menschen, die mich ermutigt und unterstützt haben. Die Autorinnen und Autoren des Autorenforums Köln, denen ich für die Kommentare und Hinweise danken möchte. Uli aus Spanien, die mir und den Lesern grobe Fehler erspart hat, und Brigitte, Nachbarin mit kritischem und schonungslosem Blick für Text und Zusammenhänge. Besonderer Dank an Sibylle, die auch bei diesem Buch wieder nicht mit kritischen Anmerkungen gespart, dem Buch mit Buchsatz und selbstloser und genialer Gestaltung des Covers ewig verbunden sein wird.

Besonderer Dank an den Verlag in München, der bereit war, den Vertrag für die Erscheinung dieses Buches auf meine Bitte hin wieder aufzulösen, weil wir über Titel und Inhalt keinen Konsens fanden. Jetzt ist es mir piepe.

Jo Hagen

Jo Hagen

Mitte des letzten Jahrhunderts dort geboren, wo sich Sauerland und Ruhrgebiet umarmen – wie der Name schon sagt.

Leidenschaftliche Ausübung des Berufes als Werbefachmann in verschiedenen Segmenten der Werbung, des Marketings und Public Relations bis Vertrieb. Hier Entdeckung des Schreibens als Überzeugungsinstrument.

Schreibt jetzt ohne Sachzwänge und Kundenbefindlichkeiten Texte wie er sie mag. Kurzgeschichten wie aus dem prallen Leben oft mit unfreiwilliger Alltagskomik. Ironisch, satirisch mit manchmal nachdenklichen Zügen.

In Köln ist er auch als Stadtführer Schäng bekannt. www.schaengkoelle.de

Mitglied im Autorenforum Köln.

Veröffentlichungen von Jo Hagen

Krieg der Tollitäten
Romansatire über die Höhen und Tiefen des Vereinskarnevals
ISBN 978-3-937795-51-5
Marzellen Verlag, Köln

Heinzelmännchen reloaded
Sammlung satirischer Kurzgeschichten
ISBN 978-3-746037-96-7
Verlag: BoD

Buen Camino
Tagebuch einer Fahrradreise auf dem Jakobsweg
ISBN 978-3-753453-97-2
Verlag: BoD

Beteiligung an Anthologien des Autorenforums Köln:
WorteAtem 2012, **Am laufenden Wort** 2017,
WortLese 2022, ISBN 978-3-756222-41-4